Susin Nielsen

Adresse unbekannt

AF626830

Adresse unbekannt wurde mit dem LUCHS des Monats von Radio Bremen / DIE ZEIT und dem Leipziger Lesekompass ausgezeichnet und für den Deutschen Jugendliteraturpreis nominiert.

Susin Nielsen

Adresse unbekannt

Aus dem kanadischen Englisch von Anja Herre

GULLIVER

Ebenfalls lieferbar:
»Adresse unbekannt« im Unterricht
in der Reihe *Lesen – Verstehen – Lernen*
ISBN 978-3-407-82415-8
Beltz Medien-Service; Postfach 10 05 65, 69445 Weinheim
Kostenloser Download: www.beltz.de/lehrer

MIX
Papier | Fördert gute Waldnutzung
FSC® C089473

Dieses Buch ist erhältlich als:
ISBN 978-3-407-81328-2 Print

© 2023 Gulliver
Verlagsgruppe Beltz
Werderstraße 10, 69469 Weinheim
service@beltz.de
Alle Rechte für diese Ausgabe vorbehalten
Die Verlagsgruppe Beltz behält sich die Nutzung ihrer Inhalte für Text und Data Mining im Sinne von § 44b UrhG ausdrücklich vor.
© 2020 Verlag Freies Geistesleben & Urachhaus GmbH, Stuttgart
© 2018 Susin Nielsen (Text)
Umschlag und Innenillustrationen: Leslie Mechanic
Umschlaggestaltung: © 2018 Studio Muti
Druck und Bindung: Beltz Grafische Betriebe, Bad Langensalza
Beltz Grafische Betriebe ist ein Unternehmen mit finanziellem Klimabeitrag (ID 15985-2104-1001).
Printed in Germany
3 4 5 6 7 29 28 27 26 25

Weitere Informationen zu unseren Autor:innen und Titeln finden Sie unter: www.beltz.de

Meinen ersten Roman habe ich Eleanor Nielsen gewidmet, und diesen, meinen sechsten, widme ich ihr ebenfalls. In beiden Büchern geht es um alleinerziehende Mütter von Einzelkindern – genau wie meine Mom und ich. Doch da hören die Übereinstimmungen auch schon auf. Mom, ob du selbst es durchweg so empfunden hast oder nicht, jedenfalls hast du mir immer das Gefühl gegeben, festen Boden unter den Füßen zu haben. Und das tust du bis heute.

(Dieses Bild habe ich im Alter von sechs Jahren gemalt und trotzdem meinen Namen richtig buchstabiert.)

27. November, 00.05 Uhr

Mein Bein zuckte. Ich rutschte von einer Pobacke auf die andere. Meine Hände waren feucht und mein Herz raste. »Ich bin noch nie verhört worden.«

»Du wirst nicht verhört, Felix. Wir unterhalten uns bloß.«

»Nehmen Sie das auf?«

»Wieso sollte ich das tun?«

»So machen sie's im Fernsehen.«

»Wir sind nicht im Fernsehen.«

Die Kühle des Metallstuhls drang durch meine Schlafanzughose. »Gucken Polizisten Polizeiserien?«

»Na klar.«

»Aber bringt man dann nicht irgendwie seine Arbeit mit nach Hause?«

Constable Lee lächelte. Sie hatte sehr gerade Zähne. Mein *Super Herausragendes Inspektionstalent,* kurz S.H.I.T., sagte mir, dass sie aus einer bürgerlichen Familie stammte, in der man sich einen Kieferorthopäden leisten konnte. S.H.I.T. sagte mir auch, dass ihr das Essen schmeckte: Die Knöpfe an ihrer Uniform waren zum Platzen gespannt. »Nicht unbedingt«, antwortete sie. »Für uns ist das auch eine Ablenkung vom Alltag. Und wir können den Fernseher anbrüllen, wenn sie kompletten Humbug machen.«

»Was zum Beispiel?«

»Zum Beispiel ein solches Gespräch aufzeichnen. Wir nehmen eine Unterredung nur dann auf, wenn jemand wegen eines Verbrechens angeklagt ist oder verdächtigt wird.«

»Nehmen Sie Astrid gerade auf?«

»Das kann ich nicht beantworten.«

O Mann. Ich weine wirklich selten, aber auf einmal war ich kurz davor, in Tränen auszubrechen, vor einer Polizistin. Ich schätze, das fiel ihr auf, denn sie fügte hinzu: »Ich bezweifle es.«

Ich atmete ein. Ich atmete aus. Setzte mich aufrecht hin. Versuchte, ruhig und würdevoll zu wirken, obwohl ich wusste, dass meine blonden Locken in alle Himmelsrichtungen abstanden, denn bis zu dem Zeitpunkt, als plötzlich alles schiefging, war ich im Bett gewesen. Außerdem hatte ich meinen uralten Schlafanzug mit den Minions darauf an, der kindisch und viel zu klein war. Constable Lee und ihr Kollege hatten uns keine Zeit zum Umziehen gelassen. »Ich möchte meinen Anwalt anrufen«, sagte ich.

»Lass mich raten – das hast du auch aus dem Fernsehen.«

»Ja.«

»Hast du einen Anwalt?«

»Nein. Aber laut Gesetz steht mir einer zu, richtig?«

»Abgesehen davon, dass du keinen brauchst. Du hast nichts falsch gemacht.«

»Also kann ich einfach gehen?«

»Ich denke schon. Aber wohin?«

Ich dachte an Dylan. Und Winnie. Dann fiel mir ein, dass ich zu ihnen gesagt hatte, ich wolle sie nie wiedersehen. »Wann sind sie mit Astrid fertig?«

»Ganz sicher bald.« Sie starrte mich an und klickte ihren Kugelschreiber rein, raus, rein, raus.

»Darf ich fragen, warum du sie nicht Mom nennst?«

»Sie findet das zu hierarchisch.« Zum hundertsten Mal schweifte mein Blick prüfend durch den riesigen Raum voller Schreibtische und Menschen. Zum hundertsten Mal konnte ich Astrid nicht entdecken.

Alles wird gut, sendete ich ihr in Gedanken eine Nachricht, weil sie mir immer sagt, sie empfängt alles, was ich ihr schicke.

»Fürs Protokoll«, sagte ich zu Constable Lee, »Astrid ist eine tolle Mutter.«

»Gut zu wissen.« Sie tippte auf ihrer Tastatur. »Ich stelle dir jetzt ein paar Fragen, okay?«

»Okay.«

»Fangen wir mit deinem vollständigen Namen an.«

»Felix Fredrik Knutsson.«

Sie tippte. »Alter?«

»Dreizehn. Na ja, fast. Zwölfdreiviertel.«

»Name deiner Mutter?«

»Astrid Anna Knutsson.«

»Adresse?«

Ich guckte auf meine Füße. Ich trug Gummistiefel, keine Socken; mir war keine Zeit geblieben, ein Paar zu suchen.

Constable Lee beugte sich zu mir. Ihre Schultern hingen herab. Sie hatte keine gute Körperhaltung. »Felix, als wir deinen Anruf bekamen, schien es, als würdet ihr beide da wohnen.«

Ach, wie sehr wünschte ich, meine Mom wäre da. Sie hätte eine plausibel klingende Erklärung parat. Aber ich bin nicht wie sie. Ich bin kein geborener Wahrheitsverdreher.

Also guckte ich weiter auf den Boden.

Constable Lee fing an zu tippen, obwohl ich kein Wort gesagt hatte.

»Felix«, sagte sie sanft, »du kannst mir alles sagen …«

»Ich habe Hunger.«

»Natürlich. Ich hätte fragen sollen.« Sie stützte sich zum Aufstehen auf den Schreibtisch und zog ihren Hosenbund hoch. »Ich kann dir was aus dem Automaten holen. Ich hoffe, das ist in Ordnung. Irgendwelche Allergien? Vorlieben?«

»Keine Allergien. Keine Vorlieben. Wobei ich allem mit Käsegeschmack zugeneigt bin.«

Constable Lee lief durch den großen Raum. Ich schaute mich um. Ein paar Polizisten saßen an ihren Schreibtischen. Einer las *Technik für jedermann* und einer döste.

Ich drehte Constable Lees Computerbildschirm zu mir.

Es war ein offiziell wirkender Bericht.

> Name: Felix Fredrik Knutsson
>
> Alter: 12
>
> Elternteil/Vormund: Astrid Anna Knutsson
>
> Adresse: OFW

Ich bin ziemlich gut im Entziffern von Akronymen, und dieses hatte ich, unter den gegebenen Umständen, umgehend raus.

Ohne festen Wohnsitz.

Angst durchfuhr mich. Astrid hatte mich immer wieder gewarnt: »Niemand darf rausfinden, wo wir wohnen.« Bis jetzt hatte ich diese Regel nur ein Mal gebrochen.

Wir waren aufgeflogen. Ich versuchte mir einzureden, dass es nicht meine Schuld war. Ich hatte keine Wahl gehabt; ich musste die Polizei rufen. Wer weiß, was sonst passiert wäre?

Trotzdem. Die miesen Typen waren davongekommen. Und wer saß auf der Polizeiwache? Die unschuldigen Opfer. Wir.

Auf dem Schreibtisch vor mir landeten zwei Tüten Cheezies und eine Dose Cola. »Wir sind wohl ein kleiner Schnüffler«, sagte Constable Lee und drehte den Bildschirm wieder weg.

»Wussten Sie, dass für das Erschnüffeln von Dingen bei Wirbeltieren das Jacobson-Organ zuständig ist?«, sagte ich. »Das ist ein Geruchsorgan, das zum olfaktorischen System zählt. Das Organ ist nach dem dänischen Chirurgen Ludwig Levin Jacobson benannt. Der Geruchssinn dient unter anderem dazu, Nahrung zu finden und Gefahren zu wittern.«

Ich merkte, dass ich herumlaberte, aber ich konnte nichts dagegen machen.

»Du bist ja ein wahrer Quell des Wissens.«

»Meine Mom sagt, ich horte Fakten wie ein Eichhörnchen Nüsse.«

Constable Lee riss eine Tüte Chips auf und steckte sich einen in den Mund. »So. Du musst mir glauben, dass ich dir helfen will.«

Ich wollte ihr glauben. Aber ich musste immer wieder an Mom denken, die jedes Mal anfing zu schnauben, wenn ein Polizeiwagen vorbeifuhr. Die gerne sagte: Traue nie denen da oben.

»Wer ist da oben?«, hatte ich gefragt, als ich noch jünger war.

»Das sagt man so. Damit bezeichnet man einen Mann oder eine Frau in einer Autoritätsposition.«

Also sagte ich zu Constable Lee nur: »Danke. Aber wir brauchen keine Hilfe.«

»Wirklich?«

»Wirklich. Wir werden sehr bald umziehen.«

»Ja? Wohin?«

»Ich weiß noch nicht. Aber ich habe ein bisschen Geld in Aussicht. Die Frage ist nur, wie viel.«

»Eine Erbschaft?«

»Nein.«

»Ein paar Wertgegenstände verkaufen?«

»Nein.«

»Eine Bank ausrauben?«

»Sehr witzig. Nein.«

»Wo kommt das Geld dann her?«

»Von einer Quizshow.«

»Jetzt bin ich aber gespannt. Erzähl mir mehr darüber.«

»Über die Sendung?«

Constable Lee legte die Füße auf ihren Schreibtisch. »Über alles.«

Ich musterte sie. Mein S.H.I.T. sagte mir, dass sie ein anständiger Mensch war. Vielleicht erkannte sie ja, dass wir nichts falsch gemacht hatten, wenn sie die Wahrheit wusste.

Also schüttete ich mir ein paar Cheezies in den Mund.

Dann erzählte ich Constable Lee die Wahrheit und nichts als die Wahrheit.

Eine kurze Geschichte unserer Wohnsitze

Wir haben nicht immer im Minibus gewohnt.
Das fing erst vor vier Monaten an. VM – Vor Minibus – wohnten wir in einem siebenunddreißig Quadratmeter großen Keller. Davor wohnten wir in einer fünfundfünfzig Quadratmeter großen Wohnung. Davor gehörte uns tatsächlich eine vierundsiebzig Quadratmeter große Eigentumswohnung.
Und vor alldem wohnten wir bei Mormor.

Mormors Haus

Mormor heißt auf Schwedisch ›Mutters Mutter‹. Sie war meine Oma. Astrid und ich wohnten mit ihr zusammen in ihrem Bungalow in New Westminster, ein paar Kilometer von Vancouver entfernt, bis ich fast sieben war. Ihr Haus war mit allem möglichen Krimskrams aus Schweden vollgestopft; sie muss fünfzig rote und blaue hölzerne Dala-Pferde besessen haben. Außerdem hatte sie eine riesige *tomte*-Sammlung.

Tomtar, Plural von *tomte,* sind in der schwedischen Tradition schelmische koboldartige Wesen. Sie geben auf einen acht und beschützen die Familie. Aber wenn man sie nicht respektvoll behandelt, können sie auch grausam sein. Sie spielen dir dann vielleicht einen Streich oder stehlen Dinge oder bringen sogar Haustiere um.

Zu meinem fünften Geburtstag schenkte mir Mormor meinen eigenen *tomte,* den sie aus Filz selbst gemacht hatte. Er war zehn Zentimeter groß und hatte einen langen weißen Bart, einen spitzen roten Hut und eine rote Jacke. »Dein eigener Beschützer«, sagte sie. Ich nannte ihn Mel.

Wenn Astrid arbeiten war, kümmerte sich Mormor um mich. Meine Mom hatte damals zwei Jobs: Sie unterrichtete in einem Abendkurs Malerei an der Emily-Carr-Universität in Vancouver und ging in einem Versicherungsbüro ans Telefon. »Wenn ich genug gespart habe«, sagte sie immer zu mir, »suchen wir uns unsere eigene Wohnung.« Sie lebte nicht gern mit Mormor zusammen.

Ich schon. Mormor ging morgens mit mir in den Park, und nachmittags spielte ich Piratenschiff und Burg und Weltraum, während sie ihre Sendungen guckte. Drew, Maury, Ellen, Phil, Richterin Judy, die Frauen bei *The View* – sie waren wie Freunde. Und es war Mormor, die mir zum ersten Mal *Wer, Was, Wo, Wann* mit Horatio Blass zeigte. Das war ihre Lieblingssendung, und es wurde auch meine.

Mormor war eine sogenannte Lutheranerin, und sie las mir Geschichten aus der Bibel vor (aber das musste unser kleines Geheimnis bleiben, weil Astrid fand, dass institutionalisierte Religion der Grund für das Übel in der Welt war, und mit der Kirche schon vor langer Zeit gebrochen hatte). Wir machten *pepparkakor,* schwedisch für ›Lebkuchen‹, und Mormor erlaubte mir, Teigbällchen zu naschen. Zum Mittagsschlaf durfte ich mich auf ihrem kissenweichen Schoß einrollen und dösen, während sie fernsah.

Als ich gerade sechs geworden war, wachte ich einmal aus dem Mittagsschlaf auf und stellte fest, dass Mormor auch schlief. Das war nicht ungewöhnlich; sie legte sich nachmittags öfter hin. Also stand ich auf und spielte leise auf dem Fußboden mit meiner Holzeisenbahn, die meiner Mutter und ihrem Bruder gehört hatte, als sie noch klein gewesen waren. Als Mormor nach ungefähr einer Stunde immer noch nicht aufgewacht war, stupste ich sie vorsichtig an. Ihr Kopf sackte auf ihre Brust. Ihre Haut war grau und kühl. Ich bemerkte einen dunklen Fleck unter ihr. Er war nass.

Begeistert fing ich an zu kichern. »Mormor, du hast in die Hose gemacht!« Bis dahin war ich in unserem Haushalt der Einzige gewesen, der in die Hose machte.

Sie antwortete nicht.

»Mormor?« Mir war klar, dass etwas nicht stimmte. Aber ich war klein. Mein S.H.I.T. war noch nicht voll entwickelt.

Ich rief meine Mom an. Sie wählte die 911 und kam sofort nach Hause. Aber niemand konnte irgendetwas tun.

Ich vermisste Mormor sehr und meine Mom vermisste sie auch. Danach schlief ich monatelang in Astrids Zimmer, und Mel war jeden Abend dabei, damit er auf uns aufpassen konnte, während wir schliefen. Ich ging kein Risiko ein.

Unsere kurze Begegnung mit Hauseigentum

Mormor vermachte alles meiner Mom. Es war nicht so viel, wie Astrid gehofft hatte, weil Mormor einen Teil ihrer Ersparnisse an einen nigerianischen Prinzen überwiesen hatte. Aber als Astrid ein Jahr nach Mormors Tod das Haus verkaufte, reichte es für eine Anzahlung auf eine brandneue Eigentumswohnung in Kitsilano, im Westen von Vancouver.

Obwohl ich Mormor vermisste, liebte ich unsere neue Wohnung. Sie war klein, aber sie gehörte uns. Der chemische Geruch von neuem Teppich hing noch in der Luft. Alles blitzte vor lauter Neu-Sein. Astrid hängte ihre gewagten Bilder überall hin. Abends gab es eines meiner Lieblingsessen, zum Beispiel Grillkäse mit eingelegten Gurken oder Fischstäbchen mit Erbsen.

Ich kam in die dritte Klasse an der staatlichen Waterloo School, und bald hatte ich nicht nur einen Freund, sondern einen besten Freund. Dylan Brinkerhoff und ich hingen dauernd zusammen herum, spielten mit LEGO und lasen Bücher wie *Ripleys Glaub es oder nicht!* und *Igittologie.* Wir verfassten sogar eine Zeitschrift namens *Geschichten vom Ur-Anus* mit Artikeln über UFO-Sichtungen und Poltergeister.

Astrid bekam einen neuen Job, sie ging jetzt bei einer Fernsehproduktionsfirma ans Telefon. Und zu Emily Carr, wo sie noch immer zwei Abende die Woche unterrichtete, war es nur eine kurze Busfahrt.

Aber anderthalb Jahre nach unserem Einzug passierten zwei Dinge.

Nummer eins: Astrid verlor beide Jobs. Zur Abwechslung lag es nicht an ihr. Für ihren Abendkurs gab es nicht genügend Anmeldungen, also wurde er abgesagt. Und die Produktionsfirma ging pleite.

Nummer zwei: Unser Gebäude begann zu sinken.

Genau. Zu sinken.

Es war auf einem ausgetrockneten Flussbett gebaut worden. Die Wohnungseigentümer wurden wegen der Reparaturen belangt, die vierzigtausend Dollar kosten sollten. *Jeweils.*
Wir hatten keine vierzigtausend Dollar. Wir hielten die Wohnung noch ein Jahr. Doch schließlich musste Astrid sie verkaufen, mit Verlust.

Die Zwei-Zimmer-Mietwohnung

Eigentlich war es ein Zimmer plus Lagerraum. Wir hörten unsere Nachbarn streiten und der Teppich muffelte, aber alles in allem war es nicht so übel. Die Wohnung lag auf der East Side, unweit vom Commercial Drive, was bedeutete, dass ich mitten im Jahr die Schule wechseln musste. Ich hatte keine engen Freunde mehr, andererseits aber auch keine Feinde.
Dylan fehlte mir sehr. Ich besuchte ihn ein paarmal, aber Astrid hatte kein Auto, und ich war noch zu klein, um allein Bus zu fahren. Dylans Eltern mussten also die Fahrerei übernehmen, und sie hatten noch zwei Kinder mit vollen Terminplänen. Nach ein paar Monaten verloren wir uns aus den Augen.
Astrid fand keine Büro- oder Lehrerstelle, also fing sie an zu kellnern. Ziemlich oft war ich abends allein zu Hause. Aber ich hatte meine Fantasie und meine Bücher aus der Bibliothek und ich guckte ein paar Sendungen, die Mormor und ich immer zusammen geschaut hatten, wie *Wer, Was, Wo, Wann.*
Eines Abends kam Astrid früher heim. Sie war stinksauer. »Dieser Kunde hat immer wieder versucht, mir an den Hintern zu fassen.« (Astrid hatte schon immer die Überzeugung vertreten, mit mir auf Augenhöhe zu sprechen.) »Und trotzdem bin ich diejenige, die bestraft wird. Nur weil ich ihm ein Getränk ins

Gesicht geschüttet habe, damit er aufhört.« Da begriff ich, dass sie entlassen worden war.

Wir konnten die Miete nicht mehr pünktlich bezahlen. Aber zum Glück freundete sich Astrid mit Yuri an, dem Gebäudeverwalter, und der hatte Nachsicht mit uns. Alle paar Tage kochte sie mir erst Abendessen und ging dann für ein paar Stunden runter in seine Wohnung. Ich schätze, er war so was wie ihr Freund, auch wenn er nicht ein einziges Mal richtig mit ihr ausging.

Dann traf Astrid Abelard.

Sie ging nicht mehr zu Yuri. Vermutlich war Yuri verletzt, denn er klemmte uns einen Räumungsbescheid an die Tür.

Der Ein-Zimmer-Keller

Wir zogen wieder um, weiter Richtung Osten, in die Nähe der Boundary Road. Das hieß: wieder eine neue Schule. Dieses Mal hatte ich es schwerer. Die meisten Kinder kannten sich seit dem Kindergarten; sie brauchten keinen neuen Freund.

»Was zum Teufel bist du denn für 'ne Genmischung?«, fragte mich ein großes, verkniffen wirkendes Mädchen namens Marsha eines Tages.

»Fünfzig Prozent schwedisch, fünfundzwanzig Prozent haitianisch, fünfundzwanzig Prozent französisch«, gab ich zurück. »Ergibt hundert Prozent kanadisch.«

Sie verzog den Mund. »Du siehst wie ein Clown aus.«

Nicht zum ersten Mal machte sich jemand über meine Haare lustig. Als ich noch jünger war, hatte ich meine Mutter gebeten, alles abzuschneiden, aber sie hatte sich geweigert. Jetzt bin ich froh darüber. Sie sind ein Teil von mir. Ich bin wie Samson, bevor er Delilah traf: Sie sind meine Superheldenkraft. Und Astrid liebt meine Haare; sie sagt, sie erinnern sie an zwei ihrer Lieblingssänger, K'naan und Art Garfunkel. Sie sagt, es sei gut, ein besonderes Merkmal zu haben, und meistens sehe ich das auch so. Ich kam also klar mit solchen Zicken wie Marsha, bis zum Ende der sechsten Klasse. Aber ich mochte diese Schule nicht. Ich mochte auch unsere Kellerwohnung nicht. Es roch modrig, und selbst an sonnigen Tagen war es dunkel. Außerdem war Abelard ständig da.

Astrid schaffte es, einen neuen Job bei BC Hydro an Land zu ziehen. Aber auch der war nicht von Dauer. Sie sagte mir, dass sie Leute entlassen hatten, und da sie die Letzte war, die man eingestellt hatte, war sie auch die Erste, der man kündigte. Aber nach allem, was ich so mitbekam, glaube ich, dass es noch um etwas anderes ging; ich glaube, sie war zu ihrem Vorgesetzten frech gewesen. »Ich kann nicht gut mit Idioten«, hörte ich sie zu Abelard sagen, »und dieser Typ war *so* ein Idiot.«

Zwei Wochen später machte Abelard mit ihr Schluss. Und das bringt mich zu unserem:

Westfalia

Der Bus gehörte Abelard.

Meine Mom hatte ihn bei einem eintägigen Meditationsseminar kennengelernt. Er war ein Lehrer, oder Guru.

Astrid ist immer noch hübsch, obwohl sie vierundvierzig ist. Sie ist groß und schlank und hat lange, gewellte blonde Haare. Ich habe gesehen, wie sich Männer auf der Straße nach ihr umdrehen. Und obwohl Abelard zehn Jahre jünger war als sie, lud er meine Mom nach dem Seminar zum Kaffee ein, und von da an waren sie unzertrennlich. Als wir in die Kellerwohnung wech-

selten, zog er mehr oder weniger auch ein und parkte seinen Bus vor der Tür.
Abelard erinnerte mich an Jesus, aber nur, was das Aussehen betraf. Lange braune Haare und Rauschebart. Er sagte, er sei Buddhist, und schwafelte über Frieden und Liebe und Toleranz, was an sich in Ordnung gewesen wäre, wenn er sich nicht wie ein Vollidiot benommen hätte. Erstens schnorrte er sich bei meiner Mom durch, obwohl es offensichtlich war, dass wir nicht genug hatten, um über die Runden zu kommen. Und zweitens war er sehr launisch. Er beschimpfte meine Mom, weil sie seine Yogahose in den Trockner gesteckt hatte, anstatt sie an der frischen Luft aufzuhängen, oder weil sie ihn versehentlich beim Meditieren gestört hatte.
Er war ein zorniger Buddhist.
Ich konnte ihn nicht ausstehen.

Eines Abends im Juli sagte Abelard zu Astrid, er würde auf eine ›spirituelle Reise‹ nach Indien gehen und könne nicht mehr mit ihr ›verbunden‹ sein. Sie stritten sich. Ich verließ die Wohnung und lief zehnmal um den Block. Einerseits tat es mir leid für Astrid, weil ich wusste, dass sie Abelard mochte. Andererseits war ich erleichtert. Sie verdiente etwas viel Besseres.
Als ich zurückkam, war Abelard fort.
Nicht jedoch sein Bus. Der stand immer noch in der Einfahrt. Astrid erklärte mir, Abelard habe ihn ihr geschenkt, als kleines Dankeschön, weil er so ein Schmarotzer gewesen sei.
Jetzt erfahre ich, dass Abelard sie beschuldigt, den Bus gestohlen zu haben.
Ich weiß, dass meine Mom die Wahrheit manchmal beschönigt. Aber jeder vernünftig denkende Mensch wäre bekloppt, Abelard

beim Wort zu nehmen, denn der Typ ist eine Schlange. Ich kann bloß vermuten, dass die Wahrheit irgendwo dazwischen liegt. Aber ich greife vor.

Eine Woche nach Abelards Abreise tauschte der Vermieter unsere Schlösser aus. Er hatte schon eine Weile versucht, uns loszuwerden, weil wir mit der Miete im Rückstand waren. Als wir nach Hause kamen, fanden wir unsere Sachen in Stapeln auf dem Rasen vor dem Haus. Meine Rennmaus, Horatio, saß ganz obenauf, in ihrem Käfig.

Horatio war mein Geschenk zum zehnten Geburtstag gewesen. Ich hatte unbedingt einen Hund haben wollen, also war ich anfangs ein bisschen enttäuscht, als Astrid mir ein Nagetier schenkte. Aber als ich in seine kleinen Knopfaugen schaute und seinen weichen schwarz-weißen Pelz streichelte, verliebte ich mich in ihn. Auch wenn er weder apportieren noch rennen oder Tricks vollführen konnte und obwohl er ein Gehirn so groß wie eine Erdnuss hatte, war ich in ihn vernarrt. Als ich ihn also da so wackelig auf unseren Sachen hocken sah, flippte ich aus. Wenn nun sein Käfig heruntergefallen und ihm etwas passiert wäre? Wenn die Tür nicht richtig geschlossen und er abgehauen wäre? Wenn ein hungriger Hund vorbeigekommen wäre? Horatio wirkte nicht traumatisiert, andererseits kann man komplexe Emotionen von einem Rennmausgesicht nur schwer ablesen.

Ich fing an zu weinen. Laut. Astrid umarmte mich fest. »Ist schon gut, *Lilla Gubben.* Ist gut.« *(Lilla Gubben* ist einer ihrer Spitznamen für mich; auf Schwedisch bedeutet es ›kleiner alter Mann‹. Anscheinend sah ich so aus, als ich geboren wurde: kahlköpfig und faltig.)

»Was soll daran gut sein?«, heulte ich. »Wir haben kein Zuhause mehr!«
Sie fasste mich an den Schultern und zwang mich, sie anzuschauen. »Du machst dir keine Sorgen. Ich kriege das hin. Das tue ich immer.« Und damit wäre ich bei:

Soleils Haus

Astrid begann ihre Freunde anzurufen, um herauszufinden, ob uns jemand für ein paar Nächte aufnehmen würde.
Eines der Dinge, die mich mein S.H.I.T. im Laufe der Jahre gelehrt hat, ist, dass meine Mom ein echtes Talent hat, Freunde zu finden, und ein noch größeres, sie zu verlieren. Ich war also nicht superüberrascht, als Ingrid Nein sagte. Oder als Karen auflegte.
Astrid dachte einen Moment lang nach. Dann sagte sie: »Ich versuch's bei Soleil.«
Soleil war eine von Astrids Schülerinnen im Malereikurs bei Emily Carr, und ebenfalls Mutter. Sie hatten sich schnell angefreundet. Vor zwei Jahren dann hatten sie sich furchtbar gestritten.
Ich hörte alles von meinem Zimmer aus. Es fing mit einer Feier an, denn Soleil hatte wieder ein Bild verkauft, dieses Mal zum Rekordpreis. Aber nachdem sie die zweite Flasche Wein leergetrunken hatten, fing Astrid an, über die Mittelmäßigkeit der Masse zu reden und dass sie nicht verstehen konnte, wie solch langweiliger, nichtssagender Kram wie der von Soleil sich verkaufte, während ihre überragenden abstrakten Bilder es nicht taten. Soleil verließ in Tränen aufgelöst das Haus und die beiden redeten kein Wort mehr miteinander.
Bis jetzt.

»Sie meint, wir können eine Weile bei ihr bleiben«, sagte Astrid, als sie aufgelegt hatte.
Sie sah ebenso überrascht aus wie ich.

Wir packten alles in den Minibus und fuhren zu Soleils neuem Zuhause nahe der Main Street und King Edward Street. Sie wartete in der Einfahrt eines großen, modernen Hauses auf uns.
Astrid pfiff leise. »Da ist wohl jemand aufgestiegen.«
Soleil lächelte, als sie mich sah. Sie ist groß und hat breite Schultern und ein freundliches Gesicht. »Felix, du bist so groß geworden.« Dann umarmte sie halbherzig meine Mom. »Astrid. Wie geht es dir? Was ist passiert?«
»Kurzfristiger Rauswurf durch einen Drecksack von Vermieter aufgrund von Renovierungsarbeiten.« Fast konnte ich nicht anders, als sie dafür zu bewundern, wie leicht ihr die Lügen über die Lippen kamen.
Soleil half uns, alles in einen hellen, geräumigen Keller zu tragen. An einer Wand hing ein Gemälde mit gelben Rosen.
»Daran erinnere ich mich«, sagte Astrid. »Das hast du bei Emily Carr gemalt.«
»Und du hast gesagt, es sei ›in Bezug auf die Technik in Ordnung, aber emotional tot‹. Du fandest, ich würde mein Potenzial nicht ausschöpfen.«
Astrids Schweigen erfüllte das Zimmer.
Soleils Gesicht wurde leuchtend rot. »Meine Rosenbilder sind meine Bestseller. Ich komme mit den Bestellungen fast nicht nach.«
Mein S.H.I.T. sagte mir, dass wir uns auf gefährlichem Terrain bewegten. »Magst du mal meine Rennmaus streicheln –«, fragte ich, aber Astrid fing an zu reden, bevor Soleil antworten konnte.

»Ich freu mich für dich, Soleil, wirklich.« Erleichtert atmete ich auf. Bis sie hinzufügte: »Deine Arbeiten sind perfekt für Bürofoyers und Besprechungsräume.«

O Mann.

Soleil verschränkte die Arme fest vor der Brust. »Arpads Eltern kommen Ende der Woche. Bis dahin könnt ihr aber gern hierbleiben.«

»Das hast du bisher nicht erwähnt«, sagte Astrid.

»Ich erwähne es jetzt«, sagte Soleil, den Blick unverwandt auf die gelben Rosen gerichtet.

Soleil und ihre Familie hatten am Abend schon etwas vor, also liefen Astrid und ich rüber zu Helens Grill und bestellten das Frühstücksangebot zum Abendessen. Ich hatte Angst. Wenn man kein Zuhause hat, kann man schon mal Angst kriegen.

Die Kellnerin brachte unsere Teller. »Wieso schmeckt Frühstück immer abends besser?«, fragte Astrid.

»Ein wissenschaftliches Mysterium.«

Wir aßen schweigend. Dann sagte Astrid: »Ich habe eine witzige Idee.«

Den Mund voller Rührei guckte ich sie an.

»Wir wohnen im Bus. Nur ein paar Wochen, bis ich uns was anderes finde. Denk darüber nach, Felix. Das wird der ultimative Sommerurlaub. Freiheit, Abenteuer ... *Unterwegs* von Jack Kerouac war mein Lieblingsbuch, als ich neunzehn war. Das wird der Hammer.«

Ich dachte nach. Ich war noch nie über Victoria hinausgekommen; wir hatten mit der Klasse die Parlamentsgebäude der Provinzhauptstadt besucht, als ich zehn war. Marsha hatte mich im Bus an den Haaren gezogen, auf der Hinfahrt und der Rückfahrt. »Können wir wegfahren? Durch British Columbia? Oder vielleicht bis zu den Rockies?«

»Na klar.«

»Können wir uns das leisten?«

»Für einen Monat, ja. Ich habe ein bisschen Erspartes.«

»Wenn du Erspartes hast, wieso konnten wir dann die Miete nicht bezahlen?«

Astrid schob sich einen Streifen gebratenen Speck in den Mund. »Der Vermieter hat uns ausgenommen. Wie oft habe ich ihn gefragt, ob er Sachen in Ordnung bringen könnte, die nie repariert wurden ... Er *schuldet* uns ein paar Monate mietfreies Wohnen für den ganzen Mist, den wir aushalten mussten.«

»Oh.«

»Also, was sagst du? Ultimativer Sommerurlaub?«

Ich war nicht überzeugt. Aber ich wollte kein Spielverderber sein. »Schätze schon. Klar.« Wir klatschten ab und besiegelten so die Vereinbarung.

Und damit komme ich zu Anfang August.

Zu dem Tag, an dem wir in einen Bus einzogen.

AUGUST

Der Volkswagen Westfalia ist kein Kleinbus für Muttis, die ihre Kinder zum Fußball fahren, und auch kein Lieferwagen oder Minivan. Er ist eine Klasse für sich. Unserer – und ich werde ihn erst mal weiter so nennen – ist ein Camper, circa 1977, gelb lackiert. Er hat ein ausfahrbares Dach für zusätzlichen Schlafraum und eine eingebaute Markise, sodass man im Sommer hervorragend draußen sitzen kann. Es gibt einen Gaskocher für zwei Töpfe, der sich aus einem Propangasbehälter speist, eine Spüle mit einer Pumpe, die zu einem riesigen Plastikbehälter mit Wasser führt, damit man kochen und Geschirr spülen kann, und einen Minikühlschrank. Wir haben einen Tisch, den man zum Essen und Spielen niedriger stellen kann. Der Rücksitz lässt sich ausziehen und wird dadurch ein großes Bett. Wenn das Dach ausgefahren ist, hat man ›im Obergeschoss‹ ein zweites Bett. An allen Ecken und Enden gibt es kleine Fächer, in denen man etwas aufbewahren kann. Jeder Quadratzentimeter wird bestmöglich ausgenutzt.

Kurzum: Der Westfalia ist ein Meisterwerk.
Aber ich bin ziemlich sicher, dass er nur für zeitweiliges Wohnen gemacht ist, für Urlaube und so was. Und zunächst war das auch alles, was Astrid und ich im Kopf hatten.
»Wir müssen leicht packen«, sagte sie nach der ersten von zwei schlaflosen Nächten in Soleils Keller.
Wir fingen an, unsere Besitztümer durchzugehen, entschieden, was wir mitnehmen und was wir zurücklassen wollten. Das war eine harte Nuss, denn obwohl der Westfalia jeden Quadratzentimeter ausnutzt, hat man von vornherein schon nicht allzu viele Quadratzentimeter zur Verfügung.
Also stellten Astrid und ich uns zwei wesentliche Fragen: *Benutze ich das jeden Tag?* Lautete die Antwort Ja, wanderte es in den Bus. Sachen wie:

Teller, Schüsseln, Besteck, Gläser und Tassen – jeweils zwei.
Ein Topf, eine Bratpfanne und noch ein paar Kochutensilien.
Spülmittel, Spüllappen.
Shampoo, Deo, Zahnbürsten, Zahnpasta.
Erste-Hilfe-Set.
Taschenlampe, Stirnlampen.
Zwei Garnituren Bettwäsche, Kissen, Schlafsäcke und Handtücher.
Kleidung für eine Woche.

Sobald wir die wichtigsten Sachen hatten, stellten wir die zweite Frage: *Habe ich das Gefühl, ohne dies nicht leben zu können?* Für Astrid waren das ein kleiner Stapel Bücher, unser Trivial-Pursuit-Spiel und ihre Zeichenstifte, Farben, Staffelei und Skizzenbücher. Für mich waren das Horatio, ein paar *Vis-à-Vis-*

Bücher, meine eselsohrige Ausgabe von *Geschichten aus dem Mumintal* und Mel.

Beim Anblick meines *tomtes* verzog Astrid das Gesicht. »Muss das echt mitkommen?«

Meine Mom hat Mel noch nie gemocht; sie sagt, sie findet seinen Blick beunruhigend.

»Ja«, antwortete ich. Wenn der Westfalia unser vorübergehendes Zuhause sein sollte, dann brauchten wir jeden Schutz, den wir kriegen konnten.

Als Nächstes borgten wir uns ein paar Putzutensilien von Soleil und schrubbten den Bus ordentlich. Abelard hatte ein paar Dinge dagelassen, einschließlich eines Werkzeugkastens, einer Marken-Regenjacke, eines Heizlüfters und eines Plastikbeutels voller Marihuana. Astrid behielt den Werkzeugkasten und den Heizlüfter und gab mir die Regenjacke. Ich weiß nicht, was mit der Tüte Marihuana passiert ist, und das ist die Wahrheit und nichts als die Wahrheit.

Nach unserer zweiten Nacht in Soleils Keller beluden wir den Westfalia. Soleils Zwillinge kamen raus, um zuzugucken, bevor ihr Dad, Arpad, sie zu ihrem Mechatronik-Kurs fuhr.

Als wir fertig waren, suchten wir Soleil in der Garage, die zu ihrem Atelier umgebaut worden war. Sie arbeitete an einem weiteren Rosenbild, dieses Mal in Pink.

»Also, wir machen uns dann mal auf zu unserem Roadtrip«, sagte Astrid.

»Was ist mit dem Rest eurer Sachen?«

»Wenn es für dich in Ordnung ist, lassen wir sie hier. Nur bis Ende des Monats.«

Astrid legte ihre Hand auf meinen Kopf, und das war mein Einsatz, Soleil gewinnend anzulächeln.

Soleil zog die Augenbrauen zusammen. »Gut. Aber nur bis dahin.«
»Danke, dass wir hierbleiben durften«, sagte ich, denn es hatte den Anschein, als würde meine Mom es nicht tun.
Soleil legte ihren Pinsel weg und umarmte mich. »Es war schön, dich wiederzusehen, Felix. Pass auf dich auf.«
Sie schaute Astrid nicht an. Ohne ein weiteres Wort wandte sie sich wieder ihrem Gemälde zu.

Astrid hatte recht gehabt. Den ganzen August lang im Bus zu wohnen, *war* der Hammer, sobald ich die erste Enttäuschung überwunden hatte, dass wir nicht weit würden fahren können. Das wurde Astrid klar, als wir zum ersten Mal tanken mussten. Es kostete, wie sie sagte, ein Vermögen. »Tut mir leid, Böna.« Das ist ein anderer Kosename für mich, auf Schwedisch bedeutet er ›Bohne‹. »Aber denk an all die schönen Orte, die wir in und um Vancouver besuchen können! Grouse Mountain, Stanley Park, Wreck Beach …«

»Nicht Wreck Beach!« Wreck Beach ist bekannt dafür, dass Kleidung ›kein Muss‹ ist. Astrid nahm mich immer mit dorthin, als ich klein war. Mit fünf war das noch in Ordnung, aber nun, da ich zwölfeinhalb war, für kein Geld der Welt.

»Na gut. Zimperliese. Ich sag ja bloß, es gibt viele schöne Orte.« Und das stimmte. Wir wohnten im Stanley Park. Wir gönnten uns eine Fahrt den Highway 99 hinauf und bezahlten am Alice Lake fürs Campen. Wir wohnten im Lighthouse Park. Niemand störte uns. Es war wirklich wie ein langer Sommerurlaub in unserer eigenen Stadt. Wir verbrachten die Tage mit Schwimmen, Wandern und Lesen. Selten waren wir weit von einer Bibliothek entfernt. Ich las Bücher wie *Eine kurze Geschichte des Fortschritts* und *Eine kurze Weltgeschichte für junge Leser* und Klassiker wie *Große Erwartungen.* Astrid stellte ihre Staffelei draußen auf und malte. Die Nächte waren warm und wir hakten das Moskitonetz an der Rückseite des Busses ein, um Luft, aber keine Mücken reinzulassen. Durch die Dachluke konnte ich von meiner Schlafkoje in die Sterne gucken.

Obwohl der einzige Abschluss, den Astrid je gemacht hat, vom Ontario College of Art and Design stammt, ist sie hochgebildet; bevor sie am OCAD landete, war sie fünf Jahre lang auf der Universität und wechselte drei Mal ihr Hauptfach. Wie sie es ausdrückt, weiß sie »ein bisschen über vieles«. Sie hat mir beigebracht, wie man die Sternzeichen am Himmel findet. Sie hat mir Geschichten aus der römischen, griechischen und nordischen Mythologie erzählt. Ich erfuhr von Odin und Thor und Venus und Neptun und Zeus und Apollo.

Kein Abelard. Kein wütender Vermieter. Keine Schule. Keine Marsha.

Es war wunderbar.

Darf ich sagen, dass es sogar ein bisschen magisch war?

Weil es so magisch war, verschoben wir immer wieder die Gedanken an die Zukunft. Astrid schickte ihren Lebenslauf an viele Firmen, um einen neuen Bürojob zu finden, und sie kontaktierte Emily Carr, aber niemand stellte gerade Arbeitskräfte ein. Sie schien sich keine Sorgen zu machen; wir hatten Ersparnisse, genug, um uns eine Weile über Wasser zu halten. Wir schauten uns ein paar Wohnungen an, aber die meisten Vermieter wollten eine aktuelle Lohnabrechnung sehen.

Ein Vermieter warf Astrid anzügliche Blicke zu und sagte, sie bräuchte keine Lohnabrechnung oder Referenzen. Aber die Kellerwohnung war ebenso unheimlich wie er.

»Ich ziehe den Bus vor«, sagte sie.

»Ich auch«, stimmte ich zu.

Aber als der August sich dem Ende zuneigte und die Tage kürzer wurden, mussten wir Entscheidungen treffen.

»Felix«, sagte sie eines Abends, als wir draußen unser Trivial Pursuit aufbauten, »vielleicht müssen wir es noch ein bisschen im Bus aushalten, nur noch einen Monat. Bis ich einen Job habe.«

»Ist okay.« Und wirklich, zu dem Zeitpunkt war es das auch.

»Weißt du, was toll daran ist?«

»Was?«

»Für die siebte Klasse kannst du dich an jeder öffentlichen Schule anmelden, die du willst.« Das waren gute Neuigkeiten. Meine letzten beiden Schulen waren nicht furchtbar gewesen, aber auch nicht super. Ich hatte mich fortwährend unterschwellig einsam gefühlt.

»Wie wär's mit Blenheim? Die haben ein Französisch-Intensivprogramm, das in der siebten Klasse beginnt. Ich wollte schon immer Französisch lernen.« Ich fügte nicht hinzu, dass das zum Teil auch mit meinem Dad zusammenhing. »Und es ist in Kitsilano.« Meine liebsten Erinnerungen an die Schule stammten aus unserer Zeit in Kits.

Astrids Augen leuchteten auf. »Das wäre perfekt für dich. *Et nous pouvons parler français ensemble.*« Astrid konnte auch Französisch; ein weiteres Fach, das sie an der Universität studiert hatte.

Doch dann erinnerte ich mich an etwas, das mein alter Freund Dylan mir gesagt hatte. »Blenheim ist die einzige Schule auf der West Side, die ein Französisch-Intensivprogramm anbietet«, sagte ich.

»Und?«

»Und es ist größtenteils eine englischsprachige Schule. Sie haben nur zwei Räume für die Französischklassen. Das heißt, Platz für ungefähr sechzig Kinder. Wer zuerst kommt, mahlt zuerst. Dylans Schwester ist reingekommen, aber sie hat sich schon Monate vorher beworben.«

Astrid dachte einen Augenblick nach. »Nicht verzagen. Wir gehen da morgen hin. Und, Felix?« Sie sah mir in die Augen. »Lass mich das Reden übernehmen.«

Astrids Ratgeber für Lügen aller Art

Ich schätze, an dieser Stelle sollte ich erst mal erklären, ja, meine Mutter lügt gelegentlich. Dabei muss man jedoch anmerken, dass es verschiedene *Grade* von Lügen gibt, und Regeln für jede. Ein bisschen wie bei Scientology und deren Operating Thetan sind ihre Begründungen nicht immer ganz so plausibel. Aber für mich teile ich sie wie folgt ein:

Die Unsichtbare Lüge

Das ist die gewöhnliche weiße Lüge, die wir jeden Tag mehrfach verwenden, ohne darüber nachzudenken. Sagen wir zum Beispiel, man hat gerade eine tödliche Krankheit diagnostiziert bekommen, und der Kellner/Busfahrer fragt: »Wie geht es Ihnen?« Und man sagt: »Gut.« Weil es gemeinhin einvernehmlich ist, dass sie die Wahrheit nicht wissen wollen. Sie sind nur höflich. Und einem Fremden will man das sowieso nicht erzählen. Beide Parteien wollen bloß den Tag überstehen.

Die Gib-dem-Frieden-eine-Chance-Lüge

Wir alle gebrauchen diese Art von Lüge, um die Gefühle anderer zu schonen. Ein Beispiel: Vor ein paar Jahren fragte Astrids Kellnerfreundin Gina: »Wirkt mein Hintern in dieser Hose dick?« Nun. Gina ist eine körperlich umfangreiche Frau mit dem entsprechenden Po. Also ja, ihr Hintern wirkte in dieser Hose dick. Doch Astrid zögerte keine Sekunde. Sie antwortete mit einem einfühlsamen »Nein«. Als ich sie später danach fragte, sagte sie: »Überleg doch mal, Felix: Was würde es bringen, wenn ich Ja sage? Sie macht sich ohnehin schon Sorgen wegen ihres Gewichts. Ich muss auf ihre Selbstwertprobleme nicht noch einen draufsetzen.«
»Aber du bist ihre Freundin. Sollten Freunde einander nicht die Wahrheit sagen?«
»Manchmal wollen Menschen keine Ehrlichkeit; sie wollen Behaglichkeit. Außerdem sah ihr Hintern in dieser Hose nicht größer aus als in jeder anderen. Und sie hat einen absolut ansehnlichen Hintern, einen sehr proportionalen Hintern. Streng genommen habe ich also nicht gelogen.«

Die Beschönigungslüge

Astrid würde argumentieren, dass Beschönigen nicht Lügen ist, sondern einfach ein bisschen Aroma gibt, wie wenn man einem Gericht mehr Gewürze beimischt. Zum Beispiel ergänzt sie ihren Lebenslauf um Dinge, die nicht ganz, sagen wir mal, *akkurat* sind, je nachdem, um welchen Job sie sich gerade bemüht. Als sie sich für ihren ersten Kellnerjob bewarb, schrieb sie, sie habe ›umfangreiche Erfahrung in der Dienstleistungsbranche‹.

»Seit wann?«, fragte ich, als ich das las.
»Seit du auf der Welt bist. Seitdem habe ich dich von vorne bis hinten bedient.«

Die Tut-keinem-weh-Lüge

Das sind schamlose Lügen, die darauf abzielen, dem Lügner in irgendeiner Form zu helfen. Aber – und das ist ausschlaggebend – *sie tun keinem weh.*
Und zum Abschluss ist da noch:

Die Jemand-könnte-ein-Auge-verlieren-Lüge

Das ist die schlimmste Art von Lügen, die das Potenzial hat, dem Lügner, dem Belogenen oder beiden wehzutun.
Astrid wendet sie nicht oft an, und wenn doch, dann nicht mit Absicht, denke ich. Zum Beispiel glaube ich nicht, dass sie vorhatte zu lügen, als sie zu ihrer Freundin Ingrid sagte, sie würde ihr die fünfhundert Dollar zurückzahlen, die diese ihr geliehen hatte. Oder als sie dasselbe zu ihrer Freundin Karen sagte. Ich nehme an, sie war überzeugt, dass sie ihnen das Geld zurückzahlen würde. Aber das tat sie nicht. Sie hat auch Ingrids teuren Make-up-Kasten nicht zurückgegeben. Ihre Freundinnen waren verletzt und fühlten sich benutzt und schlossen sie letzten Endes aus ihrem Leben aus. Was furchtbar schade war, denn Ingrids Tochter Violet war meine liebste Babysitterin. Und mit Ingrid verschwand auch Violet aus unserem Leben.
Wenn ich darüber nachdenke, hat meine Mom mit dieser Art von Lüge eine Menge Leute vor den Kopf gestoßen. Einschließlich Daniel, den Mann, der zufällig mein Vater ist.

Sei's drum. Ich musste erst mal diese Kategorien klarstellen, bevor ich mit der Geschichte fortfahren kann. Denn Astrid steht kurz davor, eine Tut-keinem-weh-Lüge und eine Jemand-könnte-ein Auge-verlieren-Lüge zu erzählen, und das alles am selben Tag.

SEPTEMBER

»Hi, ich bin Astrid Knutsson, und das ist mein Sohn Felix.«
Wir standen im Sekretariat der Blenheim Public School. Astrid hatte ihre hübscheste Bluse im Landhausstil angezogen und Lippenstift aufgelegt. »Wir haben im Frühling die Anmeldeformulare für das Französisch-Intensivprogramm geschickt und waren den ganzen Sommer über außer Landes.«

Der Sekretär saß hinter dem Tresen am Computer und spielte Solitär. Er beendete das Spiel und öffnete einen Ordner. »Können Sie bitte den Nachnamen buchstabieren?«

»K-N-U-T-S-S-O-N. Ich war überrascht, dass keine Formulare da waren, als wir gestern Abend zurückkamen, deshalb dachten wir, wir kommen einfach vorbei.« Sie lächelte. Sie hat ein strahlendes Lächeln.

Der Sekretär runzelte die Stirn. »Wir haben keine Bestätigung, dass sein Anmeldeformular eingegangen ist.«

»Oh, aber es muss da sein. Es war vermutlich eines der ersten, die Sie erhalten haben, wenn Ihnen das hilft.«

Nun stand er auf und ging zu einem Aktenschrank. Er sah einen Ordner durch, einmal, zweimal. »Ich weiß nicht, was ich Ihnen sagen soll. Es ist nicht hier.«

»Das verstehe ich nicht. Es muss da sein. Wir haben uns absichtlich früh beworben. Felix träumt seit zwei Jahren davon.«

»Seit zwei Jahren«, wiederholte ich und ließ meine Stimme zittern, was, wie ich fand, dem Ganzen eine hübsche Note gab.

Er zuckte hilflos mit den Schultern. »Mrs Knutsson ...«

»Ms«, korrigierte sie. »Alleinerziehend. Wie ist Ihr Name?«

»Obasi.«

»Obasi, das muss ein Irrtum sein. Vielleicht hat es jemand verlegt?«

Obasi reagierte gereizt auf diese Andeutung. »Die einzige Person hier bin ich.«

»Nun, dann kann es nicht sein«, sagte Astrid rasch.

»Es sei denn ...«, sagte Obasi. »Eine Aushilfe ist Ende März eingesprungen, als ich krank war.«

»Genau da haben wir es geschickt!« Im Ernst, Astrid ist echt schlagfertig. Sie drehte sich zu mir um. »O Gott, Felix, es tut mir so leid.«

»Aber – das war alles, was ich wollte. Seit Jahren.« Ich schaffte es sogar, ein bisschen feuchte Augen zu bekommen, richtig gut. »*Je veux lernerer le français*«, fügte ich hinzu, um den Effekt zu verstärken.

Astrid drückte mich an sich. Ihre Stimme zitterte, als sie sagte: »Das ist alles meine Schuld. Ich hätte eine Kopie von den Unterlagen machen müssen. Ich hätte überprüfen müssen, ob sie angekommen sind.«

»Aber, aber«, sagte der Sekretär. »Geben Sie sich nicht die Schuld.«

»Haben Sie Kinder, Obasi?«
»Noch nicht. Aber mein Mann und ich versuchen ein Kind zu adoptieren.«
»Das ist ganz wunderbar. Sie werden die Verantwortung der Elternschaft teilen können. Ich möchte nicht lügen, es ist schwer, alles allein machen zu müssen. Und nun habe ich es wirklich vermasselt.«
»Sie haben nichts falsch gemacht. Es war vermutlich die verdammte Aushilfe.«
Astrid hatte ihn am Haken. Jetzt musste sie ihn nur noch einholen. »Gibt es denn gar nichts, was wir tun können?«
Obasi schaute sich um und senkte die Stimme. »Ich darf das eigentlich nicht, aber … erst heute Morgen ist ein Platz frei geworden. Normalerweise sollte ich in diesem Fall auf die Warteliste zurückgreifen … Aber in Anbetracht der Tatsache, dass Sie schon vor Urzeiten das Formular eingeschickt haben …«
»Das würden Sie wirklich tun?«, fragte Astrid.
Obasi nickte. Ich entzog mich Astrids Umarmung. »Danke!«, sagte ich. »Danke, danke, Sie haben mich zum glücklichsten Jungen der Welt gemacht! Gott segne uns alle miteinander!«
Ich bin nicht sicher, warum ich Tiny Tim aus Dickens' *Weihnachtsgeschichte* zitierte, aber Astrid war es ganz eindeutig zu viel, denn sie stieß mich mit dem Ellbogen in die Rippen.
Obasi schob ein paar Unterlagen über den Tresen. »Füllen Sie das aus.«
Astrid schenkte ihm ein weiteres strahlendes Lächeln. »Obasi, Sie haben soeben Ihre gute Tat des Jahres begangen. Vielen, vielen Dank.«
Er lächelte zurück. »Das bleibt unser kleines Geheimnis.«
»Oh, auf jeden Fall.«

Ich saß neben Astrid, während sie die Formulare ausfüllte. Mir fiel auf, dass sie unter *Eltern oder Vormund* einzig und allein ihre Daten eintrug.
Beim Feld *Adresse* hielt sie inne. Sie warf einen Blick zu Obasi, der in eine neue Runde Solitär vertieft war. Dann zeigte sie auf das Blatt. Ich las, was da stand: *Die Adresse muss sich im Einzugsgebiet West Side befinden. Bitte stellen Sie einen Beleg Ihrer Anschrift in Form eines behördlich ausgestellten Identitätsnachweises oder einer Telefon- oder Nebenkostenabrechnung zur Verfügung.*
Das war ein Stolperstein. Bislang hatte sie unsere Post zu einem Postfach im Osten von Vancouver weiterleiten lassen, nicht im Einzugsgebiet.
Astrid stand auf. »Obasi, ich habe ganz offenbar meinen Morgenkaffee noch nicht getrunken. Ich habe einige relevante Unterlagen zu Hause vergessen. Hier sind alle anderen Formulare. Ich bitte Sie, vergeben Sie den Platz nicht. Wir kommen gleich morgen früh mit dem Rest.«
Er runzelte die Stirn. »Bis zehn Uhr morgen Vormittag kann ich ihn frei halten, aber länger nicht.«
»Kein Problem.« Sie ließ ihr Lächeln ein letztes Mal erstrahlen.
Später im Bus saß sie auf dem Fahrersitz und schwieg. Ich wusste, dass ich still sein musste, sie versuchte auszuknobeln, was sie als Nächstes tun sollte.
Nach ein paar Minuten drehte sie den Schlüssel im Zündschloss. »Keine Sorge. Ich hab's.«

Wir warteten bis sechs Uhr abends. »Ich muss sichergehen, dass er von der Arbeit zu Hause ist«, sagte Astrid. Sie führte nicht weiter aus, wer ›er‹ war.

Um Punkt 18.01 Uhr fuhren wir eine Einfahrt in Kitsilano hoch. Vor dem Haus standen Fahrräder und ein Trampolin. »Hey«, sagte ich. »Das ist Caitlins Haus.« Ich war mit ihr zur Schule gegangen, damals, zu Zeiten unserer Eigentumswohnung. »Wieso sind wir –«

Astrid hielt bloß eine Hand hoch und sprang aus dem Wagen. »Warte hier.«

Ich beobachtete, wie sie zur Haustür lief und klopfte. Caitlins Vater, Mr Poplowski, öffnete.

Ich könnte schwören, er war perplex, als er meine Mom sah. Er schloss die Tür hinter sich und trat unter das Vordach, als wollte er nicht, dass jemand aus seiner Familie sie sah.

Sie redeten eine Weile. Er wirkte aufgebracht. Dann ging er wieder hinein. Astrid drehte sich um und streckte den Daumen hoch. Im Gegensatz zu Mr Poplowski wirkte sie vollkommen entspannt.

Ein paar Minuten später ging die Tür wieder auf. Mr Poplowski gab meiner Mom ein paar Papiere. Dann schlug er die Tür hinter sich zu.

Astrid hüpfte praktisch zum Bus zurück. »So. Das wäre erledigt.«

»Was hast du gemacht?«

»Wir brauchen eine Adresse. Er hat mir eine verschafft.«

»Wir geben der Schule Caitlins Adresse?«

Sie lachte. »Nein, nein. Ihr Vater lässt uns die Adresse seiner Anwaltskanzlei auf dem Broadway benutzen. Büros im Erdgeschoss, in den oberen Etagen Wohnungen, aber die Schule wird den Unterschied nicht bemerken. Wir können unsere gesamte Post dorthin weiterleiten lassen.«

»Und das ist für ihn in Ordnung?«

Sie fuhr los. »Er hat keine andere Wahl.«
»Aber warum ...«
»Felix. Es reicht mit den Fragen.«
Ich hielt die Klappe. Aber ich dachte an das letzte Mal, als ich Mr Poplowski gesehen hatte.
Es war im Winter gewesen. Damals wohnten wir in unserer Eigentumswohnung. Auf dem Weg zur Schule ging es mir noch gut, aber später am Vormittag musste ich mich plötzlich übergeben. Die Schulkrankenschwester sagte, ich würde die Grippe kriegen. Sie rief meine Mom ein paarmal bei der Arbeit an, aber es ging niemand ran, also sagte sie, ich solle mich auf die Pritsche in ihrem Büro legen. Irgendwann wurde mir langweilig. Als die Schwester auf die Toilette ging, schlich ich mich hinaus. Ich wollte einfach nach Hause laufen und mich dort hinlegen, denn wenigstens hatten wir einen Fernseher.
Ich schloss die Wohnungstür auf. Meine Mom war da – mit Mr Poplowski. Er zog gerade seine Schuhe an. »Hey, Felix, alter Kumpel! Was machst du denn schon zu Hause?« Er klang übertrieben enthusiastisch.
»Caitlins Vater ist Anwalt«, sagte meine Mom. »Er hat mir mit dem Vertrag für die Eigentumswohnung geholfen.«
Mir war schwindelig, und außerdem war ich erst acht oder neun, also stellte ich keine Fragen. Aber mein S.H.I.T. fand es sonderbar, dass meine Mom einen geschäftlichen Termin im Bademantel wahrnahm.
Ich will gar nicht allzu viel darüber nachdenken. Aber ich schätze, Caitlins Dad war es lieber, an einer kleinen Lüge beteiligt zu sein als eine große Lüge ans Tageslicht kommen zu lassen.

Auf dem schnellsten Weg fuhren wir zur Bibliothek in Kits. Astrid nahm eines der Blätter, die Caitlins Dad ihr gegeben hatte: eine Stromrechnung seiner Anwaltskanzlei. Sie fuhr einen Bibliothekscomputer hoch und fand eine Schriftart, die der auf der Stromrechnung glich. Sie tippte ihren Namen, *Astrid Knutsson*, und druckte ihn aus. Dann schnitt sie ihn vorsichtig aus und klebte ihn auf Mr Poplowskis Namen. Sie kopierte die Rechnung und zeigte mir das Ergebnis.

Sah gut aus. Echt.

Am nächsten Morgen um exakt 9.01 Uhr betraten wir das Sekretariat. »Ah, perfekt«, sagte Obasi. »Da sind Sie ja.« Astrid reichte ihm die Rechnung und er begutachtete sie. »Normalerweise nehmen wir keine Kopien an. Wir haben am liebsten das Original.«

»Die Originale sind momentan bei meinem Steuerberater.«

»Ist in Ordnung. Bringen Sie einfach bei Gelegenheit eine vorbei.« Obasi lächelte mich an und streckte den Arm aus. Wir schüttelten uns die Hand. »Herzlichen Glückwunsch, Felix. Wir sehen uns nächste Woche.«

Ich war glücklich – regelrecht aufgedreht –, als wir wieder in den Bus stiegen. Der August war toll gewesen, aber ich freute mich darauf, wieder unter Gleichaltrigen zu sein, vielleicht sogar einen oder zwei Freunde zu finden.

Astrid startete den Wagen nicht. »Damit wir uns richtig verstehen, Felix. Es ist am besten, wenn du deinen neuen Klassenkameraden nichts davon erzählst.«

»Wie du mich in den Kurs gekriegt hast?«

»Nein. Na schön, ja. Das auch. Aber ebenso über unsere derzeitige Wohnsituation.« Sie deutete auf den Bus. »Du und ich, wir beide wissen, dass es ohne jeden Zweifel vorübergehend ist. Aber andere Leute … verstehen das vielleicht nicht. Wir wollen niemandem Anlass geben, das MKFE anzurufen.«

Ein Kälteschauer durchzuckte mein Herz.

MKFE. Ministerium für Kinder- und Familienentwicklung.

An die waren wir schon mal geraten, im April. Astrid und Abelard hatten in der Nacht zuvor eine ihrer spektakulären Auseinandersetzungen gehabt. Am nächsten Morgen stand ein Sozialarbeiter mit einem Haufen Fragen vor der Tür. Vermutlich hatte unser Vermieter dort angerufen, weil er über uns wohnte. Vielleicht hatte er sich Sorgen gemacht, dass ich körperlich misshandelt wurde. Ich nicht. Abelard hat sich an *mir* nie vergriffen. Wie dem auch sei. Aus dieser Erfahrung und den Geschichten, die meine Mom mir erzählt hatte, wusste ich, dass man lieber nicht auf dem Radar des MKFE auftauchen sollte. Nicht heute, nicht morgen, nicht in einer Million Jahre. Also sagte ich: »Okay.«

Nicht über meine Wohnsituation zu reden, erschien mir zu dem Zeitpunkt als keine große Sache.

Wie Astrid sagte, es war vorübergehend.

Im Handumdrehen würden wir wieder eine Wohnung haben.

An meinem ersten Tag in Blenheim war ich so nervös, dass meine Verdauung zur Höchstgeschwindigkeit auflief, was in den besten Zeiten schon nicht gut ist, und *wirklich* gar nicht gut, wenn man in einem Bus wohnt.

Zum Glück hatten wir in dieser Nacht ein paar Straßen von der Schule entfernt geparkt, gegenüber dem örtlichen Gemeindezentrum. Astrid hatte es so geplant, damit wir eine Möglichkeit hatten, uns morgens frisch zu machen. Innerhalb von einer halben Stunde flitzte ich drei Mal hinüber, um das Klo zu benutzen.

Am Vortag waren wir zu Soleils Haus gefahren, um noch ein paar von unseren Sachen zu holen; dickere Pullis, wärmere Jacken, Schuhe und die Schulsachen, die ich noch vom letzten Jahr hatte.

Als wir ankamen, war die Einfahrt leer und alle Jalousien heruntergelassen.

»Ich glaube, es ist keiner zu Hause«, sagte ich.

»Kein Problem.« Astrid fuhr los. Ich dachte, wir würden wegfahren. Stattdessen bog sie zweimal rechts ab und hielt in einer Gasse hinter Soleils Grundstück.

Meine Eingeweide verkrampften sich. »Was machst du?«

»Reingehen.«

»Mom«, sagte ich. Sie sah mich scharf an; sie mag es nicht, wenn ich sie so nenne. »Wir brechen nicht ein.«

»Wer hat denn was von Einbrechen gesagt?« Sie zog einen Schlüssel aus ihrer Tasche.

»Soleil hat dir einen Schlüssel gegeben?«, fragte ich, als wir aus dem Bus stiegen.

Astrid öffnete das hintere Tor. »Ja und nein. Sie hat ihn mir für die Dauer unseres Aufenthaltes gegeben. Ich habe ihn nachmachen lassen, bevor ich ihn ihr zurückgegeben habe.«

Meine Eingeweide verkrampften sich erneut. »Dann *brechen* wir *ein*.«

Sie steckte den Schlüssel ins Türschloss. »Nicht, wenn wir nur unsere Sachen mitnehmen.«

Ich fing an zu hicksen. Das passiert immer, wenn ich Angst bekomme. »Und wenn sie nach Hause kommen?«

»Werden sie nicht. Sie sind im Urlaub. Ich hab meine Hausaufgaben gemacht.«

»Also hast du es so geplant. *Hicks!*«

Astrid drückte die Tür auf. Wir wurden von einem schrillen Fiepton begrüßt.

Eine Alarmanlage. Meine Eingeweide erschlafften.

Aber Astrid gab nur einen Code in das Bedienfeld ein und der schrille Ton verstummte. »Böna, alles gut. Soleil wird nie erfahren, dass wir hier waren.«

Schlussendlich verbrachten wir den gesamten Nachmittag dort. Astrid wusch unsere Wäsche. Dann ließ sie im Gästebad ein

Schaumbad für mich ein. Mein Widerwillen schmolz dahin, als ich in die Wanne stieg. Es war herrlich. Während ich einweichte und mich abseifte, ließ sie für sich den Whirlpool im Badezimmer volllaufen.

Ich schäme mich ein bisschen, das zuzugeben, aber wir plünderten auch ihre Gefriertruhe. Eine tiefgekühlte Lasagne rief förmlich nach uns. Also wärmten wir sie auf und aßen sie. Astrid entdeckte eine Plastikdose in einer von Soleils Schubladen und tat die Reste hinein, damit ich sie als Mittagessen mitnehmen konnte.

Es war schon ziemlich toll, zum ersten Mal seit einem Monat in einem richtigen Haus zu sein. Also gingen wir nach dem Abendessen immer noch nicht. Wir saßen im Wohnzimmer und guckten Fernsehen, einschließlich meiner Lieblingssendung *Wer, Was, Wo, Wann*, was wie *Jeopardy!* auf Steroiden ist. Im Unterschied zu Alex Trebek fuchtelt Horatio Blass, der Moderator von *Wer, Was, Wo, Wann*, mit den Armen, spricht mit dröhnender Stimme und macht dauernd: »Wuuuuu-huuuuu!«

Ich rief die Antworten, bevor die Kandidaten den Mund aufmachten. Fast immer hatte ich recht. Ich will nicht angeben; es ist einfach so, dass ich ein komisches Talent habe, Fakten abzuspeichern. Und da meine Mom alles von Anthropologie bis Weltgeschichte und obendrein noch englische Literatur studiert hat, habe ich über die Jahre eine LKW-Ladung Fakten aufgeschnappt. »Du bist wie ein Schwamm«, sagte ein Lehrer mal zu mir, nachdem ich aus dem Gedächtnis Martin Luther Kings Rede *Ich habe einen Traum* rezitiert hatte.

Während wir fernsahen, schweifte mein Blick zu einem riesigen schwarz-weißen Familienporträt, das über dem Kamin hing. Soleil, ihr Ehemann und ihre Zwillingssöhne trugen beinahe

identische Kleidung: cremeweißer Pullover mit Rundhalsausschnitt und eine dunkle Hose.
Ich will nicht leugnen, dass ich ein neidisches Ziepen verspürte. Sie sahen so glücklich aus. So reich.
Wir wollten keine Aufmerksamkeit erregen, indem wir Licht anmachten, also hauten wir ab, als es langsam dunkel wurde.
Ich möchte betonen, dass wir den Ort makellos hinterließen. Vielleicht sogar sauberer, als er bei unserer Ankunft gewesen war. Und wir nahmen nur die Lasagne. Und die Plastikdose. Und ein Bier für Astrid und eine Limo für mich.
Ich bin ziemlich sicher, es war bloß ein seltsamer Zufall, dass meine Mutter eine Woche später einen Pullover trug, den ich noch nie zuvor gesehen hatte.
Cremeweiß. Rundhalsausschnitt.

Bevor ich zur Schule losging, nahm Astrid mich noch einmal in Augenschein. Wie immer waren meine Haare ein gewaltiger Bausch aus Blond, seidig sauber, und dufteten wunderbar. Ich trug eine Jeans aus dem Secondhandladen – wieso jemand woanders einkauft, ist mir schleierhaft – und mein Lieblings-T-Shirt mit der kanadischen Flagge und dem Spruch MEMBER OF THE EH-TEAM darauf.
»Du siehst klasse aus«, sagte Astrid. »Ich hoffe, es wird ein wundervoller Tag.«
»Ebenfalls.« Sie wollte auf Jobsuche gehen. Sie trug eine graue Stoffhose, Ballerinas und eine ihrer hübschen Blusen. Astrid weiß, wie man einen guten ersten Eindruck macht. Mit den späteren Eindrücken wird es manchmal problematisch.
Ich lief die paar Blocks bis Blenheim. Es war ein herrlicher Tag. Kastanienbäume standen zu beiden Seiten der Straße und ihre

Blätter raschelten im Wind. Mein Magen gluckste, weil ich zum Frühstück nur eine Banane gegessen hatte; für mehr war ich zu aufgeregt.
Als ich durch die Eingangstür des alten gelben Backsteinbaus trat, versuchte ich ein Selbstbewusstsein an den Tag zu legen, das ich nicht verspürte.
Unwillkürlich fiel mein Blick auf einen Jungen ein Stück weiter hinten im Flur. Er sah aus, als wäre er erst fünf Minuten zuvor aufgestanden. Sein gestreiftes T-Shirt und seine Jeans waren zerknittert, seine Haare waren ein krasser Fall von ›eben aus dem Bett gefallen‹ und er hatte versehentlich sein Hemd in seine Unterhose gesteckt.
Ich erkannte ihn sofort.
Es war Dylan Brinkerhoff, mein alter bester Freund.

»Dylan, hallo«, sagte ich mit rauer Stimme.
Er drehte sich um und guckte mich einen Augenblick lang ausdruckslos an. Mir rutschte das Herz in die Hose. Dann öffneten sich seine Lippen zu einem breiten Grinsen und enthüllten einen Mund voller Metall. »Felix!« Er umschlang mich mit beiden Armen und drückte mich. »Bist du wegen des Französisch-Intensivprogramms hier?« Er sprach mit einem leichten Lispeln, wegen der Zahnspange, als würde sie an seiner Zunge ziehen.
»Ja. Bitte sag mir, du auch.«
»Ich auch! Heißt das, du wohnst jetzt wieder hier in der Gegend?«
»Das heißt es, genau.«
»Das ist so cool! Wo wohnst du?«
Ich blinzelte hektisch. So früh hatte ich die Frage nicht erwartet.

»Auf der West Side, aber gerade noch so. Lange Busfahrt.« Ich sagte mir, dass es sich hier um eine Unsichtbare Lüge handelte.
»Wer ist dein Lehrer?«, fragte er.
»Monsieur Thibault.«
»Meiner auch. Was für ein Zufall!«
Eben wollte ich sagen, dass der Zufall gar nicht so riesig war, da es lediglich zwei Intensivkurse gab, aber ich ließ es sein. »O Mann, das ist so cool!«
Wir hätten uns nicht einiger sein können.

Dylan und ich fanden zwei Sitzplätze in der Mitte der Klasse. Für den Anfang schien das eine sichere Sache zu sein. Ich zählte achtundzwanzig Kinder, die gleiche Anzahl Jungs wie Mädchen. Das übliche Erster-Schultag-Geplapper gab es nicht, die meisten von uns kamen von anderen Schulen, also waren wir *alle* neu, was ehrlich gesagt eine Erleichterung darstellte.
Ein Mann betrat den Raum. Er wirkte wie ungefähr fünfundzwanzig, hatte dicke, muskulöse Arme und eine breite Brust. Er trug einen schwarzen Bart und einen sorgfältig getrimmten Schnauzer. Und er hatte Tattoos. Jede Menge Tattoos. *»Bonjour, je m'appelle Monsieur Thibault.* Hallo, ich heiße Mister Thibault.«
Dylan und ich guckten uns an. Monsieur Thibault sah mehr aus wie ein Hells Angel als wie ein Lehrer.
Auf Englisch erzählte er uns, dass er in Québec City geboren und aufgewachsen war und neun – neun! – Brüder und Schwestern hatte. Er erinnerte uns daran, dass wir alle im selben Boot saßen, es also keinen Grund gab, nervös zu sein. Mein S.H.I.T. sagte mir, dass er toll war. »Heute und nur heute werden wir Englisch miteinander sprechen. Ab morgen ist dann alles *en*

français. So, dann stellen wir uns nun nacheinander vor. Erzählt uns, warum ihr diesen Kurs gewählt habt.«

Er fing ganz hinten an und arbeitete sich nach vorn durch. Dann war Dylan an der Reihe. »Ich bin Dylan Brinkerhoff. Meine älteren Schwestern, Cricket und Alberta, waren schon in diesem Kurs. Sie haben gesagt, ich soll ihn auch machen. Ich schätze, deshalb bin ich hier.«

Ich war der Nächste.

»Ich bin Felix Knutsson. Ich bin halb schwedisch, aber ich habe nie richtig Schwedisch gelernt, und ich bin zu je einem Viertel haitianisch und französisch, aber ich kann weder Kreolisch noch Französisch. Und ich mag Sprachen und fordere mich gern selbst, also … hier bin ich.«

Die meisten stellten sich vor wie wir, kurz und bündig und auf Englisch. Dann kam Monsieur Thibault zur letzten Schülerin, die (im Rückblick betrachtet vorhersehbar) in der ersten Reihe saß.

Winnie Wu.

Winnies lange, schwarze Haare waren zu einem französischen Zopf geflochten, mit Absicht, wie mir erst später auffiel. *(Französischer* Zopf. Kapiert?) Sie trug eine weiße Bluse und einen karierten Rock mit roten Kniestrümpfen und schwarzen Lederschuhen. Um den Hals hatte sie eine goldene Kette mit zwei Anhängern; ein Herz aus Jade und ein kleines goldenes Kreuz. Auf ihrem Kopf saß, kunstvoll drapiert, eine rote Baskenmütze.

»Je suis ici parce-que j'aime beaucoup tous les choses françaises. J'ai acheté les ›listening tapes‹ pour étudier.«

Stille. Die meisten von uns konnten kaum auf Französisch bis zehn zählen; wir hatten keine Ahnung, was sie gerade gesagt hatte. Aber auf Monsieur Thibaults Gesicht leuchtete ein entzücktes Grinsen auf. »Hervorragend, Winnie …«

Winnie war noch nicht fertig. »*Mes parents m'ont emmenée à Las Vegas l'hiver passé et j'ai vu la Tour Eiffel, et vraiment, c'était l'amour au premier regard! Maintenant j'aime tous les choses françaises – la cuisine, la culture, le cinéma. Quand nous aurons assez d'argent nous irons visiter le vrai Paris. Et, un jour, je veux vivre en France.*«

Monsieur Thibault gab uns die gekürzte Version: »Winnie wurde zu einer begeisterten Frankreich-Liebhaberin, als sie den Eiffelturm gesehen hatte.« Dann hüstelte er. »In Las Vegas.«

Und es war, als wären keine zwei Jahre vergangen, seit ich Dylan das letzte Mal gesehen hatte, denn wir guckten uns an und schmissen uns weg vor Lachen, allerdings auf unsere spezielle Art, die nur wir hören konnten.

Den Rest des Tages machten wir Spiele, um einander kennenzulernen.

Als es zum letzten Mal klingelte, fragte Dylan: »Willst du mit zu mir kommen?«

Ich wollte unbedingt. Aber ich war so gespannt zu erfahren, wie es bei meiner Mutter gelaufen war. »Heute kann ich nicht. Wie wär's mit morgen?«

»Klar.«

Wir gingen zusammen zu unseren Schließfächern. »Hey, habt ihr immer noch euren Poltergeist?«

Als ich Dylan kennengelernt hatte, war er überzeugt gewesen, dass es in ihrem Haus einen freundlichen, aber oft auch zu Scherzen aufgelegten Poltergeist namens Bernard gab, denn ständig verschwanden seine Sachen.

»Ja! Ich bin ziemlich sicher, dass er erst heute Morgen eine Socke geklaut hat!«

Ich grinste. Ich fand es klasse, dass Dylan immer noch an Bernard glaubte.

Wir verabschiedeten uns. Ich lief zurück zum Bus und klopfte das Geheimsignal. Astrid schob die Tür auf. »Wie war dein erster Tag?«

Ich berichtete ihr von der neuen Schule und von Dylan.

»Das ist toll, Felix.«

»Wie war's bei dir?«

Sie lächelte. »Ich hab einen Job gefunden. In einem Café in Kerrisdale. Ich habe gesagt, ich hätte sehr viel Erfahrung im Servieren von Kaffee, was im Grunde wahr ist; ich serviere mir selbst jeden Morgen Kaffee.«

Wir klatschten ab. »Astrid, das ist fantastisch.«

»Die Bezahlung ist nicht supertoll, aber ich kann viele Schichten arbeiten und das ganze Trinkgeld behalten. Das ist erst mal okay, bis was Besseres kommt, und in der Zwischenzeit können wir uns nach einer Wohnung umschauen. In ein paar Wochen kann ich einen Arbeitsnachweis abgeben und meine Lohnabrechnung zeigen.«

Wir feierten. Astrid wärmte zwei Dosen vegetarisches Chili auf dem Kocher auf. Ich gab Horatio eine Extraportion Salat. Wir bauten unsere Faltstühle im Park auf der gegenüberliegenden Straßenseite auf und aßen unser Chili al fresco zusammen mit ein paar rohen Möhren und Gurke. Zum Nachtisch gab es Äpfel und selbst gekaufte Kekse.

Gegen zehn Uhr lagen wir in den Betten und lasen mit unseren Stirnlampen, als es an der Tür des Busses klopfte.

Astrid saß sofort kerzengerade im Bett. »Wer ist da?«

»Nur ein besorgter Nachbar«, sagte eine Männerstimme. »Sie parken hier schon ein paar Nächte lang. Ich frage mich, wen Sie besuchen.«

»Unsere Freunde«, erwiderte Astrid ohne zu zögern. »Wir schlafen hier draußen, damit sie ihre Ruhe haben.«

»Verstehe. In welchem Haus wohnen Ihre Freunde?«

»In dem rosafarbenen.« Rosafarbene Häuser gab es in diesem Wohngebiet überall.

»Die Woodbridges?«

»Ganz genau.«

»Okay. Ich gehe kurz zu ihnen rüber und frage nach.«

»Machen Sie das.«

Ich zog einen der Vorhänge zurück und sah zu, wie er die Straße hinunterlief. Meine Mom kletterte auf den Fahrersitz. »Tut mir leid, Felix. Wir müssen einen neuen Platz für heute Nacht finden.«

Der Mann sah auf, als wir vorbeifuhren.

Astrid grüßte ihn mit dem Mittelfinger.

Am nächsten Tag ging ich nach der Schule mit zu Dylan, obwohl ich ziemlich erledigt war. Nachdem wir einen neuen Parkplatz für den Bus gefunden hatten, hatte ich eine ganze Weile gebraucht, um runterzukommen. Ich musste erst sämtliche amerikanischen Bundesstaaten in alphabetischer Reihenfolge im Kopf aufzählen, von Alabama bis Wyoming, *und* das gesamte Periodensystem durchgehen, bis ich endlich wegdämmerte. Dennoch war ich aufgeregt, als wir die fünf Blocks bis zu seinem Haus liefen. Es war lange her – und ich meine *lange* –, dass ich bei einem Freund zu Hause gewesen war, da an meinen letzten Schulen die Hauptzutat gefehlt hatte (Freunde).

Das Haus der Brinkerhoffs war genau so, wie ich es in Erinnerung hatte. Die Terrasse sah immer noch aus, als würde sie demnächst einstürzen. Die neongelbe Farbe blätterte ab. Das Gras war braun und wuchs ungleichmäßig. Auf dem Rasen lag altes Kinderspielzeug, obwohl Dylan, der Jüngste, seit Jahren nicht mehr damit gespielt hatte. Drinnen konnte man vor lauter rumliegenden Schuhen, Socken, Pullis und Büchern kaum den Parkettboden sehen. Sie hatten Staubflocken, die größer als Horatio waren. In der Küche stand ein Stapel Geschirr in der Spüle, der exakt so aussah wie der Stapel, der sich vor ein paar Jahren dort getürmt hatte. Meine Socken blieben ganz leicht an ein paar Flecken auf dem Boden haften, genau wie früher.

Es war wunderbar. So voller Leben.

Eine riesengroße orangefarbene Katze tapste in die Küche und rieb sich an Dylans Beinen. »Das ist Craig«, sagte Dylan, als er ihn hochnahm. »Er ist zwei. Wir haben ihn letztes Jahr bekommen.« Er hielt mir den Kater hin und ich nahm ihn. Craig schnurrte selig auf meinem Arm.

»Boah. Der wiegt bestimmt zwanzig Pfund.«

»Einundzwanzig.«

Dylans ältere Schwester Alberta spazierte herein. Auch sie sah noch genauso aus wie früher, mit den langen braunen Haaren, dem schielenden Auge und einer einzigartigen T-Shirt-Sammlung. Auf diesem stand: WAS DICH NICHT UMBRINGT, MACHT DICH HÄRTER. AUSSER BÄREN. BÄREN BRINGEN DICH UM. »Oh, wie süß, Dylan hat schon einen kleinen Freund gefunden.« Sie nahm die Milch aus dem Kühlschrank und trank direkt aus der Packung. »Warte mal. Diese Haare würde ich überall wiedererkennen. Du bist Bionicle Depp.«

Ich wurde ein ganz kleines bisschen rot. »Bin ich. Aber ich werde lieber Felix genannt.«

»Ihr seid immer in euren Toy-Story-Schlafanzügen mit euren Lego Bionicles rumgerannt und habt Laserkanonengeräusche gemacht. Rüuum rüuum rüuum! Ha-ha-ha-ha-ha-ha-Hiiee-Hah!« Ihr Lachen war ebenfalls noch dasselbe. »Ihr wart so süß. Voll die Nerds.« Sie betrachtete uns prüfend. »Manches hat sich

kein bisschen geändert! Ha-ha-ha-ha-ha-ha-Hiiee-Hah!« Dann schenkte sie jedem von uns ein Glas Milch aus der Packung ein, aus der sie gerade getrunken hatte.
Es war himmlisch.

Kennen Sie das, dass Sie manchmal nicht wissen, wie sehr Sie etwas vermisst haben, bis Sie es wiederkriegen? So ging es mir mit der Tatsache, wieder einen Freund zu haben. Es war so, wie wenn man lange unscharf sieht, dann gibt einem jemand eine Brille und man schaut die Welt um sich herum an und sagt: »Wow! *Das* hat mir also gefehlt!«
In diesen ersten zwei Wochen ging ich fast jeden Tag zu Dylan nach Hause. Er fragte nie, ob er mit zu mir kommen könnte; sein Zuhause lag so nah an der Schule, es leuchtete einfach ein. Wir machten unsere Hausaufgaben. Er berichtete mir alles über Bernard. »Erst gestern, okay? Ich habe das Catan-Spiel auf dem Wohnzimmertisch liegen lassen, weil Alberta und ich mittendrin waren. Ich war am Gewinnen. Und heute Morgen waren alle Teile so verschoben, dass es aussah, als würde sie gewinnen. Und ich nur so: ›Bernard, du raffinierter Halunke!‹«
Wir aßen auch. Jede Menge. Die Schränke waren voller Riesenpackungen von Costco. Wir vernichteten Pizza-Pops und Burritos und schoben uns das Essen vor dem Fernseher rein. Da ich seit über einem Monat fast nur Essen aus Dosen zu mir genommen hatte, war das das Allergrößte, im Ernst.
Eines Nachmittags lief eine Wiederholung von *Wer, Was, Wo, Wann.* »In welchem amerikanischen Kultroman kommt die Figur Becky Thatcher vor?«, fragte Horatio Blass.
»Die Abenteuer des Tom Sawyer!«, schrie ich ganze drei Sekunden, bevor einer der Spieler den Buzzer drückte.

»Wie hieß Hitlers Hund?«
»Blondi.«
»Wer ist der griechische Gott des Weins?«
»Dionysos.«
Irgendwann fiel mir auf, dass Alberta – die aus der Küche hereingekommen war – und Dylan mich anstarrten. »Wow. Eierkopf«, sagte Alberta.
Dylan warf ein Kissen nach ihr. »Du bist gut, Felix. Echt gut.«
»Besser als mein Freund Henry«, sagte Alberta. »Und der ist an unserer Schule im Schülerquiz-Oberstufenteam.«
»Alberta war in der Unterstufe dabei, aber fürs Oberstufenteam war sie zu blöd«, erklärte Dylan.
Alberta schmiss das Kissen zurück und ging aus dem Zimmer.
»Du solltest dich da bewerben«, sagte Dylan.
»Kann ich nicht. Man muss mindestens achtzehn sein.« Craig sprang auf die Couch und streckte sich laut schnurrend rücklings zwischen uns aus.
»Das ist ja doof. Du könntest voll gewinnen!«
»Das bezweifle ich«, sagte ich. »Aber danke.«
Ich ging immer, bevor Dylans Eltern nach Hause kamen. Ich mochte die Brinkerhoffs und ich hatte keine Lust, Fragen über meine Mom und darüber, wo wir wohnten, beantworten und vielleicht lügen zu müssen.
Anders als einige Leute, die ich kenne, bin ich ein miserabler Lügner.

Mit Astrids Job lief es gut. Manchmal ging ich von Dylan aus zum Café und blieb bis zum Ende ihrer Schicht dort. Sie schob mir dann einen unbezahlten heißen Kakao hin, und wenn sie nichts zu tun hatte, führte sie simple Unterhaltungen auf Französisch mit mir. Das half, denn im Unterricht sprachen wir jetzt ununterbrochen Französisch. Es war für alle schwer.

Mit Ausnahme von Winnie Wu.

Gegen Ende unserer zweiten Woche teilte Monsieur Thibault uns in Zweiergruppen ein und wies uns je ein Bilderbuch zu. Wir mussten einen kurzen Text auf Französisch darüber schreiben.

»Felix, du wirst mit Winnie zusammenarbeiten.«

Beinahe hätte ich laut aufgestöhnt.

Winnie Wu war wie ein gigantischer Tritt in den *derrière*, um das französische Wort zu gebrauchen. Sie konnte einfach nicht aufhören zu reden. Oder Fragen zu stellen. Über alles.

»Sir, haben Sie schon mal *escargots* gegessen? Ich habe sie in Paris Las Vegas probiert.«

»Sir, nehmen wir nicht auch irgendwann das *passé simple* durch?«

»Sir, wer hat entschieden, welche Wörter feminin sind, *la*, und welche Wörter maskulin, *le?«* Nichts, aber auch gar nichts konnte sie einfach mal so stehen lassen, ohne etwas dazu zu sagen, und das alles in irritierend gutem, selbst erlerntem Französisch. Mein S.H.I.T. sagte mir, dass sie manchmal sogar Monsieur Thibault auf die Nerven ging. Wenn sie die achtzehnte Frage des Tages stellte, sah ich, wie er tief Luft holte, ein paar Sekunden lang den Atem anhielt und dann langsam ausatmete.

Und nun sollte ich mit ihr zusammenarbeiten.

Dylans fieses Grinsen entblößte seine Eisenwaren. *Viel Glück, du Lutscher,* formte er lautlos mit den Lippen.

Ich saß Winnie schräg gegenüber. Sie trug eine andere Bluse und einen anderen karierten Rock und ihre Baskenmütze war grün. Mir fiel ebenfalls auf, dass sie eine tadellose Haltung hatte, gerade weiße Zähne und natürlich rote Lippen, *die niemals aufhörten, sich zu bewegen.*

»Wir müssen das Offenkundige kritisch hinterfragen«, sagte sie. »Wir müssen die tiefgründigeren Implikationen thematisieren, mit denen Walter und seine Eigentümer im Verlauf dieser speziellen Misere konfrontiert sind. Liegen hier zum Beispiel gewichtigere Themen vor, die wir noch nicht aufgedeckt haben …«

»O Gott!«, platzte ich auf Englisch heraus. »Er ist ein furzender Hund!« Wir hatten das Buch *Walter le Chien qui Pète* zugeteilt bekommen.

»Felix, *en français, s'il vous plaît*«, sagte Monsieur Thibault.

Unser ›kurzer Text‹ wurde zwei Seiten lang, mit einfachem Zeilenabstand. Immerhin kriegten wir eine Eins. Aber ich sagte zu Dylan, dass ich nie, nie wieder mit Winnie Wu zusammenarbeiten würde.

Diesen Eid legte ich an einem Freitag ab.

Und brach ihn am darauf folgenden Montag.

Die Schülerzeitung sucht Freiwillige, die ein paar Seiten für die Oktoberausgabe auf Französisch schreiben«, verkündete Monsieur Thibault am Montag unserer dritten Woche. »Sie erscheint monatlich. Es gibt keine Zusatzpunkte dafür, aber es ist eine tolle Möglichkeit, an eurer Sprachkompetenz zu arbeiten. Wer interessiert ist, wir haben unser erstes Treffen nach der Schule in Raum 222.«

»Ich finde, wir sollten es probieren«, sagte Dylan später in der Cafeteria. Er aß ein Schinkenbrot. In seiner Zahnspange blieb einiges hängen, genug für einen nachmittäglichen Imbiss.

»Ich auch«, erwiderte ich.

»Weißt du noch, die Zeitschrift, die wir geschrieben haben, als wir Kinder waren? *Geschichten vom Ur-Anus!?*«

»Du hast einen Artikel mit dem Titel ›Außerirdische haben meinen Hintern erforscht!‹ geschrieben.«

»Und du ›Marsianer stiehlt die Unterhosen einer ganzen Familie!‹«

Wir lachten uns kaputt. Dabei versprühte Dylan ein wenig von seinem Sandwich in meine Richtung, aber das störte mich nicht; was macht schon ein bisschen zerkautes Essen unter Freunden?

Nach der Schule gingen wir zu Raum 222. Monsieur Thibault saß dort mit dem Redakteur der Zeitung, einem Achtklässler, der sich als Charlie Tuyen vorstellte.

»Sieht so aus, als wärt ihr zwei die Einzigen«, sagte Monsieur Thibault. »Dann würde ich sagen, wir fangen an.«

»Danke fürs Kommen«, begann Charlie, als die Tür aufging und ein Nachzügler hereinkam.

Winnie.

Sie wirkte nervös; ihre Baskenmütze war verrutscht.

»Entschuldigung, dass ich zu spät komme«, sagte sie. »Donald fand es witzig, meine Mütze zu klauen und als Frisbee zu benutzen.«

Donald war ein Junge aus unserer Klasse, und er schien ein ziemlicher Idiot zu sein.

Winnie setzte sich auf den Platz vor mir und Charlie fuhr fort. »Wir wollen, dass die Zeitung einen französischen Anteil hat, hauptsächlich für euch im Intensivprogramm, aber auch für die übrigen Schüler, die regulär Französisch belegen und ihre Sprachkompetenz trainieren wollen. Ihr könnt so ziemlich über alles schreiben, was ihr wollt. Wir brauchen nur genug Stoff, um drei Seiten zu füllen.«

Winnie hob die Hand.

»Ja?«, sagte Charlie.

»Das wird kein Problem sein. Für mich zumindest nicht.«

Sie verzog den Mund zu einem winzigen, selbstgefälligen Grinsen.

Dylan und ich guckten uns an und taten so, als müssten wir kotzen.
»Okay, also, bei der ersten Ausgabe ist die Lage etwas kritisch, wenn ihr mir daher die Texte bis Montag, den dreißigsten …«
Winnie hob wieder die Hand.
»Ja?«
»Ich vermute, ihr wollt knallharte Berichterstattung? Politik, Armut, Drogen?«
»Na ja, es ist eine Schülerzeitung. Die soll relativ locker und unterhaltsam sein.«
Winnies Hand schnellte wieder nach oben.
»Du musst dich nicht immer melden …«
»Mit anderen Worten, du willst weichgespültes Larifari«, sagte sie und verzog missbilligend den Mund.
Monsieur Thibault atmete tief ein. Und langsam wieder aus.
»Hey, schreib, was du willst«, sagte Charlie. »Ist mir egal. Ich brauch es bloß bis zum dreißigsten. Die Sitzung ist vertagt.«
Charlie und Monsieur Thibault flitzten buchstäblich aus dem Zimmer.
»Gehen wir zu mir nach Hause«, sagte Dylan zu mir, als wir aufstanden. »Ideen spinnen.«
Winnie drehte sich zu uns um. »Ein exzellenter Plan.«
Dylan und ich warfen uns Blicke zu, die besagten: *Mist.* Winnie musste es gesehen haben, denn ihre Unterlippe fing an zu zucken. »Oh. Verstehe. Ihr habt nicht mich gemeint.«
Es folgte eine lange Pause.
»Du kannst auch mitkommen, wenn du willst«, sagte Dylan ohne jeglichen Enthusiasmus.
Dies war der Augenblick, in dem Winnie den Hinweis hätte kapieren und sagen müssen: »Nein, ist schon okay.«

Stattdessen hellte sich ihr Gesicht auf. »Primissimo! Ich hole nur schnell meine Schulmappe.«
Ich guckte Dylan an. »Primissimo?«
»Schulmappe?«
Das würde ein langer Nachmittag werden.

Winnie war genauso nervig, wie wir erwartet hatten, vielleicht sogar noch mehr. Es fing mit ihrem Gesichtsausdruck an, als sie Dylans Haus betrat. Ihr perfekter roter Mund verformte sich zu einem O des Schreckens. Sie versuchte es zu überspielen. »Es ist so … charmant.«
Unser Angebot von Pizza-Pops und Chips lehnte sie ab. »Leere Kalorien. Außerdem kann ich euch sämtliche Gründe aufzählen, warum ihr um des Planeten willen weniger Fleisch essen solltet …«
»Bitte nicht«, sagte Dylan.
Im Wohnzimmer breitete sie ihre Jacke über die Couch, bevor sie sich setzte. Die Couch war voller Katzenhaare, aber trotzdem.
»Also. Sollen wir einfach mal Ideen raushauen?«, fragte Dylan.
Winnie holte ein ledergebundenes Notizbuch und einen Kuli hervor. »Ich schreibe das Sitzungsprotokoll.«
»Ich schreibe das Stehungsprotokoll«, sagte ich, einen Pizza-Pop mampfend.
»Ich das Liegungsprotokoll«, sagte Dylan und stopfte sich Chips in den Mund.
Zwei von uns dreien fingen an zu lachen.
»Ich könnte ein Kreuzworträtsel machen«, sagte ich. »Und vielleicht einen Artikel über schräge Fakten aus Frankreich. So was wie Erfindungen von Franzosen oder historische Momente.«
»Coole Idee«, sagte Dylan.

»Wo ist der Aufhänger? Wo ist der journalistische Biss?« Winnie tippte mit ihrem Stift auf das Notizbuch.
»Hey, ich weiß was«, sagte Dylan und ignorierte sie. »Ich könnte über Poltergeister schreiben!«
»Perfekt«, sagte ich.
Winnie rümpfte die Nase. »Warum solltest du das tun?«
»Weil sie cool und interessant sind«, sagte Dylan. »Weil wir einen haben.«
»Pfft. Also bitte. Es gibt keine Poltergeister.«
»Woher willst du das wissen?«, fragte ich aus dem Gefühl heraus, Dylan verteidigen zu müssen. Ich hatte meine eigenen Theorien über Bernard, aber ich behielt sie lieber für mich.
»Weiß ich eben. Jeder denkende Mensch weiß, dass Geister nicht real sind.«
Dylan fing an, ein knatterndes Geräusch zu machen. Ich deutete auf das Kreuz an der Kette um ihren Hals. »Glaubst du an Gott?«
»Ja«, sagte sie.
»Und inwiefern ist das was anderes?«, fragte Dylan. »Hast du Gott schon mal *gesehen?«*
»Hast du deinen Poltergeist schon mal *gesehen?«*
»Nein, aber ich habe Beweise gesehen. Er spielt haufenweise Streiche. Aber er beschützt uns auch. Letztens ist meine Schwester zum Beispiel auf der Treppe ausgerutscht, und eine unsichtbare Kraft hat sie davor bewahrt zu stürzen.«
Winnie machte den Mund auf, um etwas zu entgegnen, ließ es dann aber bleiben. »Na gut. Ich merke schon, dass es keinen Sinn hat, mit euch beiden zu diskutieren. Macht ihr euren seltsamen Pseudojournalismus. Ich werde einen investigativen Artikel über Asbest schreiben. Unsere Schule wurde vor langer

Zeit gebaut, das heißt, in den Wänden befindet sich ziemlich wahrscheinlich Asbest.«

Dylan schaute mich an. »Klingt super«, sagte er.

»Superlangweilig«, fügte ich hinzu.

Und wieder fingen zwei von uns dreien an zu lachen.

Als der September sich dem Ende zuneigte, wurde es kälter, besonders nachts. Das wird einem äußerst klar, wenn man in einem Bus wohnt.

Aber wir passten uns an. Wie Astrid zu sagen pflegt, das Leben in einem Westfalia macht einen Menschen einfallsreicher. »*Einfallsreichtum*, Felix, ist im Leben nie verkehrt.«

Und wenn wir eines sind, dann einfallsreich. Nehmen wir zum Beispiel das Thema WLAN. Wenn wir es brauchen, gehen wir in ein Café oder suchen uns ein ungesichertes Netzwerk. Wenn etwas aufgeladen werden muss, wie ein Handy oder die Akkus für unsere Stirnlampen, stecken wir es an Orten wie dem Waschsalon ein. Manchmal auch an der Außensteckdose eines leer stehenden Hauses. Auf der West Side von Vancouver gibt es jede Menge große, brandneue Häuser, in denen keiner wohnt – Astrid sagt, das seien »Investitionsgrundstücke«. Das ist ihr Lieblingsaufreger. »Unsere Stadt wird zum Spielplatz für die Reichen. Riesengroße leere Häuser, und gleichzeitig gibt es so viele Leute, die keinen bezahlbaren Wohnraum finden. Unsere Politiker sollten sich schämen«, sagt sie. Immer und immer und immer wieder.

Astrid kann sehr gut erkennen, welche Häuser nicht bewohnt sind. »Alle Jalousien runter, japp. Jeden Abend gehen um dieselbe Zeit die Lichter an, japp. Die Werbepost stapelt sich, japp. Der Rasensprenger ist an, obwohl es wie aus Eimern regnet, ohne jede Rücksicht auf sparsamen Wasserverbrauch, japp.« Es ist erstaunlich einfach, bei Einbruch der Dunkelheit vor einem dieser Häuser zu parken und dessen Strom zu nutzen. Gleichzeitig füllen wir mit dem Gartenschlauch unsere Wasserbehälter auf. Wir sind noch nie eingebrochen, außer man zählt –

Aber ich will nichts vorwegnehmen.

Wir sind auch einfallsreich, wenn es ums Essen geht. Eine Westfalia-Küche ist winzig. Der Gaskocher erlaubt keine aufwendigen Mahlzeiten, und in dem klitzekleinen Kühlschrank können wir nicht viel aufbewahren, also ernähren wir uns zum Großteil aus Dosen. Erbseneintopf, vegetarisches Chili – meine Mom lässt mich sogar manchmal Pasta von Chef Boyardee essen, obwohl sie sagt, das sei »Giftmüll«.

Aber um eines klarzustellen, ich bin nicht unterernährt, zumindest nicht allzu schlimm. Ich glaube nicht, dass ich an Skorbut oder Vitaminmangel oder irgend so was leide. Wir kaufen bei einem Discounter ein, wo man echt gute Schnäppchen bei Lebensmitteln machen kann, die sonst weggeworfen werden. Und ab und an nimmt meine Mutter –

Aber ich greife schon wieder vorweg.

Ich will nicht lügen, einige Aspekte des Lebens in einem Westfalia werden nie einfach sein.

Zum Beispiel kein Bad zu haben. Das fehlt mir mehr als alles andere. Wir versuchen immer, über Nacht in der Nähe einer öffentlichen Toilette zu parken. Unsere Notdurft verrichten wir in Cafés oder Fast-Food-Restaurants, die schöne Sanitäranlagen haben. Das meiste Unter-den-Armen- und Untenrum-Waschen erledigen wir am Waschbecken. Zweimal die Woche gehen wir ins Gemeindezentrum und duschen lange.

Wir tun unser Bestes. Trotzdem. Was würde ich für eine Toilette geben, die ich mein Eigen nennen kann.

Außerdem ist da noch der Mangel an Privatsphäre. Zwei Leute auf so engem Raum – ich fordere jeden heraus, es zu probieren und nicht ab und zu genervt zu sein. Dabei ist es auch nicht zuträglich, dass meine Mutter manchmal wie ein Fernfahrer schnarcht, auch wenn sie es komplett leugnet.

Und sagen wir mal so, es gibt gewisse Dinge, die ein Beinahe-Dreizehnjähriger gelegentlich gerne tun würde, private und sehr persönliche Dinge, die unmöglich sind, wenn die Mutter des Beinahe-Dreizehnjährigen einen knappen Meter entfernt schläft.

Mehr sage ich dazu nicht.

Aber im September waren wir noch überzeugt, unsere Wohnsituation sei nur vorübergehend, also kamen wir ganz gut klar. Meine Mom bewegte den Westfalia alle paar Nächte, um keinen Verdacht zu erregen. Ich befestigte Mel auf dem Armaturenbrett, sodass er auf uns aufpassen konnte. An Tagen, an denen wir nicht im Gemeindezentrum duschen konnten, ging ich früh zur Schule und schloss mich in die Behindertentoilette ein, die nicht öffentlich und sehr geräumig war. In meinem Spind bewahrte ich einen kleinen Kulturbeutel mit Seife und Deo, einer Ersatzzahnbürste und Zahnpasta auf. Ich zog mein Hemd aus und verpasste meinen Achselhöhlen eine schöne, gründliche

Wäsche. Ich schrubbte mein Gesicht, putzte meine Zähne und kämmte meine Haare. Und immer wenn ich bei Dylan war, benutzte ich das Klo dort für ein großes Geschäft.
Ich sagte mir, ich sei nicht eklig.
Ich sagte mir, ich sei *einfallsreich*.

Und dann kam der Tag, an dem ich Dylan und Winnie meine erste Tut-keinem-weh erzählte.
Es war Freitag und unsere Artikel waren am Montag fällig, also beschlossen wir, uns am Wochenende zu treffen und sie fertig zu machen. »Wir können nicht zu mir«, sagte Dylan. »Ein paar Verwandte aus dem Osten kommen zu Besuch.« Er sah mich an. »Können wir zu dir gehen?«
»Ich wohne ziemlich weit weg.«
»Das macht nichts«, sagte Winnie. »Wir nehmen den Bus.«
Ich machte den Mund auf und wieder zu. Dann hörte ich mich sagen: »Meine Mom hat die Grippe. Erbrechen, Durchfall – das volle Programm.«
Winnies Mund verzog sich zu dem kleinen O des Schreckens. »Na dann, ihr könnt auch zu mir kommen.« Sie warf mir einen strengen Blick zu. »Aber wenn du ansteckend bist? Ich bring dich um.«

Am Samstag fuhren Dylan und ich mit dem Bus zu Winnie. Die Wohnung lag in einem brandneuen achtstöckigen Gebäude an der Ecke Fir Street/Seventh Avenue. Sie drückte den Summer. »Zieht eure Schuhe aus«, flüsterte sie, als sie die Tür öffnete. Sie ging mit uns durch einen schmalen Flur in ein kleines Wohnzimmer. Es sah aus wie aus dem Ikea-Katalog, nur nicht so ordentlich. Glasschiebetüren führten auf einen Balkon mit Blick aufs Meer und die North Shore Mountains. Ein hübscher Vogel aus Jade saß auf dem Sims über dem gasbetriebenen Kaminofen.

»Setzt euch«, flüsterte sie wieder.

»Gibt es einen Grund, wieso wir flüstern?«, wisperte ich und setzte mich auf eine Seite des Zweiersofas, während Dylan sich auf der anderen niederließ.

»Meine Mom schläft gerade. Sie ist Geburtshelferin. Gestern Nacht hat sie zwei Babys zur Welt gebracht.«

Winnie sagte das mit Stolz. »Dad ist Pfleger. Sie haben sich vor fünfzehn Jahren bei einem Kaiserschnitt kennengelernt. Dad hat Mom geholfen, das Baby herauszuziehen. Ziemlich romantisch, findet ihr nicht?«

Dylan schnitt eine Grimasse. »Ziemlich eklig.«

Wir gingen ein letztes Mal die Texte durch und diskutierten im Flüsterton. »Eure Artikel sind albern«, sagte Winnie.

»Dein Artikel ist eine Schnarchorgie.«

Sie ignorierte unsere Kommentare und wir ihre. Aber wir ließen sie unsere Rechtschreib- und Grammatikfehler korrigieren, denn davon gab es reichlich.

Mr Wu kam rein, als wir gerade fertig wurden. Er war groß und dünn und lächelte freundlich. Seine Arme waren schwer mit Einkaufstüten beladen. »Möchten deine Freunde etwas zu Mittag essen?«, fragte er, ebenfalls flüsternd. »Ich komme gerade vom Supermarkt.«

Mein Magen antwortete mit einem lauten Knurren. Astrid und ich hatten zum Frühstück Donuts vom Vortag aus ihrem Café gegessen, aber das war schon Stunden her.

Winnie sprang auf. »Ich kann Sandwiches mit meinem selbst gebackenen Brot machen.«

Zehn Minuten später saßen wir vier dicht gedrängt in der winzigen Küche, die trotzdem noch zwanzigmal größer war als die im Westfalia. Winnie servierte Käsebrote. »Du hast das Brot echt selber gemacht?«, fragte ich. Sie sahen superlecker aus.

Sie nickte. »Ich habe letztes Jahr damit angefangen, nachdem ich einen Artikel über all die Konservierungsstoffe in gekauftem Brot gelesen hatte. Das hier ist glutenfrei, mit Quinoa und Chia-Samen.«

Ich biss ein großes Stück ab und fing an zu kauen.

Es bedurfte meiner gesamten Willenskraft, um es nicht auszuspucken. Das Brot schmeckte wie Sägespäne und hatte die Konsistenz von Baumrinde. Ich konnte an Dylans Gesicht ablesen, dass er ebenfalls kämpfte.

Winnie hielt ihrem Vater einen Teller hin. »Bist du sicher, dass du nichts willst?«

Mr Wu klopfte sich auf den Bauch. »Ich wünschte, ich könnte. Bin noch voll vom späten Frühstück. Schatz, würdest du mein Wasserglas holen? Ich hab es nebenan stehen lassen.«

Sobald sie draußen war, nickte er uns zu. »Schnell. Nehmt den Käse raus und gebt mir das Brot.« Wir taten wie befohlen. Wir schlangen den Käse hinunter, während er das Brot in den Müll schmuggelte und dabei sorgfältig andere Dinge obenauf packte. Als Winnie zurückkam, erzählte er ihr eine Gib-dem-Frieden-eine-Chance. »Deine Freunde sind Fässer ohne Boden! Ich mache ihnen ein zweites Mittagessen.« Er fing an, alles Mögliche aus seinen Einkaufstüten zu holen. »Wer will gedämpfte Teigtaschen mit Schweinefleisch?«

»Bà, was habe ich über Schweinefleisch gesagt?«, schimpfte Winnie.

»Ab und an brauche ich meine Dröhnung«, sagte er.

Ich aß vier Stück. Sie waren echt irre lecker.

Mr Wu schien ein sehr guter Dad zu sein.

Bevor Dylan und ich gingen, benutzte ich noch das Bad. Es war weiß und sauber und roch nach Lavendelpotpourri. Sie hatten sogar eine beheizte Klobrille.

Ich saß eine ganze Weile da und spürte, wie die Wärme durch meinen Po strömte. Und plötzlich, ohne Vorwarnung, schossen mir Tränen in die Augen.

Ich hatte Sehnsucht nach einer Toilette.

Und ich hatte Sehnsucht nach meinem Dad.

Die erste Ausgabe des *Blenheimer Boten* erschien am Mittwoch. Monsieur Thibault gab uns Zeit, um sie vor dem Mittagessen zu lesen. Sie hatte acht Seiten, inklusive drei französischer Seiten ganz hinten. Mein Artikel kam zuerst. Ich versuche ihn aus dem Gedächtnis zu übersetzen. Er ging ungefähr so:

Frohgemute französische Fakten, Teil 1

Von Felix Knutsson

Die Franzosen haben viele Dinge erfunden: Die Braille-Schrift. Das Pasteurisieren. Heißluftballons. Aber ich berichte euch von einer blutigeren Erfindung: der Guillotine.

Sie wurde von einem Arzt namens Joseph-Ignace Guillotin im späten 18. Jahrhundert gebaut. Er war gegen die Todesstrafe. Die Guillotine hat er gebaut, weil es netter war, jemanden damit hinzurichten als mit einem

Schwert oder einer Axt. Er war sehr traurig, als man sie nach ihm benannte.
Die Guillotine hackte Zehntausende Köpfe ab. Hinrichtungen waren große öffentliche Ereignisse. Die Leute brachten sich etwas zu essen für ein Picknick mit und kauften Programmhefte mit den Namen derjenigen, die umgebracht werden sollten. Die Guillotine hackte Louis XVI. und Marie Antoinette während der Französischen Revolution die Köpfe ab. Sie wurde zum letzten Mal im Jahr 1977 verwendet …

Et cetera. Dylans Artikel kam als Nächstes.

Poltergeister: Fakt oder Fiktion?
Von Dylan Brinkerhoff

Poltergeist bedeutet wörtlich genommen ›Krach machender Geist‹. Poltergeister unterscheiden sich von normalen Geistern, weil sie Dinge bewegen und sogar Sachen werfen können. Manche Leute glauben, sie täten einem etwas zuleide, aber unser Poltergeist nicht. Jawohl: Wir haben einen Poltergeist. Er heißt Bernard. Manchmal ist er nervig, aber ich glaube, er ist gerne Teil unserer Familie. Ich bin überzeugt, dass er uns auf seine Weise beschützt …

Et cetera. Dylan und ich mussten viele Wörter nachschlagen und die Grammatik einfach halten, weil wir noch kein umfassendes französisches Vokabular hatten. Mein simples Kreuzworträtsel vervollständigte die zweite Seite.

Winnies Artikel kam zuletzt. Weil er so lang war, hatte Charlie ihn mit einfachem Zeilenabstand drucken müssen, damit er auf die Seite passte.

Alles was man über Asbest und Mesotheliom wissen muss

Von Winnie Wu

Ein Mesotheliom ist ein Krebsgeschwür, das in den Zellen des Mesothels entsteht. Was das Mesothel ist? Nun, es ist eine Membran, die viele eurer inneren Organe schützt. Diejenige, die unsere Lunge schützt, heißt *Pleura*. Tatsächlich gibt es zwei Schichten, und die innere Schicht heißt *Lungenfell* und die äußere *Brustfell*. Jedenfalls bestehen diese aus Zellen. Diese Zellen heißen *Mesothelzellen*. Und manchmal spielen sie verrückt! Sie verändern sich und verwandeln sich in Krebszellen. Warum das passiert? Nun ratet mal: Der Übeltäter ist häufig ASBEST. Asbestfasern sind sehr fein. Und wenn jemand sie einatmet, können sie ins - ihr habt es bereits erraten - *Mesothel* gelangen. Der Zusammenhang zwischen Asbest und der Bildung eines Mesothelioms ist seit Jahren bekannt, viele Menschen sterben daran. Und obwohl es in Kanada mittlerweile illegal ist, exportieren wir es noch immer in andere Länder, was der Meinung der Reporterin zufolge gestört und falsch ist. Aber es steckt auch - Eilmeldung - in den Wänden vieler alter Gebäude und - Eilmeldung - dazu zählt auch unsere Schule ...

Winnies Artikel ging noch weiter und weiter, mit seinen langen Wörtern, die nur sie und Monsieur Thibault verstehen konnten. Als es zum Mittag klingelte, kamen ein paar Schüler zu Dylan und mir und sagten, dass ihnen unsere Artikel gefallen hätten und sie in der Lage gewesen seien, sie zu verstehen. Ein Mädchen, Sophie, verfiel mit Dylan in ein tiefschürfendes Gespräch über das Paranormale. »Manchmal sitzt mitten in der Nacht meine Großmutter auf meinem Bett«, hörte ich sie sagen, »und sie ist seit fünf Jahren tot!«

Niemand machte eine Bemerkung gegenüber Winnie, außer Donald. »Dein Artikel war unglaublich«, sagte er, als er an ihrem Tisch vorbeiging. »Unglaublich blöd!« Er und sein Freund Vlad lachten sich kaputt.

Winnie ließ die Schultern sinken. Sie hastete aus dem Klassenzimmer. Dylan und Sophie waren zum Thema Hexenbrett übergegangen, also sagte ich zu ihm, wir würden uns in der Cafeteria treffen.

Winnie saß allein am Tisch und aß ein Eibrot mit Sprossen. Ich fühlte ein mitleidiges Ziepen, deshalb setzte ich mich ihr gegenüber. »Ich fand deinen Artikel sehr informativ«, sagte ich. Zu meinem Schrecken füllten sich ihre Augen mit Tränen. »Whoa. Nicht weinen ...«

»Letztes Jahr wurde bei mir Dyskalkulie diagnostiziert.«

»Das ... das ist ja furchtbar. Ist das tödlich?«

Sie warf mir einen scharfen Blick zu. »Was? Nein, du Blödi. Das ist wie Legasthenie für Mathe. Ich bin aus dem Kumon-Lernprogramm geflogen! Und im Jahr zuvor hat man mich gebeten, mich nicht wieder für Ballettstunden anzumelden, weil ich zu unbeholfen sei.« Sie schnäuzte sich in ein Taschentuch. »Da denken alle, ich sei total perfekt ...«

»Nein. Nein, ich nicht. Nicht mal annähernd …«
»Aber das bin ich nicht. Es gibt so viele Dinge, in denen ich miserabel bin. Und ich dachte einfach … ich dachte, Journalismus sei mein Ding, weißt du. Ich dachte, das sei das eine, das ich tatsächlich gut kann. Das und Sprachen vielleicht.«
»Ach, komm, Winnie. Es ist bloß ein Artikel.«
»Ein Artikel über ein sehr wichtiges Thema. Den keiner gelesen hat.« Sie seufzte. »Niemand will mehr denken. Niemand will irgendetwas lesen, das wichtig ist.«
»Vielleicht hättest du sie mehr fesseln müssen. Etwa mit einer Überschrift wie ›Tötet dich deine Schule?‹. Und formulier es nächstes Mal vielleicht etwas einfacher. Du hast die Leser mit einem Haufen komplizierter Wörter überfrachtet. Selbst auf Englisch wäre das schwer nachzuvollziehen gewesen.«
Sie hörte auf zu weinen. »Mit anderen Worten, du willst, dass ich mich beim schwächsten Glied in der Kette anbiedere.« Ihre Stimme war eisig.
»Das schwächste – was?«
Sie stand auf und schlug mit den Händen auf den Tisch. »Ich weigere mich, die Verblödung Nordamerikas zu unterstützen!« Dann schnappte sie ihr widerliches Sandwich und stolzierte in ihrem karierten Rock davon, und sie tat mir kein bisschen mehr leid.

Nach der Schule ging ich ausnahmsweise nicht zu Dylan. Stattdessen lief ich mit der Zeitung unter dem Arm den ganzen Weg bis zum Café.
Die Glöckchen über der Tür bimmelten, als ich eintrat. Die Wände waren leuchtend gelb gestrichen, dadurch wirkte es warm und einladend. Astrid winkte mich heran; sie stand hinter dem

Tresen und bereitete für einen Kunden einen erlesenen Kaffee zu. Ich legte die Zeitung neben die Maschine. »Ist es das, was ich denke, das es ist?«, fragte sie.

Ich nickte.

Sie unterbrach ihre Arbeit und fing an zu lesen.

Nach einer Weile räusperte sich der Kunde. Astrid wedelte mit der Zeitung in seine Richtung. »Mein Kind ist ein publizierter Journalist!« Dann ließ sie die Maschine vollends stehen und kam um den Tresen herum, um mich zu umarmen. »Ich bin so stolz auf dich, Felix. Er ist hervorragend.«

Der Kunde räusperte sich erneut, dieses Mal lauter.

Astrid verdrehte die Augen. »Manche Leute sollten lernen zu meditieren«, sagte sie, laut genug, dass er es hören konnte. Sie machte seinen Kaffee fertig. Als er leise vor sich hin murmelnd das Café verlassen hatte, waren wir nur noch zu zweit. »Ich mach dir eine heiße Schokolade«, sagte sie. »Mit extra Sahne. Ich habe nämlich auch gute Nachrichten.«

Mein Herz schlug einen kleinen Salto. »Hat es mit der Wohnung zu tun, die wir angeschaut haben?« Am Sonntag hatten wir eine Mietwohnung besichtigt, die uns beiden gut gefallen hatte. Es war eine Gartenwohnung, was der gehobene Ausdruck für ›Keller‹ war, aber sie war sauber und hatte viele Fenster, und zur Schule war es nicht weit.

»Japp. Der Vermieter hat angerufen, sie gehört uns, wenn wir wollen. Er muss nur noch meinen Chef anrufen, eine Referenz einholen. In einer Woche kann ich ihm meine Lohnabrechnung zeigen.«

Da es was zu feiern gab, erlaubte mir Astrid Chef Boyardee zum Abendessen, als wir zurück zum Bus kamen. Zum Nachtisch aßen wir Hafer-Toffee-Riegel vom Vortag aus dem Café.

Horatio war begeistert von den Haferflocken, deshalb fütterte ich ihn ordentlich damit. Wir waren beide ganz aufgedreht bei dem Gedanken, wieder eine eigene Wohnung zu haben, und als wir im Dunkeln in unseren Betten lagen, erzählten wir einander, worauf wir uns am meisten freuten. »Eine Badewanne«, sagte Astrid.
»Ein Klo«, sagte ich.
Und außerdem: Keine Lügen mehr, dachte ich. Es gefiel mir nicht, Dylan oder Winnie anzulügen. Bald konnte ich jederzeit einen Freund zu mir einladen.
Nachdem ich meine Stirnlampe ausgeschaltet hatte, schaffte ich es nur zur Hälfte, im Kopf alle Friedensnobelpreisträger aufzuzählen, bevor ich in einen tiefen, ungestörten Schlaf fiel.

Am nächsten Tag ging ich nach der Schule zu Dylan, und als ich zum Bus zurückkam, war es fast sechs Uhr. Astrid traf üblicherweise nicht vor halb sieben dort ein, also schloss ich mit meinem Schlüssel auf.
Sie lag zusammengerollt und in ihren Schlafsack gewickelt auf dem Rücksitz.
»Astrid?«
Sie antwortete nicht.
»Ich dachte, du arbeitest bis um sechs.«
»Sollte ich auch«, sagte sie, ihre Stimme klang gedämpft durch den Schlafsack.
O nein. Mein S.H.I.T. sagte mir, dass etwas absolut nicht stimmte. »Was ist passiert?«
»Mein Chef hat im Netz die ganzen miesen Kritiken über eine ›neue Bedienung mit mangelhafter Einstellung‹ gelesen. Ich habe ihm gesagt, es sei nicht meine Aufgabe, nett zu Idioten zu sein. Er sagte, das sei es sehr wohl. Dann hat er mich gefeuert.«

Plötzlich brach mir kalter Schweiß aus. »Was ist mit der Wohnung?«
»Der Vermieter hat wegen der Referenz angerufen, fünf Minuten, nachdem ich gefeuert wurde.«
»Oh.«
»Es tut mir leid, Felix. Tut mir wirklich leid.«
Ich kroch in den Bus und schloss die Tür vor dem Regen. Ich setzte mich neben meine Mom und streichelte ihren Rücken. Dann nahm ich Horatio aus seinem Käfig und hielt ihn ganz nah an mich. Seine Schnurrhaare kitzelten mein Gesicht.
Ich schaute hoch und sah Mel auf dem Armaturenbrett. Ich hätte schwören können, dass er mich anstarrte.
Wir würden also nicht aus dem Westfalia ausziehen. Noch nicht.

OKTOBER

Bevor ich fortfahre, sollte ich wohl die Herkunft meines Namens erklären. Laut Geburtsurkunde heiße ich Felix Fredrik Knutsson. Fredrik war der Name meines *morfars*. Er starb, bevor ich geboren wurde. In Mormors Geschichten klang es immer, als sei er ein Heiliger gewesen. Aber Astrid sagt, Mormor betreibe ›revisionistische Geschichtsschreibung‹.

»Wieso hast du mich dann nach ihm benannt?«

»Habe ich nicht. Ich habe dich nach Eugène Fredrik Jansson benannt, meinem schwedischen Lieblingsmaler. Deine Mormor hat angenommen, ich hätte dich nach meinem Vater benannt, und ich ließ sie in dem Glauben, denn dadurch hatte ich meine Ruhe vor ihr, als ich dir den Vornamen Felix gab.«

Meine Mom hat mir den Namen ihres älteren Bruders gegeben. Er stammt aus dem Lateinischen und bedeutet ›vom Glück begünstigt‹ oder ›erfolgreich‹. Der ursprüngliche Felix war weder das eine noch das andere.

Astrid hat mir viel von ihm erzählt. Sie standen sich sehr nahe. Er

war zwei Jahre älter als sie. Astrid himmelte ihn an, und das beruhte auf Gegenseitigkeit. Felix war gut aussehend und lustig und charmant und er passte schon von klein an auf meine Mom auf.
Denn Fredrik war ein gemeiner Vater. Er war sehr religiös, aber nicht auf eine nette ›Liebe-deinen-Nächsten‹-Art und Weise. Er war eher religiös im Sinne von ›Auge um Auge, Zahn um Zahn‹. Wenn der ursprüngliche Felix oder Astrid sich danebenbenahmen, kriegten sie den Gürtel. Felix ertrug es nicht zuzusehen, wie Astrid geschlagen wurde, also nahm er die Schuld für alles auf sich. Und er kriegte den Gürtel oft.
Mit sechzehn outete sich Felix bei seinen Eltern. Astrid glaubt, dass Mormor es verstehen wollte, weil sie Felix liebte. Aber ihr Vater war der Meinung, Homosexualität sei eine Sünde, und warf Felix raus.
Der ursprüngliche Felix war meiner Mom zufolge ein kluger, einfallsreicher Kerl. Aber er war erst sechzehn. Er musste Geld verdienen, um die Miete für ein Zimmer in einem heruntergekommenen Haus nahe Main Street und Hastings Street in Vancouver zu zahlen. Er bekam einen Teilzeitjob in einem Fast-Food-Restaurant, aber dort verdiente er nur den Mindestlohn. Also machte er noch andere Dinge, um mehr Geld zu verdienen, Dinge, wegen derer er sich schlecht fühlte und die ihn manchmal in Gefahr brachten.
Er fing an, Drogen zu nehmen. Astrid besuchte ihn bei jeder sich bietenden Gelegenheit. Sie sah, wie er immer weiter abrutschte, und versuchte ihm Hilfe zu verschaffen. Aber ich schätze, in Vancouver gibt es viele Leute, die Hilfe benötigen, und nicht genügend Leute, die ihnen helfen können.
Sie war diejenige, die ihn fand. Sie hatte ein paar Tage nichts mehr von ihm gehört, also ging sie zu seiner Wohnung. Er mach-

te nicht auf, als sie klopfte. Ein Nachbar half ihr, die Tür aufzubrechen. Der Gerichtsmediziner sagte, er sei an einer versehentlichen Überdosis gestorben.

Astrid hat erzählt, ihr Vater habe bei der Beerdigung geweint und sie hätte ihm am liebsten mit bloßen Händen die Augäpfel herausgerissen.

Auf Grundlage meines S.H.I.T.s habe ich eine Theorie entwickelt, und die besagt, dass ich nicht sicher bin, ob meine Mom sich je ganz vom Tod des ursprünglichen Felix erholt hat. Natürlich kenne ich meine Mom nur N.U.F. (Nach dem Ursprünglichen Felix). Aber wie sie über ihn redet, dieser Ausdruck, den ihr Gesicht dann annimmt. Ich glaube, sein Tod hat etwas in ihr zerstört. Ich glaube, deshalb hat sie ein Rezept für Antidepressiva.

Sie behauptet gerne, der Tag, an dem ich geboren wurde, sei der glücklichste ihres Lebens gewesen. Und sie hat mich nach ihrem Bruder benannt, um sein Andenken lebendig zu halten. Ich glaube, deshalb möchte sie, dass ich sie Astrid und nicht ›Mom‹ nenne, weil der ursprüngliche Felix sie so genannt hat.

Ich weiß, dass manche Leute das komisch finden. Ich erinnere mich, dass andere Eltern in der Schule mich altklug fanden, weil ich sie Astrid nannte. Als sie jedoch mitbekamen, dass sie das so wollte, fanden sie *sie* altklug.

Ich versuche nur, ein bisschen die Zusammenhänge zu erläutern, bevor ich Astrids Krisen erwähne. So nennt sie das. *Krisen.* Sie hat sie im Laufe der Jahre immer mal wieder gehabt, aber normalerweise dauern sie nicht besonders lange – höchstens ein paar Tage. Während einer Krise bleibt sie im Bett, und ich übernehme das Kommando. Als Mormor noch lebte, hat sie das Kommando übernommen, aber nach ihrem Tod blieb es an mir hängen.

Beim ersten Mal war ich acht Jahre alt. Ich weiß nicht, was genau diese Krise ausgelöst hat; vielleicht war es die Tatsache, dass der Todestag des ursprünglichen Felix bevorstand. Eines Morgens stand Astrid einfach nicht auf. Also ging ich allein zur Schule und wieder nach Hause und machte uns zum Abendessen Sandwiches mit Erdnussbutter und Marmelade. Ich ging sogar pünktlich ins Bett, aber ohne meine Zähne zu putzen.

Am dritten Tag dieser Krise fragte meine Lehrerin, ob zu Hause alles in Ordnung sei. Ich sagte Ja. Sie erwiderte: »Du hast schon die ganze Woche dieselben Sachen an.« Am nächsten Tag nahm ich mir frische Klamotten. Aber eine der anderen Mütter rief meine Mom an und sagte, sie habe mich schon wieder allein nach Hause laufen sehen, und machte sie zur Schnecke. Astrid murrte etwas von »sich einmischenden Helikoptereltern«, doch am nächsten Tag schaffte sie es, sich aus dem Bett zu schälen und mich zur Schule zu bringen und wieder abzuholen. »Das Letzte, was wir gebrauchen können, ist irgend so ein Wichtigtuer, der das MKFE anruft.«

Ich glaube, da hörte ich zum ersten Mal vom MKFE.

Ich will nicht lügen, anfänglich hatte ich Angst, wenn Astrid ihre Krise hatte und ich übernehmen musste. Aber ich wurde ziemlich gut. Ich wusste, dass ich ein paar Tage, maximal eine Woche überstehen musste. Astrid versicherte mir immer, es ginge ihr ganz ordentlich, sie müsse da einfach durch, und sie schaffte es jedes Mal.

Sie schafft es immer.

Okay?

Sie schafft es immer.

Als Astrid mir erzählte, dass man sie gefeuert hatte, war ich wütend. Wütend auf ihren Chef. Wütend auf den Vermieter, weil er den Zeitpunkt so miserabel gewählt hatte. Aber in erster Linie war ich wütend auf Astrid. »Du hättest nichts weiter tun müssen, als den Mund zu halten und deinen Job zu erledigen!«, hätte ich sie am liebsten angeschrien.

Doch ich tat es nicht.

Es ist schwer, einen Klumpen unter der Bettdecke anzuschreien.

In der Nacht schlief ich kaum. Ich versuchte, Listen aufzustellen, aber ich konnte mich nicht konzentrieren. Die wildesten Ideen gingen mir durch den Kopf. Ich wurde den Gedanken nicht los, dass wir vielleicht unseren *tomte* erzürnt hatten. Ich erinnerte mich an alles, was Mormor mir über *tomtar* erzählt hatte. Ihre Aufgabe bestand darin, ihre Familie zu beschützen, aber sie waren auch schnell beleidigt. Was, wenn ich Mel nicht genügend Aufmerksamkeit geschenkt hatte? Was, wenn Astrids Kommentare, sie finde ihn gruselig, ihn wütend gemacht hatten? Was, wenn er die Nase voll davon hatte, auf einem Armaturenbrett in einem Bus zu leben?

Ich weiß, dass ich letzten Endes einschlief, denn ich hatte einen herrlichen Traum. Ich war wieder in Mormors Haus. Mormor und ich saßen auf der Couch und guckten *Wer, Was, Wo, Wann* und aßen *pepparkakor*-Teig. Ich kuschelte mich an sie und schloss die Augen. Draußen ging eine Autoalarmanlage los. Die Alarmanlage schrillte weiter und riss mich schließlich aus meinem Traum. Ich griff nach meinem Telefon, immer noch wie zerschlagen.

Es war fast neun Uhr.

Ich schrak so schnell hoch, dass ich mir den Kopf am Dach anstieß. »Wieso hast du den Wecker nicht gestellt?«, rief ich und war schon wieder wütend.

Von meinem Bett aus lugte ich nach unten. Astrid war noch immer ein Klumpen unter ihrem Schlafsack.

»Komm schon, Astrid«, sagte ich und konnte meinen Ärger nicht verbergen. »Du musst aufstehen. Ich brauche Platz, um mich fertig zu machen.«

»Rrrmmpf«, machte sie.

Ich kletterte aus meinem Bett und zog ihr den Schlafsack ein Stück vom Gesicht. »Im Ernst. Ich komme sowieso schon zu spät.«

»Entschuldige, Felix. Ich bin bloß so müde.« Wenn sie eine Krise hat, wird ihr Gesichtsausdruck ganz leblos, als hätte sie beim Zahnarzt eine Betäubung bekommen. Und ihre Stimme wird monoton, als hätte man sie unter Drogen gesetzt.

Meine sauberen Sachen waren in einem Fach, an das ich nur rankam, wenn ihr Bett weggeräumt war, also schnappte ich mir einfach die Jeans und das gestreifte T-Shirt, das ich am Tag zuvor getragen hatte. Auf dem Fahrersitz wand ich mich aus meinem

Schlafanzug, nachdem ich mich versichert hatte, dass niemand vorbeilief, und zog mich an. Dann fütterte ich Horatio, küsste sein Köpfchen und sprang aus dem Bus. »Bitte versuch heute aufzustehen«, sagte ich zu meiner Mom, als ich die Tür zuschob. Ich rannte die ganzen zehn Blocks bis zur Schule.

»Felix, wie schön, dass du uns beehrst«, sagte Monsieur Thibault auf Französisch, als ich eine halbe Stunde zu spät in die Klasse kam. Ich war ganz klebrig vor lauter Schlaf- und Rennschweiß.
»Je m'excuse.« Ich schlüpfte auf meinen Platz neben Dylan.
Nach ein paar Minuten drehte sich Donald, der vor mir saß, mit zugehaltener Nase um. »Uuää, Alter! Du stinkst!«, flüsterte er. Ich spürte, wie mir das Blut ins Gesicht schoss. Ich warf Dylan einen Blick zu, der hilflos mit den Schultern zuckte. Er schob mir einen Zettel hin.
Er ist ein Dödel. Aber er hat nicht unrecht.
Außerdem hast du dein T-Shirt falschrum an.
Ich hob die Hand und bat, kurz rausgehen zu dürfen. »Du bist doch eben erst gekommen«, sagte Monsieur Thibault. Aber er ließ mich gehen. Ich lief zu meinem Spind und holte meinen Kulturbeutel heraus.
Jemand war auf dem Behindertenklo, also ging ich aufs Jungsklo. Zu meinem Glück war keiner da. Ich zog mein T-Shirt aus und wusch mich gründlich unter den Achseln. Dann schob ich ein nasses Handtuch in meine Hose, um auch da durchzuwischen. Die Tür ging auf und ein jüngerer Schüler kam herein. Er blieb wie angewurzelt stehen und starrte mich an.
Ich beschloss, ganz offen mit der Situation umzugehen. Ich starrte einfach zurück, noch immer das Handtuch in der Hose. Er lief rückwärts aus dem Waschraum.

Ich trocknete mich ab, badete meine Achseln in Deodorant und rieb obendrein ein bisschen was auf die Innenseite meines T-Shirts, bevor ich es wieder anzog, diesmal richtig herum. Dann lief ich zurück in die Klasse.

Ein paar Minuten später schob Dylan mir wieder einen Zettel hin.

Alles gut. ☺

Zum Mittagessen fanden Dylan und ich einen Tisch fast ganz hinten in der Cafeteria. Er holte ein dreilagiges Sandwich aus seiner Tüte und fing an zu essen.

Mein Magen grummelte. Ich hatte nicht gefrühstückt. Zum Mittagessen hatte ich auch nichts dabei. Und ich hatte kein Geld.

Winnie näherte sich unserem Tisch und setzte sich dazu, ohne zu fragen, ob das okay sei. Sie strich über ihre schwarze Baskenmütze, die von Staub bedeckt war.

»Was ist passiert?«, fragte ich.

»Donald hat sie wieder als Frisbee benutzt.« Sie legte eine Stofftasche auf den Tisch und fing an, ihr Essen auszupacken: zwei Eiersandwiches mit selbst gebackenem Brot, einen Apfel, eine Banane, einen Joghurt, ein paar Käsewürfel und ein ziemlich großes rundes Gebäckstück. »Felix, du wirkst heute etwas verquast«, sagte sie und biss in ihr erstes Sandwich. »Verquast bedeutet …«

»Ich weiß, was es bedeutet, danke.« Mein Magen ließ ein erschreckend lautes Grummeln vernehmen.

»Wo ist dein Mittagessen?«

»Ich hab's vergessen.«

Sie schob mir eines ihrer Sandwiches rüber. »Iss das. Das ist Dinkelbrot.«

»Ähm. Danke.«
In der Not schmeckt jedes Brot. Zaghaft biss ich ab. Ich kaute. Und kaute. Dylan warf mir einen mitleidigen Blick zu und reichte mir ein Stück Käse, das ich sofort runterschlang.
Als ich das Sandwich bezwungen hatte, schnitt Winnie mit einem Plastikmesser ihr Gebäck in Stücke und reichte sowohl mir als auch Dylan je eines. »Probiert auch mal den Mondkuchen. Meine Eltern kaufen den immer zum Mondfest. Nicht supergesund, aber sehr lecker. Gesalzenes Eigelb in roter Bohnenpaste.«
»Mmmmh«, machte Dylan mit vollem Mund.
Ich nickte zustimmend; er war echt gut. »Danke.«
»Ich habe überlegt, was ich für die nächste Zeitungsausgabe schreiben könnte«, sagte Winnie. Ihre perfekten roten Lippen waren mit Ei vollgekrümelt, und mich ereilte der ungebetene Gedanke, dass sie zauberhaft aussah. *Aber ich mag sie doch gar nicht!*, sagte meine innere Stimme.
»Ich könnte locker noch ein knallhartes Thema bringen, aber ich habe beschlossen, dass ich den Leser mehr fesseln muss. Und vereinfachen, ohne das geistige Niveau zu senken.«
Ich starrte sie an. »Das waren exakt meine Vorschläge.«
Sie ignorierte mich. »Wir haben ein ernsthaftes Wohnraumproblem in dieser Stadt. Die Preise schießen in den Himmel. Die Zahl der Obdachlosen ist schon hoch und wächst noch weiter. Deshalb dachte ich, anstatt mit Statistiken um mich zu werfen« – sie biss noch einmal von ihrem Sandwich ab und redete mit vollem Mund weiter – »jeden Tag, wenn ich von der Bushaltestelle zur Schule laufe, sehe ich denselben Typen vor einem Schaufenster schlafen. Er nennt sich Bob der Barde. Ich würde ihn gern interviewen. Ihn fragen, wie es ist, obdachlos zu sein.«
Plötzlich war mir übel, und es lag nicht an Winnies Sandwich.

Es klingt vielleicht verrückt, aber zum ersten Mal traf mich der Gedanke, ich könnte, rein faktisch betrachtet, obdachlos sein. Astrid und ich hatten einen Bus, aber wir hatten kein Zuhause. Zuvor hatte es mich nie gestört, weil ich zuvor nie gedacht hatte, dass es so bleiben würde.
Nun, nach gestern, war ich mir da nicht mehr so sicher.

Nach der Schule lief ich ohne Umweg nach Hause.
Oder sollte ich lieber sagen, *ohne Umweg nach Bus.*
Astrid lag noch immer im Bett.
»Hast du den ganzen Tag hier rumgelegen?«
»Nein. Ich war draußen.«
Ich zog ihren Schlafsack zurück. »Nein, warst du nicht. Du hast immer noch deinen Schlafanzug an.«
»Ich habe meinen Schlafanzug ausgezogen. Ich bin rausgegangen. Ich bin zurückgekommen. Ich habe meinen Schlafanzug wieder angezogen.«
»Lügnerin.«
»Felix. Lass mich bitte in Ruhe. Ich ertrage das nicht.«
Ich wollte sie anflehen. Ich wollte ihr sagen, dass es, je länger diese Krise anhielt, umso länger dauern würde, bis sie einen neuen Job fand. Aber ich wusste auch, dass es keinen Sinn hatte, wenn sie mitten in einer Krise steckte. »Also gut. Aber du musst jetzt aufstehen. Wir müssen dein Bett hochklappen, damit wir an den Herd kommen. Ich koche.«
Sie war folgsam. Ich wärmte zwei Dosen Eintopf auf. Sie aß nur ein paar Löffel voll. Ich verputzte den Rest. Dann döste sie auf dem Rücksitz vor sich hin, während ich vorne saß und Hausaufgaben machte. Ich ließ Horatio aus seinem Käfig und er rannte meinen Arm hoch und den anderen wieder runter.

Als ich mit den Hausaufgaben fertig war, kramte ich ein Päckchen Instanthaferflocken hervor. Ich setzte den Wasserkessel auf. Goss Wasser über die Haferflocken und rührte.

Aus der Schulcafeteria hatte ich eine Portion Butter von der Theke mitgenommen. Die holte ich jetzt aus meinem Rucksack, wickelte sie aus und legte sie auf den Haferbrei.

Mormor hatte mir erzählt, dass man einen aufgebrachten *tomte* mit einer Schüssel Hafergrütze mit Butter drauf friedlich stimmen kann. Also stellte ich die Schüssel aufs Armaturenbrett, vor Mel.

»Das ist für dich«, flüsterte ich. »Tut mir leid, wenn wir dich irgendwie wütend gemacht haben.«

Hey. Es war einen Versuch wert.

Astrids Krise dauerte drei Tage.

Abends legte ich saubere Klamotten raus, bereitete das Mittagessen für den nächsten Tag vor und stellte meinen Wecker. Ich kalkulierte großzügig, um früh zur Schule zu gehen, damit ich mich auf der Behindertentoilette waschen konnte.

Am vierten Tag stand Astrid mit mir zusammen auf. Sie fuhr den Bus zum Gemeindezentrum, damit wir zum ersten Mal seit sechs Tagen duschen konnten. »Wieso steht auf dem Armaturenbrett eine Schüssel eingetrocknete Hafergrütze?«, fragte sie, aber ich tat so, als hätte ich es nicht gehört.

Unsere Mitgliedschaft war schon lange abgelaufen. Also machten wir es wie immer: Wir warteten, bis der Empfangsmitarbeiter an der Rezeption mit anderen Leuten beschäftigt war, dann gingen wir mit großen Schritten vorbei und Astrid wedelte mit ihrer abgelaufenen Mitgliedskarte in seine Richtung.

Das hatte jedes Mal funktioniert, bis heute.

»Entschuldigen Sie, Ma'am!«, rief der Mann ihr nach. »Ich muss Ihre Karte sehen.«

»Oh, klar.« Astrid lief zum Tresen zurück und gab sie ihm.

Der Mitarbeiter begutachtete sie. »Die ist vor über einem Jahr abgelaufen.«

»Was? Sind Sie sicher?« Dieses Mal konnte Moms Lüge niemanden täuschen.

Sie erneuerte unsere Mitgliedschaft. »Wir haben Geld«, sagte sie, als wir zu den Umkleidekabinen gingen. »Nur nicht viel. Ich gebe es ungern aus, wenn ich nicht unbedingt muss.«

In dieser Nacht fuhren wir den Westfalia in eine ruhige Straße nahe Kits Beach. Wir kochten Makkaroni mit Käse, und beim Essen ließen wir unsere Jacken an, weil es regnete und kalte Luft in den Bus zog. Ich bot Horatio Unterschlupf in meiner Jackentasche. Und endlich ließ ich einen Gedanken raus, der in meinem Kopf endlos Schleifen gedreht hatte. »Vielleicht sollten wir es jemandem erzählen.«

»Was?«

»Unsere Situation.«

Astrid legte ihren Plastikcampinglöffel beiseite. »Und was schlägst du vor, wem wir es erzählen?«

»Daniel?«

Sie schüttelte den Kopf. »Auf gar keinen Fall.«

»Soleil? Wenn sie Bescheid wüsste, dann würde sie uns vielleicht wieder bei sich wohnen lassen, so lange, bis wir wieder auf die Füße kommen.«

»Felix. Soleil hat mir eine SMS geschrieben und gefragt, wann wir unsere Sachen aus ihrem Keller holen.«

»Ja, aber nur, weil sie die Wahrheit nicht weiß …«

»Und sie wird sie auch nicht erfahren.«

»Warum?«
»Darum. Wenn sie von der Wahrheit Wind bekäme, würde sie auf Helfermodus umschalten.«
Ganz genau! »Wäre das denn so schlimm?«
»Ja, wäre es. Sie würde das Ministerium für Kinder- und Familienentwicklung einschalten, das garantiere ich dir.«
Andere Kinder wachsen mit Gruselgeschichten über Monster oder Gespenster oder einen bösen Mann unterm Bett auf. Meine Gruselgeschichten handelten vom MKFE. Und anders als die über Monster, Gespenster oder böse Männer waren diese Geschichten nicht ausgedacht.
Wie ich schon erwähnte, hatte ich eine kurze Begegnung mit dem MKFE. Aber das war nichts im Vergleich zu Astrids Erfahrungen.
Als Astrid zehn und der ursprüngliche Felix zwölf war, verprügelte ihr Vater Felix einmal besonders schlimm. Meine Mom hielt es nicht mehr aus. Sie schlich hinaus und rief die Polizei. Fredrik und die Kinder wurden getrennt voneinander befragt. Dann kam ein Sozialarbeiter vom MKFE. Astrid und Felix wurden abgeholt und in Pflegefamilien gesteckt.
Verschiedene Pflegefamilien. Zwei volle Monate sahen sie einander nicht. Sie wohnten bei Fremden, zusammen mit anderen Pflegekindern. Astrids Pflegeeltern waren nett und die anderen Kinder nicht allzu schlimm. Der ursprüngliche Felix hatte nicht so viel Glück.
Als sie endlich wieder nach Hause konnten, waren sie sich einig: Hin und wieder Prügel und eine verbale Ohrfeige von einem gemeinen Vater zu kriegen, war immer noch besser als die sogenannte Hilfe, die sie bekommen hatten.
Ich wollte nicht, dass das MKFE mich meiner Mutter wegnahm

und mich in ein Heim zu Fremden und vermutlich gewalttätigen Kindern steckte. Dennoch. »Vielleicht, wenn wir die richtigen Leute fragen, gibt es ja irgendwo eine Sozialwohnung, in die wir …«

»Du und ich werden nicht in einer Sozialwohnung leben.« Da sprach ihr schräger Snobismus aus ihr. Irgendwie waren wir zu gut für eine Sozialwohnung, aber in einem Bus zu wohnen, war anscheinend o.k.

Ich fütterte Horatio noch ein Stück Salat.

Astrid legte einen Arm um mich. »Ich finde einen anderen Job, Böna. Das wird schon. Ich verspreche es.«

Ich wollte ihr glauben. Wollte ich wirklich.

Aber ich war ziemlich sicher, dass sie mir gerade eine Gib-dem-Frieden-eine-Chance erzählt hatte.

Willst du am Freitag bei mir übernachten?«, fragte mich Dylan Mitte der Woche. Seine Haare waren auf einer Seite wie angeklatscht und auf der anderen in einem spektakulären Fall von Eben-aus-dem-Bett-gefallen aufgebauscht.

»Klar!«, sagte ich ein bisschen zu enthusiastisch. Der Gedanke an ein richtiges Bett, eine Toilette im Haus, Heizung und vor allem Dylans Kühlschrank machte mich ganz schwindelig, im positiven Sinne.

Am Freitagmorgen packte ich eine Tasche.

»Kommst du allein klar, wenn ich weg bin?«, fragte ich meine Mom.

Sie lächelte. »Ja, Lilla Gubben. Ich habe schon seit einer Weile vor, mit meiner alljährlichen Lektüre von *Middlemarch* zu beginnen, also mache ich vielleicht einfach das.«

»Versprich mir, dass du rausgehst.«

»Mach ich. Ich werde in die Bücherei gehen. An meinem Lebenslauf feilen.« Ich wusste, dass ›feilen‹ vermutlich in Wahrheit nichts anderes bedeutete als ›ausschmücken‹. Aber wenn das hieß, dass sie sich um Arbeit bemühte, war mir das egal.

»Ich hab Bock auf eine Runde Monopoly«, sagte Dylan gegen Ende des Tages. »Wir können eine monumentale Endlos-Session abhalten. Und meine Mom war gestern bei Costco, also haben wir auch endlos Knabberzeug.« Ich dachte, ich platze vor lauter Glückseligkeit.

Wir waren nicht mehr als zehn Sekunden vom Eingang der Schule entfernt – da tauchte Winnie auf. Sie trug ihre grüne Baskenmütze. »Ich hab überlegt, ob ich euch um einen Gefallen bitten könnte.«

Oh-oh.

»Ich will versuchen, Bob den Barden zu interviewen. Und es ist mir peinlich, meine eigenen Vorurteile und Ängste einzugestehen, aber ich bin ein bisschen nervös. Ich meine, vielleicht freut er sich nicht, wenn ich mit ihm reden will, vielleicht ist er labil – ich weiß es einfach nicht. Würde es euch was ausmachen, mich zu begleiten?«

»Muss es heute sein?«, fragte ich.

»Wenn ich es heute nicht mache, dann kriege ich den Artikel nicht rechtzeitig fertig.«

Dylan und ich guckten uns an und seufzten.

Bob der Barde ist eine feste Größe in Kitsilano. Er saß schon an eben dieser Ecke, als Astrid und ich noch unsere Eigentumswohnung hatten, und als wir nun dorthin kamen, hockte er immer noch da. Vor ihm standen ein kleines Glas mit ein paar Münzen und ein Schild: GEDICHTE ZU VERKAUFEN. ZWEI DOLLAR.

»Hallo«, sagte Winnie mit einem leichten Zittern in der Stimme.

»Guten Nachmittag. Willst ’n Gedicht?«

»Ähm. Nein …«, fing Winnie an, aber ich stupste sie. »Ich meine, klar.« Winnie gab ihm zwei Dollar. Bob der Barde blätterte in einem Notizbuch, dessen Seiten von krakeliger Handschrift bedeckt waren. Er riss eine heraus und las laut vor. »Ein Kind hält einen roten Luftballon und lacht. Eine Frau lacht über einen Spruch, den ihr Freund gemacht. Ein alter Mann lacht über eine Stimme in seinem Kopf. Die Krähe hoch oben auf ihrem Ast lacht über jeden einzelnen Tropf.« Er hielt ihr das Gedicht hin. Seine Hände waren dreckig, die Haut rissig. Winnies Mund formte ein kleines O des Schreckens.

Ich streckte die Hand aus und nahm das Gedicht. »Danke. Das war sehr schön«, sagte ich.

»Ich nenne es ›Lachen‹«, sagte Bob der Barde.

»Tiefsinnig«, sagte Dylan.

Winnie räusperte sich. »Ich habe mich außerdem gefragt, ob ich Sie für unsere Schulzeitung interviewen könnte. Über, ähm« – sie hüstelte verlegen – »Obdachlosigkeit.«

Bob der Barde blinzelte sie an. Er streckte seine Hand aus. Winnie schaute ihn verwirrt an. »Er will mehr Geld«, flüsterte ich.

Winnie gab ihm eine weitere Zwei-Dollar-Münze. Bob der Barde bedachte sie mit einem vernichtenden Blick. »Interviews kosten mehr als Gedichte.«

Winnie kramte in ihrer Schulmappe und reichte ihm einen Zehn-Dollar-Schein. »Wenn Sie mir fünf zurückgeben …«

Bob der Barde sackte den Zehner ein. »Frag.«

Winnie drückte auf ihrem Handy auf Aufnahme. »Wie lange sind Sie schon obdachlos?«

»Fast zwanzig Jahre. Ich bin jetzt einundfünfzig.«

Dylan und ich guckten uns an; Bob der Barde sah sehr, sehr viel älter aus.
»Was haben Sie gemacht, bevor Sie auf der Straße lebten?«
»Ich war ein Durchschnittstyp. Uniabschluss. Job im mittleren Management. Frau, Kinder.«
»Was ist passiert?«
»Die Firma hat Personal gekürzt. Ich hab meinen Job verloren. Wir waren mitten in einer Rezession. Konnte keine Arbeit finden. Bin depressiv geworden. Hab angefangen zu trinken. Frau hat mich verlassen. Die Kinder und ich haben uns entfremdet. Ich war zu gut ausgebildet für einen Aushilfsjob, und wenn ich dann doch einen kriegte, hielt das nie lange, weil ich wie ein Fossil war, die jungen Leute konnten mit den Computersystemen viel besser umgehen als ich.« Während er sprach, bekam ich eine Gänsehaut auf den Armen, obwohl ich eine Jacke anhatte. »Hab meine Wohnung verloren. Meine Freunde verloren … Hab angefangen, in Notunterkünften zu schlafen. Aber Notunterkünfte sind schrecklich. Voller Irrer und Bettwanzen und Diebe. Hier draußen fühle ich mich sicherer als dort.« Er schaute zu Winnie hoch. »Du denkst, dass dir das nie passieren wird. Aber stell dir mal vor. Es kann jedem passieren.«
Ich wusste, dass er die Wahrheit sagte. Denn Astrid und ich waren schon auf dem halben Weg dahin.

Bevor wir uns verabschiedeten, gab Winnie Bob dem Barden ein Sandwich, das sie extra für ihn gemacht hatte. Im Weggehen sah ich, wie er abbiss, ausspuckte und das Sandwich in den Müll schmiss. Auch in der Not schmeckt ganz offensichtlich *nicht jedes* Brot.
»So. Wohin jetzt?«, fragte Winnie.

»Äh, wir gehen zu Dylan …«, fing ich an.

»Primissimo.« Sie hüpfte vor uns her. Dylan tat so, als würde er sich einen Strick um den Hals legen und sich erhängen. Ich machte eine Geste, als würde ich mich in ein Schwert stürzen.

Als wir bei den Brinkerhoffs ankamen, holten Dylan und ich Cheezies und Taquitos ins Wohnzimmer, während Winnie uns einen Vortrag über die gesundheitlichen Risiken einer Ernährung mit hochverarbeiteten Lebensmitteln hielt. Wir reagierten darauf, indem wir zwei Dosen Rootbeer aufmachten, große Schlucke tranken und laut rülpsten.

»Ihr seid ekelhaft«, sagte sie.

Wir rülpsten noch mal.

Wir spielten Monopoly. Es überraschte nicht, dass Winnie ein knallharter Konkurrent und ein schlechter Gewinner war; sie spielte sich uns gegenüber noch lange auf, nachdem wir das Spiel schon längst weggeräumt hatten.

Damit sie endlich die Klappe hielt, schaltete Dylan den Fernseher an, es kam *Wer, Was, Wo, Wann*, und wir brüllten dem Bildschirm unsere Antworten entgegen; Winnie wusste fast genauso viele wie ich.

Kurz vor einer Werbepause sagte der Moderator: »Bald startet unsere erste, eine Woche lange Junior-Ausgabe von *Wer, Was, Wo, Wann!* Du willst dabei sein? Beantworte unseren Onlinefragebogen, um dich zu qualifizieren.«

Dylan stellte den Fernseher auf stumm und guckte uns an. »Das machen wir.«

Winnie zog eine Augenbraue hoch. »Nichts für ungut, aber ich mach euch beide fertig.«

»Mich machst du fertig«, sagte Dylan. »Aber ich wette, Felix schaffst du nicht.«

Winnie hatte ihren Laptop dabei und Dylan saß an seinem eigenen. Ich benutzte den Rechner in der Küche. Nachdem wir einige persönliche Informationen eingetragen hatten, ging es weiter zum Quiz.

Dieses basierte auf zwei Kriterien, der Zeit, die man brauchte, und wie viele Fragen man richtig beantwortete. Insgesamt gab es fünfzig Fragen. Hier eine Auswahl:

Wer schrieb Herr der Fliegen? (William Golding.)

Wo befindet sich das Great Barrier Reef? (Australien.)

Welches Luxuslinienschiff wurde 1915 durch ein deutsches U-Boot versenkt? (Die Lusitania.)

Wann ist Amerika in den Zweiten Weltkrieg eingetreten? (Dezember 1941.)

Dylan brauchte acht Minuten und vierzig Sekunden und beantwortete sechsundzwanzig Fragen richtig.

Winnie brauchte sieben Minuten und acht Sekunden und beantwortete einundvierzig Fragen richtig.

Ich brauchte sechs Minuten und fünfzig Sekunden.

Und hatte sechsundvierzig richtige Antworten.

»Heilige Scheiße, Felix«, sagte Dylan. »Das ist der Hammer.«

»Glück gehabt«, sagte Winnie.

»Das hat nichts mit Glück zu tun«, sagte Dylan. »Ich hab schon öfter gesehen, wie er abgeht. Felix ist echt klug.«

»Hm«, machte sie. »Wer hätte das gedacht?«

Kurze Zeit später bekamen wir alle dieselbe E-Mail:

Danke für dein Interesse. Aufgrund der hohen Bewerberzahl wird es voraussichtlich zwei bis drei Wochen dauern, bis wir deine Bewerbung bearbeiten. Wenn du für einen Vorsprechtermin ausgewählt wirst, geben wir dir Bescheid.

»Nun ja«, verkündete Winnie und klappte ihren Laptop zu, »tut mir leid, Leute, aber ich muss langsam los.«
»Wie schade«, sagte Dylan.
Die Brinkerhoffs kamen nach Hause, kurz nachdem Winnie gegangen war. »Felix!«, sagte Mrs Brinkerhoff. »Endlich kriegen wir dich mal zu Gesicht.« Sie umarmte mich, und mir fiel auf, dass sie noch immer nach Vanille roch. Mr Brinkerhoff – der das Ebenbild seines zerzausten Sohnes ist, nur größer, rundlicher und ohne Zahnspange – schüttelte mir die Hand.
»Schön, dich wiederzusehen. Wie geht's deiner Mom?«
»Gut. Echt gut.«
Ich sagte mir, dass das eine Unsichtbare Lüge sei.

Abends bestellten die Brinkerhoffs thailändisches Essen. Alberta und ihr Freund Henry waren da, und wir quetschten uns zu sechst an den Küchentisch. Dylan und ich berichteten von dem Onlinequiz, und Henry bat uns, ein paar der Fragen zu wiederholen. Er wusste alle Antworten. »Ihr beide habt ein abgefahrenes Talent, Informationen zu speichern«, sagte Alberta.
Ich aß so viel, dass ich meinen Bauch unansehnlich weit rausstrecken konnte. Es wurde viel gelacht und gestritten und der Raum war groß und warm und hell.
In dieser Nacht lag ich unten in Dylans Stockbett und er erzählte mir von Bernard. »Während ich in der Schule war, hat er alle meine Sachen verlegt. Meine Unterwäsche hat er in die Schublade mit den T-Shirts gepackt und meine T-Shirts habe ich unter dem Bett gefunden! Aber er macht nie was Gemeines. Er ist ein netter Poltergeist.« Danach erinnere ich mich an nichts mehr, denn ich schlief ein und wachte erst zwölf Stunden später wieder auf.

Zum späten Frühstück aßen wir Pfannkuchen mit eimerweise Butter und Ahornsirup. Die schöne Blase platzte schließlich, als Dylans Mom ihn daran erinnerte, dass er um ein Uhr zum Karatetraining musste.

»Wir können dich heimfahren«, sagte Mrs Brinkerhoff. »Ich würde Astrid gern kurz Hallo sagen. Es ist Ewigkeiten her, seit ich sie das letzte Mal gesehen habe.«

»Schon okay. Sie ist heute bei der Arbeit und ich muss eh auf dem Heimweg noch was erledigen.« Eine Tut-niemandem-weh.

Kennen Sie das, wenn Sie einen echt supercoolen Traum haben, in dem alles perfekt und magisch ist? So was wie: Sie finden eine Kiste voll mit Ihren Lieblingsschokoriegeln unter dem Bett? Und dann wachen Sie auf und die Enttäuschung ist riesengroß? So fühlte ich mich, als ich die zwei Kilometer zurück nach Kits Beach stiefelte, zum Westfalia und zu meiner Mom.

Astrid und ich hatten ein sonntägliches Ritual. Wir blieben bis zehn im Bett, dann begaben wir uns ins Gemeindezentrum, um dort die Sportgeräte zu benutzen und heiß zu duschen. Danach gingen wir ins Café Charmant in der Dunbar Street frühstücken, wo es ein komplettes Eier-mit-Speck-Frühstück für nur 4.99 Dollar gibt. Nach dem Essen wuschen wir unsere Wäsche und kauften Lebensmittel im Discounter.

An diesem speziellen Sonntag lud ich gerade verbeulte Suppendosen in den Einkaufswagen, als ich plötzlich aus den Augenwinkeln etwas sah. Etwas, das ich am liebsten nicht gesehen hätte: Astrid, die eine Packung Würstchen in ihrer Manteltasche verschwinden ließ.

Meine innere Stimme sagte: *Vielleicht meine ich nur, das gesehen zu haben. Vielleicht habe ich einen Fehler gemacht. Vielleicht hat sie einen Fehler gemacht. Vielleicht hat sie sie aus Versehen eingesteckt. Wie damals, als ich meine Hausaufgaben in den Kühlschrank gelegt habe.*

Aber im nächsten Gang sah ich sie eine Tüte Mandeln in ihre Handtasche schmuggeln. »Astrid«, sagte ich so leise, dass nur sie mich hören konnte. »Ich hab gesehen, was du gemacht hast.«

»Hmm?«

»Du hast Würstchen in der Manteltasche und eine Tüte Mandeln in deiner Handtasche.«

»Vergiss nicht das Stück Brie.« Sie lächelte sogar noch.

»Das ist Diebstahl!«

»Nur wenn du die kapitalistische Denkweise bemühst. Ich betrachte es durch eine andere Brille. Ich kaufe die Dinge, die vernünftige Preise haben. Ich stecke nur Sachen ein, die lächerlich teuer ausgezeichnet sind. Läden wie dieser hier ziehen uns bis auf die Unterhose aus, indem sie solche Preise verlangen. Sie sind Teil des kapitalistischen Systems. Ich ebne nur das Spielfeld ein.«

»Aber das hier ist ein Discounter.«

»Böna, trotzdem ist es immer noch ein Laden. Und ich habe vor, alles andere in diesem Wagen zu kaufen. Die machen immer noch Gewinn mit uns. Betrachte mich einfach als deinen persönlichen Robin Hood.« Sie schob den Wagen um die Ecke und in den nächsten Gang.

Astrids Argument machte mir Kopfschmerzen und ich wusste nicht, wie ich darauf reagieren sollte. Kurz vor der Kasse stellte ich mich vor den Wagen und versperrte ihr den Weg. Ich flüsterte. »Wenn du erwischt wirst …«

»Ich werde nur dann erwischt, wenn du weiter so rummachst, als wäre hier was nicht in Ordnung. Also hör auf damit.« Sie lächelte ein Lächeln, das kein Lächeln war.

Wir stellten uns in die Schlange. Ich schwitzte vor Angst. Aber

Astrid blieb cool wie ein Eiswürfel und legte unsere Lebensmittel aufs Band.
Die mürrische Kassiererin hatte alle möglichen Piercings. Das in ihrer Stirn sah schmerzhaft und entzündet aus.
Ich bekam einen Schluckauf.
Mit einem Mal wurde ich richtig wütend. Astrid brachte uns auf eine neue Art in Gefahr. Ich griff mir einen Schokoriegel aus dem Regal und schmiss ihn aufs Band.
Astrid warf mir einen warnenden Blick zu. »Na gut. Einen Schokoriegel …«
Hicksend warf ich zwei weitere aufs Band und forderte sie mit Blicken auf, es mir zu verbieten. Sie fixierte mich, dann zuckte sie mit den Schultern in Richtung der Kassiererin, die unter Medikamenteneinfluss gestanden haben muss; ihr Gesicht zeigte keinerlei Regung.
»Vierundfünfzig achtzig«, sagte die Kassiererin.
Astrid öffnete ihre Handtasche und wühlte nach ihrem Portemonnaie. Ich konnte die Tüte Mandeln obenauf sehen. Sofort fing ich wieder an zu schwitzen. Wenn ich sie sehen konnte, sah die Kassiererin sie sicherlich auch. Ich packte die Lebensmittel in eine Tüte. Wir liefen aus dem Laden. Ich wartete die ganze Zeit darauf, dass ein Wachmann hinter uns herjagte und uns zu Boden warf.
Nichts passierte.
Astrid lud die Tüten hinten in den Bus. »Siehst du? Ganz umsonst den Kopf zerbrochen.«
»Wenn du erwischt worden wärst …«
»Bin ich aber nicht.«
»Aber wenn …«
»Bin ich aber nicht.« Sie sagte das in einem Ton, der bedeutete:

Hör sofort auf, *sofort*. Dann warf sie mir einen der Schokoriegel zu. »In einer Stunde gibt es vor dem CBC-Gebäude ein kostenloses Konzert. Sollen wir hingehen?«
Wir gingen hin. Und ich erwähnte den Ladendiebstahl kein weiteres Mal.

Ich würde gern sagen, dass das gestohlene Essen wie Sägespäne schmeckte. Tat es aber nicht. Es war köstlich. Den Brie aßen wir auf Crackern als Vorspeise zum Abendessen. Und die Würstchen, in der Pfanne gebraten und dazu Spaghetti, waren so lecker, dass mir das Wasser im Mund zusammenlief. Sogar Horatio fraß ein Stückchen Brie und fuhr voll darauf ab, aber hinterher kriegten wir die Quittung dafür, denn er bekam fiesen Durchfall davon, der den ganzen Bus vollstank, sogar noch, nachdem wir seinen Käfig (und ihn) in einem der Waschräume am Strand gründlich gereinigt hatten.
Ich würde auch gern sagen, dass ihr Ladendiebstahl einmalig blieb. Aber als im Laufe der Zeit unser Bankkonto immer mehr schrumpfte, tat Astrid, was sie für richtig hielt.
Es ärgerte mich extrem, wenn sie in kleineren Läden, wie dem Ahmadi Lebensmittelgeschäft auf dem Broadway, stahl. Wir gingen dort einkaufen, weil Obst und Gemüse da nicht teuer waren, also erschien es mir nicht richtig, als ich eines Tages sah, wie Astrid ein paar Weintrauben in ihre Handtasche steckte oder ein paar Avocados an einem anderen Tag. Der Ladeneigentümer wurde sowieso nicht reich. Er war nicht Teil *des kapitalistischen Systems*.
»Vielleicht können wir zu einer Tafel für Bedürftige gehen«, schlug ich eines Abends vor.
Sie schaute mich an, als hätte ich ihr nahegelegt, einen Mord

zu begehen. »Wir haben es nicht nötig, zu so einer Tafel zu gehen.« Wieder ihr schräger Snobismus.
Ich sollte klarstellen, dass wir beabsichtigen, in jedem Laden unsere Schulden zu begleichen, sobald wir dazu in der Lage sind.
Na ja. Astrid vielleicht nicht. Aber ich.
Ich führe ein Kassenbuch. Ich trage es bei mir.

Discounter		Ahmadi		Supermarkt	
Tüte Mandeln	$ 7.99	Weintrauben (500 g)	$ 2.99	Müsli	$ 3.99
Brie	$ 8.49	Avocados (Beutel)	$ 4.99	Seife	$ 4.99
Würstchen	$ 6.50	Äpfel (4)	ca. $ 2.00	Aspirin	$ 6.99
Dunkle Schokolade mit Meersalz	$ 5.25	Bananen (4)	$ 2.00		
		Mango	$ 1.50		
Eiscreme	$ 7.50	Kirschtomaten	$ 2.99		
Cheddar	$ 9.32				
Vollkornkekse	$ 2.99				
Schinken	$ 6.99				
Steak (350 g)	$ 10.20				
Deo	$ 4.99				

Wenn wir wieder Geld haben – was sehr, sehr bald der Fall sein wird –, gehe ich zu den Geschäften, von denen wir gestohlen haben, und erstelle einen Rückzahlplan.
Ich bin noch nicht sicher, wie ich das erklären werde.
Aber darüber mache ich mir ein andermal Gedanken.

Gegen Mitte Oktober wurde das Wetter schlechter. Kälter. Viel mehr Regen.

Eines Abends saßen wir zusammengekauert im Bus und gerieten aneinander. Obwohl erst sechs Uhr, war es draußen stockfinster.

»Ich friere«, sagte ich. »Horatio friert.«

»Das hast du bereits gesagt. Zwanzigtausend Mal.«

»Mel friert.«

»Jetzt wirst du albern.«

»Und mir ist sterbenslangweilig und ich kriege klaustrophobische Anfälle und hier drin riecht es nach alten Fürzen …«

Plötzlich rutschte Astrid auf den Fahrersitz und drehte den Zündschlüssel.

»Wo fahren wir hin?«

Sie gab keine Antwort. Sie fuhr einfach weiter, den Hügel hinauf und gen Westen, Richtung Point Grey.

Sie bog in eine Straße, die beinahe verlassen wirkte. Viele Häu-

ser waren brandneu und schienen leer zu stehen. Sie deutete auf eines, das vielleicht zu zwei Dritteln fertiggestellt war.
»Ich bin hier ein paarmal vorbeigefahren. Hier wohnt niemand, da bin ich sicher. Und außerdem ist die Garage nicht abgeschlossen.«
»Woher weißt du das?«
Sie antwortete nicht. Sie schaltete nur die Scheinwerfer aus und fuhr in die Seitenstraße. Dann bedeutete sie mir auszusteigen und das Garagentor zu öffnen. »Astrid –«, fing ich an.
»Es ist deine Entscheidung, Felix. Du kannst das Tor aufmachen oder wir fahren zum Strand zurück.«
Ich öffnete das Tor.

Meine Sorge verflog nach den ersten paar Nächten. Gegen welche Gesetze wir auch verstoßen mochten, das war es wert. Wenn wir das Tor runterließen, merkte niemand, dass wir drinnen waren. Es gab Strom, also konnten wir das Licht anmachen und unseren Kühlschrank anschließen und so was wie Milch und Eier aufbewahren, und wir konnten so lange lesen, wie wir wollten. Es gab Steckdosen, an denen wir unseren steinalten Laptop und unsere Handys aufladen konnten. Wir aßen in unseren Campingstühlen sitzend in der Garage, aber nicht im Bus. Es war der reine Luxus. Da es vor dem Haus einen Wasserhahn gab, konnten wir nach Einbruch der Dunkelheit sogar noch ein paar Eimer befüllen und morgens das Wasser auf dem Kocher heiß machen und uns waschen.
Und ja, wenn es dunkel war, pinkelten wir in den Garten.
Aber nur pinkeln.
Bis auf ein Mal, das war ein Notfall.
Die Häuser zur Rechten und zur Linken und unmittelbar hinter

uns schienen ebenfalls leer zu stehen, aber dennoch waren wir vorsichtig, wenn wir kamen oder gingen. Für mich bedeutete es einen sehr viel längeren Schulweg, aber das machte mir nichts aus. Seit Langem fühlte ich mich wieder ausgeruhter. Astrid wirkte auch weniger müde.

In der Schule sagte eines Morgens das Mädchen, das für die Ankündigungen zuständig war: »Streicht euch den nächsten Freitag im Kalender an – der erste Schulball des Jahres! Ladet einen besonderen Menschen ein oder kommt mit euren Freunden und tanzt die ganze Nacht! Na ja, also bis zehn Uhr, wenn die Schule dichtmacht!«

»Schulbälle sind ein Witz«, verlautbarte Winnie am Mittag. Wir saßen einander gegenüber in der Cafeteria; Dylan stand an, um Pommes zu kaufen. »Archaisch. Ich sollte für die Dezemberausgabe ein vernichtendes Exposé schreiben.« Winnie hatte ihren Artikel für die Novemberausgabe über Bob den Barden fertig. Er erschien nicht vor Ende des Monats, aber sie war schon wieder auf der Jagd nach der nächsten Idee.

»Ein vernichtendes Exposé über Schulbälle?«

»Ja! Sie können nur enttäuschen. Sie schüren unrealistische Erwartungen. Klar, es heißt, man braucht keine Verabredung, man soll einfach mit seinen Freunden gehen! Aber insgeheim warten all diese armen Mädchen – und Jungs, aber hauptsächlich Mädchen, obwohl wir im 21. Jahrhundert leben – darauf, dass sie gefragt werden. Herzen werden gebrochen. Tränen werden vergossen.«

»Äh. Sprichst du aus persönlicher Erfahrung?«

»Nein«, sagte sie schnell. Ein wenig zu schnell.

»Du gehst also nicht hin?«

»Natürlich geh ich hin! Mit dir.«
Beinahe spuckte ich einen Bissen meines Fleischwurstbrotes wieder aus. »Hä?«
»Recherche! Ich muss vor Ort sein, um darüber schreiben zu können, oder nicht?«
»Könntest du nicht auch allein hingehen?«
»Nein, du Doofie. Dann würde ich viel zu sehr auffallen.«
»Ich wäre also so was wie deine Tarnung?«
»Ja.«
Mein Gehirn tat weh. »Ähm … okay?«
»Gut. Du kannst mich um sieben abholen. Und wegen des Bouquets: Ich bevorzuge eines fürs Handgelenk und nichts in Pink.« Winnie biss großzügig von ihrem Sandwich ab.
Was war gerade passiert?
Und was zum Teufel war ein *Bouquet?*

Dylan und ich redeten auf dem Heimweg darüber. »Ja, Sophie hat mich gefragt«, sagte er bedrückt.
»Was hast du gesagt?«
»Ja. Aber ich weiß nicht … ein Ball? Puh. Da kann ich das nicht anziehen.« Er guckte auf seine Uniform runter, bestehend aus einem zerknitterten T-Shirt und einer ausgefransten Jeans.
Ich spürte einen kleinen Klumpen Angst im Bauch. »Du meinst, wir müssen uns schick machen?« Ich hatte nur eine Garnitur schicke Sachen. Und die war in Soleils Keller.
»Wahrscheinlich.« Er seufzte tief. »Mir wäre es lieber, mir würde einer Bambussprossen unter die Fingernägel schieben.«
Ich dachte kurz nach. »Ich würde lieber in einer Badewanne voller Kakerlaken liegen.«
»Ich würde lieber Maden zum Mittag essen.«

»Ich würde lieber nackt eine Rasierklinge runter in ein Becken voller Jod rutschen.«
Darüber lachten wir uns so dermaßen kaputt, dass wir stehen bleiben mussten, um wieder Luft zu kriegen.

Als ich an diesem Abend in die Garage zurückkam, machte Astrid Burger zum Essen und sang ein altes Lied von den Monkees im Radio mit. Obwohl es draußen kalt war, hatten wir es in unserer provisorischen Behausung gemütlich warm. Der Heizlüfter, den Abelard dagelassen hatte, lief auf Hochtouren. Sie fasste meine Hand und wirbelte mich herum, dann begann sie, meinen Kopf zu küssen.
»Aaaah, hör auf!«, sagte ich.
Sie ließ los.
»Du hast gute Laune.«
»Ich hatte heute ein paar gute Bewerbungsgespräche«, sagte sie.
»Das ist toll.«
»Daumen drücken.«
Ich fing ebenfalls an zu singen. »Now I'm a believer!« Ich fütterte Horatio und holte unsere Teller raus. Als wir uns zum Essen hinsetzten, teilte ich ihr meine Neuigkeiten mit. »Ich bin irgendwie zu einem Ball eingeladen worden.«
»Wirklich? Mädchen? Junge?« Astrid findet, dass Eltern die sexuelle Orientierung ihres Kindes nie voraussetzen sollten.
»Mädchen. Winnie Wu.«
»Winnie. Was für ein hübscher Name. Magst du sie?«
Ich machte den Mund auf, um Nein zu sagen – hielt aber inne. Denn es stimmte nicht.
Die Wahrheit war, dass Winnie Wu mir ans Herz gewachsen war.

»Irgendwie schon«, gab ich zu. »Aber sie hat einen ziemlichen Dickkopf und ist rechthaberisch und starrsinnig.«
Astrid lächelte. »Dann gefällt sie mir jetzt schon. Und wenn sie dich mag, hat sie einen ausgezeichneten Geschmack.« Sie wuschelte mir durchs Haar.
»Aber die Sache ist die: Sie will, dass ich ihr etwas kaufe, das Bouquet heißt. Und ich muss mich schick anziehen, zumindest ein bisschen. Und meine gute Hose und mein Hemd sind bei Soleil.«
Astrid knabberte an einem Keks. »Keine Sorge. Das krieg ich hin.«
Ich würde so gern sagen, dass mich das beruhigte.

»Okay, ich glaube, wir können rein«, sagte Astrid. Wir standen auf der Straßenseite gegenüber von Soleils Haus, trugen dunkle Sonnenbrillen und Hüte, was uns meiner Meinung nach noch auffälliger machte. Wir hatten den Linienbus genommen, anstatt mit dem Westfalia zu fahren, denn, wie Astrid betonte, Soleil kannte unseren Westfalia ganz genau, bis hin zum DER-WEG-ZUR-ERLEUCHTUNG-HAT-KEIN-TEMPOLIMIT-Aufkleber (von Abelard, nicht von uns).
Soleil und ihr Mann waren gerade mit den Zwillingen in ihrem Kombi weggefahren. Die Kinder trugen Fußballtrikots.
Mein Schluckauf begann auf dem Weg Richtung Hintereingang.
»Ich verstehe noch immer nicht, wieso wir sie nicht einfach angerufen …«
»Zum tausendsten Mal, Felix, sie würde zu viele Fragen stellen. Und denk dran, wir brechen nicht ein. Wir holen lediglich ein paar Sachen ab, die uns gehören.«
»Wenn wir es hinter ihrem – *hicks!* – Rücken tun, dann brechen

wir ein«, sagte ich. »Sie weiß nicht, dass wir einen Schlüssel haben. Sie weiß nicht, dass wir den Code – *hicks!* – für ihre Alarmanlage kennen.«

»Das heißt auch, sie wird nie erfahren, dass wir hier waren. Es wird so sein, als wäre es nie geschehen. Du kennst doch den Spruch: ›Wenn im Wald ein Baum umfällt und niemand hört es, macht er dann ein Geräusch?‹«

»Ja, aber wenn es jemand mitkriegt, wenn Soleil zum Beispiel nach Hause kommt und uns erwischt, wird *sie* ein Geräusch machen«, sagte ich, als wir durch den Hintereingang den Garten betraten.

Astrid drehte sich zu mir um. »Willst du deine guten Sachen oder nicht? Ich versuche dir hier zu helfen.« Sie steckte den Schlüssel ins Schloss und öffnete die Tür. Die Alarmanlage stieß ihren schrillen Ton aus. Astrid tippte ein paar Zahlen ein.

Das Geräusch hörte nicht auf.

Sie versuchte es wieder.

Es funktionierte noch immer nicht.

»Sie hat den Code geändert.« Wie eingefroren standen wir da. Mein ganzer Körper war taub und ich fürchtete zu einem Häufchen zusammenzufallen. »In ungefähr dreißig Sekunden geht der Alarm los«, fuhr Astrid fort. »Geh durchs hintere Tor raus. Nicht rennen. Gehen. Wir treffen uns an der Bushaltestelle.«

»Aber Mom …«

»Geh.«

Und so tat ich, was sie sagte. Ich lief langsam, obwohl mir jeder Knochen in meinem Körper befahl, so schnell zu rennen, wie ich nur konnte.

Als ich das Grundstück verließ, fing der Alarm zu heulen an. Es war so laut, dass ich es zwei Blocks entfernt noch hören konnte.

An der Bushaltestelle wartete ich eine gefühlte Ewigkeit, aber vermutlich waren es etwa fünf Minuten. Dann sah ich Astrid auf mich zukommen, ruhig und selbstbewusst und einen unserer großen Koffer hinter sich herziehend. »Ich habe geschnappt, was ich konnte. Wir können da eine Weile nicht mehr hingehen.«
Der Bus kam eine Minute später. Ich fiel auf einen der hinteren Sitze und hörte nicht auf zu hicksen.
Astrid fasste in ihre Jackentasche und zog ein Bündel Zwanzigdollarscheine heraus. Sie gab mir zwei davon. »Kauf Winnie ein Ansteckstäußchen fürs Handgelenk. Vielleicht eine gelbe Rose. Das wird ihr gefallen. Und nimm den Rest für irgendwas, das du gern haben willst.«
Meine Gedanken schossen zurück zu der Handtasche, die ich eben neben Soleils hinterer Eingangstür hatte liegen sehen.
Ohne ein Wort steckte ich das Geld ein.

Der Anzug passte nicht.

Ich stand mitten in der Garage und zog an den dunkelblauen Ärmeln, als würden sie dadurch länger werden. In letzter Zeit schienen meine Hosen und Pullover alle sehr kurz und eng geworden zu sein, als seien sie in der Wäsche eingegangen.

Astrid sprach das Offensichtliche aus. »Du bist gewachsen.«

»Der Ball ist in zwei Tagen.«

»Mach dir keinen Kopf, Lilla Gubben. Wir müssen nur mit dir einkaufen gehen.«

»Aber wir haben kaum Geld.«

»Na und? Wir waren schon immer exzellente Schnäppchenjäger. Und hier in der Nähe gibt es ein paar tolle Secondhandläden.«

Am nächsten Tag nach der Schule gingen wir in zwei Geschäfte, eines von der Heilsarmee und das andere vom Tierschutzverein. Ich machte einen guten Schnitt. Ich bekam eine neue Jeans, drei T-Shirts und einen Pullover und, für den Ball, ein Hemd, eine

Stoffhose und ein Jackett. Astrid blätterte für alles zusammen nicht mehr hin als zwei von den Zwanzigdollarscheinen.
Mein Lieblingsfund war ein rotes Poloshirt, das fast brandneu aussah. Vorn am Saum war ein kleiner Fettfleck, aber den sah man kaum. »Die Farbe passt super zu deinem Teint und deinen Haaren«, sagte Astrid.
Am Freitagmorgen erzählte Dylan, sein Vater habe angeboten, uns vier zu fahren. »Wir können dich abholen«, sagte Dylan. »Ich hab immer noch nicht gesehen, wo du wohnst.«
»Ist schon okay. Ich komm einfach zu dir. Echt. Zu uns ist es ein ziemlicher Umweg.«
Nach der Schule machte ich beim Blumenladen halt, um Winnies Ansteckblume abzuholen. Als ich bei der Garage ankam, war Astrid schon da und bügelte mein Hemd und meine Hose auf einem Stück Pappe, das sie auf eine Recyclingtonne gelegt hatte. »Seit wann besitzen wir ein Bügeleisen?«
»Seit heute. Ich kann doch meinen Jungen nicht weniger als super-duper zu seinem ersten Ball gehen lassen.«
Ich verzog das Gesicht. »Super-duper?«
Als sie mit Bügeln fertig war, kletterte ich in den Bus und zog mich um. Die Hose war ein bisschen fadenscheiniger, als ich sie in Erinnerung gehabt hatte, die Jackettärmel fransten schon ein wenig aus und in einer der Taschen befand sich ein Loch, aber davon abgesehen sah es toll aus. Astrid pfiff, als ich rauskam. »Du siehst großartig aus.« Sie kämmte meine Haare und verlieh ihnen damit maximales Volumen. »Zeig mir die Blume.« Ich hielt ihr die gelbe Rose in der Plastikpackung hin. »Perfekt. Sie wird begeistert sein.«
Astrid machte mir ein schnelles Abendessen, dann begleitete sie mich zu den Brinkerhoffs. Es war ein klarer, kühler Abend. Die

Sterne schienen hell. Als wir ankamen, fragte ich: »Willst du mit reinkommen und Hallo sagen?«
Sie schüttelte den Kopf. »Ich glaube nicht.« Ich bemerkte, dass sie Tränen in den Augen hatte. »Dein erster Ball. Ich hab dich lieb, Felix.«
»Ich hab dich auch lieb, Astrid.«
Sie küsste mich auf die Stirn und ging weg.

Alberta machte die Tür auf. »O Gott, du siehst ja unverschämt süß aus«, sagte sie und strubbelte mir durchs Haar.
Dylan schoss die Treppe herunter. Sein Hemd war zerknittert und steckte nur halb in seiner grauen Anzughose, aber trotzdem sah er ordentlicher und sauberer aus, als ich ihn je gesehen hatte.
»Dad, los, fahren wir!«
Während wir auf Mr Brinkerhoff warteten, ertrugen wir Albertas Sticheleien. »Habt ihr Kondome dabei?«
»Halt die Klappe«, sagte Dylan.
»Wir wollen doch keine Teenagerschwangerschaften.«
»Blödie! Wir sind gerade mal zwölf!«
»Es heißt, dass die Jugend heutzutage immer früher anfängt.«
Dankenswerterweise erschien Mr Brinkerhoff und wir zogen los.
Zuerst holten wir Sophie ab. Sie trug eine Kunstlederhose und ein leuchtend pinkfarbenes Top. Mr Brinkerhoff stellte sich vor; Dylan grunzte bloß. »Also, Sophie«, versuchte Mr Brinkerhoff, das Schweigen zu brechen, »wie geht's dir in der siebten Klasse?«
»Gut.«
Den Rest der Fahrt bis zu Winnie sagte niemand mehr auch nur ein Wort.

Ich sprang aus dem Auto, als wir vor ihrem Haus ankamen. Winnie wartete mit ihrer Mom in der Eingangshalle. Sie trug ein schimmerndes silbernes Kleid ohne Ärmel, das exakt bis über die Knie reichte, und silberne Ballerinas. Um die Schultern hatte sie eine weiße Stola drapiert.

Ihr Anblick war einfach … *wow*.

»Du musst Felix sein«, sagte ihre Mom. »Ich bin Eleanor, Winnies Mom.«

»Freut mich, Sie kennenzulernen, Eleanor.« Wir schüttelten einander die Hand. »Sie bringen Babys auf die Welt.«

»Ja, das tue ich.«

Winnie räusperte sich. »Danke, Felix, du siehst auch gut aus.«

»Hä?«

Eleanor lächelte. »Ich glaube, meine etwas unhöfliche Tochter möchte gerne ein Kompliment hören.«

Oh. »Du siehst hübsch aus«, sagte ich. Winnies Gesicht verfinsterte sich. »Sehr hübsch?«

»Bitte bring sie bis elf Uhr nach Hause«, sagte Eleanor.

»Mach ich.« Wir wandten uns um und wollten das Gebäude verlassen. Winnie räusperte sich. Einmal. Zweimal. »Kriegst du eine Erkältung?«

»Nimm meinen Arm.«

Eleanor lächelte mich ermutigend an. Ich nahm Winnies Arm.

»Duì nǐ de péngyǒu hǎo yī diǎn«, rief sie uns hinterher.

»Sie hat mir auf Mandarin gesagt, ich soll nett zu dir sein«, erklärte Winnie. »Seit wann bin ich nicht nett?«

Auf halbem Weg zum Auto fiel mir die Verpackung in meiner Hand ein. »Ach ja. Hier ist dein Bouquetdingens.« Ich gab es ihr und ging weiter.

Winnie blieb stehen. »Felix.«

»Was?«
»Nimm es aus der Packung und bind es mir um.«
»Wieso machst du das nicht selber?«
»Weil *du* das machen solltest.«
»Aber soll das denn überhaupt eine richtige Verabredung sein?« Zornig starrte sie mich an. Mein S.H.I.T. sagte mir, dass es sehr miserabel lief, aber ich hatte keine Ahnung, wieso. »Na gut!« Ich schob ihr das Blumenbändchen über die Hand. »Bist du jetzt zufrieden?«
»Nein!«
Die Fahrt zur Schule war kurz, aber tödlich. Mr Brinkerhoff versuchte, Witze zu machen. »Was ist der gefährlichste Tag für ein U-Boot?« Niemand antwortete. »Der Tag der offenen Tür!« Schweigend stiegen wir nacheinander aus dem Auto aus. »Um Himmels willen, versucht euch zu amüsieren!«, rief er uns nach.

Die Turnhalle war mit Luftschlangen und Ballons geschmückt. Das Licht war schummrig. Noch tanzte niemand. Kinder standen um die Tanzfläche herum und aßen Knabberzeug oder machten Unfug.
Ich brachte Winnie ein Glas Punsch. Sie hatte die Arme vor der Brust verschränkt und schmollte. »Winnie. Tut mir leid, wenn ich verwirrt bin. Du hast zu mir gesagt, ich sei deine Tarnung. Das hier sei eine Recherche für die Schülerzeitung. Und dann willst du, dass ich mich benehme, als ... als hätten wir ein Date.«
»Für einen angeblich so klugen Typen bist du echt doof.«
»Was?«
»Bist du wirklich nie auf die Idee gekommen, dass ich dich mag?«
Nein. War ich nicht. Auf einmal wurde mir innerlich ganz warm, auf nicht unangenehme Weise.

»Siehst du, das ist es, was ich an Schulbällen hasse«, fuhr sie fort. »Sie schüren Hoffnungen, und dann wird die Hoffnung zerstört und man ist beschämt und gedemütigt.«
Ein langsames Lied setzte ein.
»Jedenfalls, mach, was du willst. Es ist nicht deine Schuld, sondern meine.«
»Winnie …«
»Ich bin hier der Depp, nicht du. Ich.«
»Winnie …«
»So ist mein Leben, im Ernst, du hast es wahrscheinlich nicht bemerkt, aber ich bin nicht ganz so grandios darin, zwischenmenschliche Hinweise zu entschlüsseln …«
»Winnie.«
Sie machte den Mund zu. Ich hielt ihr meine Hand hin. Sie schaute sie an, dann leuchteten ihre Augen auf. Ich ging mit ihr in die Mitte der Tanzfläche. Wir waren das erste Paar. Ich legte meine Arme um ihre Taille. Ich hatte in meinem ganzen Leben noch nie langsam getanzt, also schlurfte ich bloß in einem kleinen Kreis herum.
Nach einer Weile kamen andere dazu. Winnie legte ihren Kopf auf meine Schulter, das fühlte sich schön an.
Wir verließen die Tanzfläche nur zweimal, einmal, um was zu knabbern, und einmal zum Pinkeln.
Ihr vernichtendes Exposé über Schulbälle hat Winnie nie geschrieben.

Mr Brinkerhoff holte uns um kurz nach zehn ab. Zuerst brachten wir Winnie nach Hause, dann Sophie. Sobald Sophie ausgestiegen war, atmete Dylan auf dem Beifahrersitz laut auf. »Gott sei Dank ist das vorbei! Das war furchtbar! Ich bin so verschwitzt!«

Das kam nicht vom Tanzen; er und Sophie waren kaum auf der Tanzfläche gewesen.
»Ich dachte, du magst sie«, sagte Mr Brinkerhoff.
»Das dachte ich auch. Aber dann hat sie gesagt, sie glaubt, dass Poltergeister rastlose Seelen sind, die einem nur Schmerz und Leid zufügen wollen, und ich so: ›Das klingt null nach Bernard!‹ Bernard spielt Streiche, aber er beschützt uns auch! Und sie hat's mir nicht abgekauft. Und ich so: ›Woher willst du das wissen? Ich bin hier derjenige mit dem Poltergeist!‹«
Ich ertappte Mr Brinkerhoff dabei, wie er in den Rückspiegel sah und zwinkerte. »Felix, wo wohnst du?«, fragte er.
»Das liegt nicht auf dem Weg. Lassen Sie mich einfach an der Bushaltestelle raus.«
»Auf keinen Fall. Wir bringen dich nach Hause.«
»Aber …«
»Kein Aber. Wie lautet die Adresse?«
Ich stand völlig auf dem Schlauch. Wie konnte ich eine Adresse angeben, wenn ich keine Adresse *hatte?*
Mir fiel ein, dass ich am ersten Schultag zu Dylan gesagt hatte, wir wohnten am Rande des Einzugsgebietes. Also platzte ich mit der Adresse raus, die zu dieser Beschreibung passte.
Soleils.
Während wir uns immer weiter vom Bus entfernten, erzählte uns Mr Brinkerhoff Geschichten von den Schulbällen seiner Jugend. Ich konnte mich nicht konzentrieren. Auf halbem Weg fing ich an zu hicksen. Als wir bei Soleils Haus vorfuhren, beendete Mr Brinkerhoff seine letzte Erzählung. »Es ist nie ratsam, sich auf die neuen Schuhe seiner Partnerin zu übergeben!«
Er bremste. Dylan pfiff leise. »Wow. Geile Bude, Felix!«
»Wir haben bloß – *hicks!* – das Untergeschoss gemietet.«

Mr Brinkerhoff stellte den Motor ab. Er machte Anstalten, aus dem Auto zu steigen. »Ich bringe dich bis zur Tür. Möchte deiner Mutter kurz Hallo sagen.«

»Das geht nicht!«, sagte ich, lauter als beabsichtigt. »Ich meine – sie ist unterwegs. Bei einer Verabredung. Aber ich richte ihr – *hicks!* – Grüße aus.«

Er sah mich ein paar Sekunden länger an, als es angenehm war. »Okay. Na ja. Wir warten hier einfach so lange, bis du reingegangen bist.«

»Toll. Danke fürs Heimfahren.« Das Jackett über dem Arm, stieg ich aus dem Auto. Ich ging über die Straße. In Soleils Haus brannten immer noch ein paar Lichter.

Ich lief den schmalen Weg am Haus entlang. Ich öffnete das Tor. Ein Scheinwerfer ging an und ich stand mitten im Flutlicht. *Bitte, bitte, mach, dass niemand ausgerechnet jetzt rausguckt.*

Ich winkte noch einmal Dylan und seinem Vater zu. So sachte, wie ich konnte, schloss ich das Tor. Auf Zehenspitzen lief ich durch Soleils Garten bis zum hinteren Tor, das zur Seitenstraße führte. Im Haus begann ein Hund zu bellen.

Soleil und ihre Familie hatten sich einen Hund angeschafft. Vielleicht hatten sie sich aus Angst einen Hund angeschafft. Vielleicht hatten sie Angst, weil kürzlich jemand in ihr Haus eingebrochen war.

Ich floh durch das hintere Tor. Der Ärmel meines brandneuen gebrauchten Hemdes blieb irgendwo hängen und ich hörte etwas reißen. Im Haus gingen noch mehr Lichter an und ich vernahm, wie die Hintertür aufging. »Wer ist da?« Soleils Ehemann, Arpad.

Ich rannte die Gasse hinunter. Als ich ein paar Blocks weiter war, holte ich mein Handy raus und schrieb Dylan eine Nachricht: *Gut angekommen!*

Der wunderschöne, klare Abend war frostig und kalt geworden. Ich zog das Jackett an, aber ich zitterte, während ich auf den Bus wartete, der mit Verspätung kam. Als er endlich auftauchte, setzte ich mich neben eine Heizlüftung und versuchte mich aufzuwärmen. Ich begutachtete den Riss in meinem Hemd. Er war etwa sieben Zentimeter lang. Am liebsten hätte ich geheult. Aber ich tat es nicht.

Denn es war ein wundervoller Abend gewesen.

Der Rest des Wochenendes war lang und öde. Dylan hatte einen Karatewettkampf und Winnie musste zur Hochzeit ihres Cousins.

»Ich freu mich, meinen *gōng gōng* und *pōpō* wiederzusehen, aber diese Feiern ziehen sich endlos. Wir müssen ein Zehn-Gänge-Menü durchstehen. Zehn Gänge!«, hatte sie sich am Abend zuvor beschwert. Ich hätte am liebsten gesagt: »Zehn Gänge! Kann ich mitkommen?«

Astrid und ich verbrachten die Zeit mit Wäschewaschen und Einkaufen. Am Sonntagnachmittag gingen wir in die Bücherei, um ein paar Bücher auszuleihen und das kostenlose WLAN zu benutzen.

Ich hatte eine E-Mail bekommen.

Herzlichen Glückwunsch, Felix Knutsson!

Du bist für einen Vorsprechtermin für *Wer, Was, Wo, Wann – Junior* ausgewählt worden. Er findet am Dienstag, dem 30. Oktober im Sunshine Inn im Zentrum von Vancouver statt. Bitte komm bis spätestens 9.00 Uhr zum Check-in.

Viel Glück!

Mit freundlichen Grüßen

Nazneen Iravani

Produzentin

Ich zeigte Astrid die Mail. Wir jubelten so laut, dass die Bibliothekarin uns drei Mal zur Ruhe ermahnen musste.

Am Montagmorgen, als wir in die Schule kamen, erzählte ich es Dylan. »Das ist klasse, Felix!«, sagte er. »Ich hab auch eine E-Mail bekommen. Ein Danke, aber im Sinne von *›Nein, danke‹*.«

Auf der Eingangstreppe trafen wir Winnie. Sie hatte sich eine brandneue Baskenmütze in Kanariengelb und dazu passende kanariengelbe Socken gekauft. »Du … leuchtest«, sagte ich.

»Wie Tweety«, fügte Dylan hinzu.

Jegliche Angst, nach dem Schulball könnte es komisch zwischen uns sein, schwand, als sie sofort loslegte. »Ich habe Post von *Wer, Was, Wo, Wann* bekommen. Ich bin zu einem Vorsprechtermin eingeladen.« Sie versuchte wirklich mit aller Kraft, nicht selbstgefällig zu erscheinen.

»Das ist super«, sagte ich. »Herzlichen Glückwunsch.«

»Wow«, sagte Dylan. »Unglaublich, ich kenne gleich zwei Leute, die zu einem Vorsprechtermin eingeladen sind!«

Winnie blinzelte. »Oh. Felix auch?«

»Japp«, erwiderte ich.

Sie brauchte einen Augenblick, bis sie sagte: »Na dann. Dir ebenfalls herzlichen Glückwunsch.«

Es klang nicht ganz, als käme es von Herzen.

Wir hatten nur eine Woche, um uns vorzubereiten, und machten das Beste daraus. Dylan drillte uns jeden Tag nach der Schule bei sich zu Hause. Manchmal halfen auch Alberta und Henry mit Fragen aus ihrem Oberstufen-Schülerquiz-Programm. Da ich die Sendung so oft angeschaut hatte, wusste ich, auf welche Kategorien wir uns konzentrieren mussten. Geografie, Klassische Literatur, Popkultur, Weltgeschichte und Naturwissenschaft.

»Welche Stadt war einst als Konstantinopel bekannt?«

»Istanbul.«

»In welchem U.S.-Staat spielt Faulkners *Schall und Wahn?«*

»Mississippi.«

»Was ist das Zeichen für Quecksilber im Periodensystem der Elemente?«

»Hg.«

Auch Astrid fragte mich in der Garage ab.

»In welchem Jahr ist Hitler in Polen einmarschiert?«

»1939.«

»Wie viele Planeten gibt es im Sonnensystem?«

»Früher neun, jetzt acht.«

Am Abend vor dem Vorsprechtermin gingen wir ins Gemeindezentrum. Ich duschte lange. Ich legte meine Sachen auf dem Beifahrersitz zurecht: die Anzughose, dazu das neue, gebrauchte rote Poloshirt und frische Socken. Ich stellte zwei Wecker. Auf keinen Fall wollte ich zu spät kommen.

Ich sagte Horatio, meiner Mom und Mel Gute Nacht und kletterte früh in mein Bett, aber ich war vor Nervosität ganz aufgedreht; in Gedanken ackerte ich mindestens zehn unterschiedliche Listen durch, bis ich endlich einschlief.

Um 6.58 Uhr – unmittelbar bevor mein Wecker klingeln sollte – brach die Katastrophe über uns herein.

Jemand öffnete das Garagentor.

Meine Mom fluchte in ihrem Bett.

Wer auch immer es war, er begann, an den Bus zu hämmern und in einer anderen Sprache zu brüllen. In meinem Minions-Schlafanzug kletterte ich aus meiner Koje und griff nach der nächstbesten Waffe, unserer Bratpfanne. Astrid, in langer Unterhose und T-Shirt, schob die Tür auf.

Der Mann trug Arbeitskleidung. Er hörte nicht auf zu schreien. Ich musste die Worte nicht verstehen, um zu begreifen, dass er wütend war.

»Wir haben nur einen Parkplatz für die Nacht gebraucht«, sagte meine Mom. »Wir gehen ja schon.«

Der Mann – vermutlich ein Handwerker, der beauftragt worden war, das Haus fertigzustellen – holte sein Telefon heraus und drückte auf die Kurzwahltaste. Ich hatte solche Angst. Auch Horatio sah verängstigt aus. Er rannte und rannte in seinem Rennmausrad, als versuchte er zu entkommen.

Eilig rutschte Astrid auf den Fahrersitz. Sie steckte den Schlüssel ins Zündschloss. »*Tusan*«, sagte sie auf Schwedisch.

»Was? Mom, fahr einfach los!«

»Wir sind noch angeschlossen.« Sie schaute mich an. »Felix, wir sind angeschlossen.«

Ich wusste, was sie wollte. Ich lugte aus der noch immer offenen Seitentür. Der Mann fing an, in seiner Muttersprache mit jemandem am anderen Ende der Leitung zu reden. Der Hauseigentümer? Die Polizei? Ich hatte keine Ahnung. Einen Moment lang wandte er sich ab.

Ich nutzte die Gelegenheit. Ich sprang aus dem Bus, rannte zur Steckdose und zog unser Verlängerungskabel heraus. Astrid startete den Motor.

Der Mann drehte sich um und erblickte mich. Gerade als ich wieder in den Bus klettern wollte, packte er mich an meinem Schlafanzugoberteil.

Ich biss ihm in die Hand, fest.

Er schrie auf. Er ließ los. Und ich hechtete in den Bus.

Astrid fetzte aus der Garage, während ich versuchte, die Seitentür zuzumachen. Der Mann brüllte uns hinterher und drohte mit der Faust.

»Okay. Ist okay, Lilla Gubben«, wiederholte Astrid ununterbrochen, wie ein Mantra. Wir waren wieder zurück zum Jericho Beach gefahren und parkten auf einem der Plätze mit Strandblick. Ich saß neben ihr auf dem Beifahrersitz, und ich zitterte.

»Wie kannst du das sagen? Es ist nicht okay! Woher willst du wissen, ob er nicht die Polizei angerufen und denen unser Autokennzeichen durchgegeben hat? Woher willst du wissen, ob sie nicht schon nach uns suchen?«

»Er hat nicht die Polizei gerufen. Er hat vermutlich den Eigentümer oder den Bauträger kontaktiert.«
»Aber er hat vielleicht unser Kennzeichen aufgeschrieben oder es sich gemerkt. Der Eigentümer hat ihm vielleicht aufgetragen, die Polizei zu rufen …«
»Felix, hör auf. Sei nicht so ein Schwarzseher …«
»Nenn mich nicht einen Schwarzseher! Nur weil ich der einzige Vernünftige in dieser Familie bin, macht mich das noch lange nicht zum Schwarzseher!«
Sie warf mir einen flüchtigen Blick zu. »Autsch.«
Ich fing an zu hicksen. »Ich habe ihn gebissen. Ich kann nicht glauben, dass ich – *hicks!* – ihn gebissen habe.«
»Das war Selbstverteidigung.«
Mein Blick fiel auf die Zeitanzeige auf dem Armaturenbrett. »O Scheiße!«
»Was?«
»Ich bin *genau jetzt* – *hicks!* – mit Winnie an der – *hicks!* – Bushaltestelle verabredet.«
»Ist okay, Böna. Ist okay.« Astrid versuchte mich zu umarmen.
Ich wand mich heraus. »Nein, Astrid. Es ist nicht okay! Nichts von alldem ist – *hicks!* – okay!«
Sie holte tief Luft. »Du hast recht. Ist es nicht. Aber jetzt musst du dich erst mal zusammenreißen. Geh in den Waschraum und zieh dich um. Dann fahre ich dich in die Stadt.«
Ich fing an, nach meinen Schuhen zu suchen. »O nein. O *nein!*«
»Was?«
»Meine Schuhe sind noch in der Garage. Ich hab sie draußen stehen lassen, weil du gesagt hast, sie stinken.« Ich dachte an die anderen Sachen, die wir zurückgelassen hatten: unsere Campingstühle, den Heizlüfter, unseren Topf und das Geschirr.

»Das ist schon okay. Du hast noch andere Schuhe.«
»Ich habe – *hicks!* – Gummistiefel.«
»Dann zieh die an.«
Ich schlüpfte in meine Gummistiefel. Meine Sachen fest umklammernd stieg ich aus dem Bus und rannte zu den Waschräumen am Strand. Je näher ich kam, umso deutlicher spürte ich, wie dringend ich musste. Klein *und* groß. Ich griff nach der Türklinke der Herrentoilette und zog daran.
Sie war verschlossen.
Ich drückte, nur zur Sicherheit, und versuchte es dann mit Drücken *und* Ziehen, um ganz sicherzugehen. Normalerweise wurden die Waschräume viel früher aufgeschlossen. Wieso kam der Toilettenaufschließer ausgerechnet heute zu spät zur Arbeit?
Panik stieg in mir auf. Ich war verzweifelt.
Ich hatte keine andere Wahl. Ich rannte zum nächsten Baum und riss meine Minions-Schlafanzughose runter.
Ich versuchte mich zu entspannen.
Auf dem Weg waren Hundebesitzer, aber sie befanden sich weit genug weg, dass sie nicht sehen konnten, was ich machte. Das war aber auch egal. Ich hatte mich noch nie so furchtbar gefühlt.
So erbärmlich und wertlos.
Zum Glück hatte ich in der Tasche meines Kapuzenpullis ein paar alte zerknüllte Papiertaschentücher. Aber ich konnte nicht die Sauerei wegputzen, die ich verursacht hatte. Ich konnte meine Hände hinterher nicht waschen. In all den Wochen, die wir schon im Westfalia wohnten, fühlte ich mich zum ersten Mal wirklich obdachlos.
Hoffnungslos.
Ich zog meine Schlafanzughose hoch und drehte mich um.

Da sah ich eine Frau, vielleicht zwanzig Meter von mir entfernt, die mit einem Dackel Gassi ging.
Ein Blick in ihr Gesicht und ich wusste, dass sie alles gesehen hatte. Sie stierte mich an, sprachlos vor Abscheu.
Ja, Sie sind angeekelt, wollte ich rufen. *Aber stellen Sie sich mal vor, wie es mir erst geht.*

Astrid fuhr mich in die Stadt. Der Verkehr war übel. Sie versuchte, mit mir zu reden, meine Stimmung zu heben, aber ich weigerte mich zu antworten.
Ich zog mich auf dem Rücksitz um, während sie den Berufsverkehr bewältigte. Ich schmierte eine Tonne Deo unter meine Achseln und ein bisschen in meine Unterhose, was ziemlich brannte.
»Soll ich das Auto abstellen und mit reinkommen?«, fragte Astrid, als wir um fünf vor endlich am Sunshine Inn ankamen. Sie trug noch ihre lange Unterhose, ihre Haare waren ein wirres Chaos; sie sah mehr wie eine Irre aus als je zuvor.
»Nein.« Ich öffnete die Beifahrertür und stieg aus.
»Na gut, dann warte ich einfach hier auf dich …«
Eine Woge glühend heißer, schwarzer Wut überrollte mich. »NEIN! Fahr einfach! Ich nehme den Bus. Ich will dich nicht sehen!« Ich knallte die Tür zu.
Und drehte mich um und entdeckte Winnie, die mit ihrer kanariengelben Baskenmütze vor dem Hotel stand und mich anstarrte.

Wir sprinteten die Treppe in den zweiten Stock hoch. »Du bist zu spät.«
Halt die Klappe.
»Ich hab mir Sorgen gemacht. Ich habe zwei Busse vorbeifahren lassen.«

Halt die Klappe.
»Ich habe dir Nachrichten geschrieben …«
»Hör zu, es tut mir leid. Wirklich. Ich konnte nichts machen.«
»Du trägst Gummistiefel zu deiner Stoffhose. Und auf deinem Hemd ist ein kleiner Fettfleck …«
»Wer bist du, die Modepolizei? Das *weiß* ich, okay?«
Sie verstummte.
Drei Sekunden lang.
»Ich nehme an, das war deine Mom«, sagte sie, als wir den Flur im zweiten Stock entlanghasteten und den Schildern mit der Aufschrift WER, WAS, WO, WANN – VORSPRECHEN folgten.
»Ja.«
»Wieso hast du sie angeschrien?«
»Wegen ihr bin ich zu spät gekommen.«
»Schreist du sie oft so an?«
»Nein! Natürlich nicht.«
»Denn egal, was deine Mom getan hat, ich bin nicht sicher, ob sie so einen Ausbruch verdient …«
»Winnie, bitte, ich flehe dich an, halt einfach die Klappe.«
Ihre Gesichtszüge entgleisten. Sie verlangsamte ihren Schritt. Ihre Stimme zitterte, als sie zu sprechen begann.
»Hast du gerade ernsthaft zu mir gesagt, ich soll die Klappe halten?«
Ich schwieg.
»Ich wurde zu einer starken feministischen Perspektive und einem gesunden Selbstbewusstsein erzogen. Deshalb kann ich nicht mit jemandem gehen, der mich beleidigt und schikaniert.«
»Wer hat behauptet, dass wir miteinander gehen?«
Ihr stiegen Tränen in die Augen.

»Winnie, jetzt komm schon. Es tut mir leid. Ich versuche mich nur zu konzentrieren. Der Morgen war einfach furchtbar …«

»Genau so machen es Despoten. Sie finden Ausreden. Dann machen sie es wieder. Und außerdem, so, wie du mit deiner eigenen Mutter geredet hast …«

»Es ist kompliziert! Du hast keine Ahnung, wie kompliziert!«

Wir waren an der Tür zu den Räumen angekommen, in denen die Vorsprechtermine stattfanden. »Übrigens«, sagte sie, »dein Deo ist wahnsinnig penetrant.«

»Wer beleidigt jetzt hier wen?«

»Ihr beiden seid aber auf den letzten Drücker gekommen«, sagte die Frau, die auf der anderen Seite der Tür an einem Tisch saß. »Noch eine Minute später und wir hätten euch nicht mehr reingelassen.«

»Ich bitte um Entschuldigung«, sagte Winnie.

»Ich auch. Wir sind sonst sehr pünktlich.« Ich warf einen prüfenden Blick in den Raum. Er stand voller Klappstühle, und auf den Stühlen saßen Kids. Mindestens vierzig.

»Ich benötige ein Ausweisdokument und die Einverständniserklärung eurer Eltern.« Zum Glück hatte ich alle notwendigen Papiere am Abend zuvor in eine Mappe gepackt. Jetzt gab ich sie ihr.

Die Frau reichte jedem von uns ein Schildchen mit einer Nummer, das wir uns anstecken mussten. »Wartet da drüben, bis ihr aufgerufen werdet.«

Ich setzte mich. Der Stuhl neben mir war leer. Aber Winnie suchte sich einen am anderen Ende des Raumes, so weit von mir weg, wie sie konnte.

Ich stand auf und fragte die Frau am Schreibtisch, ob ich noch

Zeit hatte, auf die Toilette zu gehen. Sie nickte, sagte jedoch, ich solle mich beeilen.

Ich spurtete den Gang hinunter und ging pinkeln, dann schrubbte ich ungefähr vier Minuten lang meine Hände. Ich nahm ein Papierhandtuch und machte es nass, steckte es mir unters Hemd und in meine Hose, um ein bisschen was von dem Deo abzuwischen. Mit den Fingern fuhr ich mir durch die Haare. Ich versuchte, meine Hose über die Gummistiefel zu ziehen, damit man nur die Stiefelspitzen sah, aber die Hosenbeine waren zu eng. Mir war klar, dass ich wie ein Vollidiot aussah. Ich sagte mir, dass ich einfach nur dazu stehen und so tun musste, als sei das mein Look.

Sie riefen die Leute in Vierergruppen ins Vorsprechzimmer. Nach anderthalb Stunden wurde Winnies Name zusammen mit drei anderen aufgerufen. Ich streckte den Daumen in die Luft, als sie vorbeilief, aber sie vermied jeglichen Blickkontakt.

Ich saß da und wartete und versuchte, nicht an das nagende Hungergefühl in meinem Bauch zu denken.

Etwa zwanzig Minuten später ging die Tür auf und Winnie und zwei ihrer Mitstreiter kamen heraus. Sie schaute nicht in meine Richtung. Aber sie sah zutiefst unglücklich aus.

Ich stand auf, um zu ihr zu gehen, aber der Mann mit dem Klemmbrett kam heraus und sagte: »Alicia Jones, Sherman Wong, Felix Knutsson.«

Mein Magen verknotete sich wie eine Brezel. Ich lief hinter den beiden anderen her in das angrenzende Zimmer. Es war größer als das erste und sie hatten eine Art unechter *Wer, Was, Wo, Wann*-Kulisse aufgebaut, mit Pulten, hinter denen wir stehen sollten. An jedem gab es einen Buzzer. Zwei Leute standen hinter originalgroßen Fernsehkameras, um uns zu filmen. Eine kleine Gruppe Männer und Frauen in Anzügen und Kostümen saß hinter einem Tisch in bequemen Lederdrehsesseln.

Horatio Blass war nicht dabei. Ich spürte einen kurzen Stich der Enttäuschung.

Ein Mädchen aus Winnies Gruppe, Sari, war gebeten worden, noch zu bleiben. Sie stand am Pult ganz außen rechts. Ich wurde an eines der mittleren Pulte geführt. Ich hielt meine Arme eng am Körper, damit möglichst wenig Körpergeruch und/oder Deo freigesetzt wurde.

Der Mann, der uns hereingeführt hatte, stellte sich vor. »Hallo zusammen, ich bin Gouresh, Leiter des Kandidatenmanagements.« Er erklärte uns kurz, wie man den Buzzer bediente.

Dann sagte eines der Kostüme, eine streng wirkende Frau mit meiner Hautfarbe und weißen Haaren: »Ich bin Nazneen, eine der Produzentinnen der Sendung. Wir werden jetzt eine Spielrunde nachstellen. Wir gehen selbstverständlich davon aus, dass euch die Spielregeln bekannt sind.«

Wir vier nickten.

Mein Magen knurrte.

»Ups. Hier hat jemand nicht gefrühstückt«, sagte Nazneen und die Anzüge lachten. Mein Mikrofon hatte das Geräusch verstärkt. Ich spürte, wie mir das Blut ins Gesicht schoss.

»Gut, fangen wir an.«

Die simulierte Runde dauerte eine gefühlte halbe Stunde, aber vermutlich waren es nur zehn Minuten.

»In welcher Stadt traf Romeo Julia?« (Verona.)

»Wie heißt der Fluss, der die Grenze zwischen dem Diesseits und der Unterwelt bildet?« (Styx.)

»Welcher römische Herrscher hat sich einen Palast aus Gold bauen lassen?« (Nero.)

»Welcher Popsänger stammt aus Stratford, Ontario?« (Justin Bieber.)
»Um die Ruinen von Persepolis zu besichtigen, muss man in welches Land fahren?« (Iran.)
Sie stellten tonnenweise Fragen. Ich brauchte einen kurzen Moment, um mich mit dem Buzzer anzufreunden, aber dann kannte ich kein Halten. Ich beantwortete einige Fragen vor den anderen, und beinahe alle richtig. Sari ebenfalls.
Die Mienen der Anzüge verrieten nicht das Geringste. Manche guckten uns nicht mal an. Ein Typ tippte auf seinem Telefon herum. »Okay, vielen Dank«, sagte Nazneen. »Sherman und Alicia, ihr könnt gehen. Sari und Felix, ihr bleibt bitte da.«
Sherman und Alicia schlichen aus dem Raum. Dann brachten die Anzüge zwei andere Kinder aus vorherigen Runden herein, die man ebenfalls gebeten hatte zu bleiben. Wir spielten noch eine simulierte Runde, dieses Mal schwieriger. Danach wurde ich als Einziger gebeten zu bleiben.
»Wir haben jetzt ein paar persönliche Fragen an dich, Felix«, sagte Nazneen. »Über dein Zuhause, deine Hobbys. Erzähl uns von deiner Familie.«
»Wir sind eine kleine Familie. Nur ich und meine Mom.«
»Bist du ein Fan von *Wer, Was, Wo, Wann*?«
»O ja. Früher hab ich es mit meiner Mormor geguckt, als ich noch jünger war. Ich habe sogar eine Rennmaus namens Horatio Blass.«
Der Typ, der den Blick nicht ein einziges Mal von seinem Telefon abgewandt hatte, schaute auf.
»Nein!«, sagte Nazneen.
»Doch. Ich habe sie nach dem Moderator benannt, weil es seit ewigen Zeiten meine Lieblingssendung ist.« Ein paar Anzüge

schrieben etwas in ihre Notizbücher. Da knurrte mein Magen wieder laut.
»Tut mir leid. Kein Frühstück. Die Aufregung.«
»Erzähl mir also, Felix«, sagte Nazneen. »Was würdest du mit dem Geld machen, wenn du gewinnen würdest?«
»Es gibt Geld?« So lachhaft das auch klingen mag, aber über Geld hatte ich nicht nachgedacht. Ich wusste, dass die Erwachsenen um Geld spielten, aber mir war nicht klar gewesen, dass es auch in der Junior-Ausgabe Geld zu gewinnen gab.
»Klar. Tausend Dollar für die Teilnahme. Zweitausendfünfhundert für jeden der vier Finalisten. Und fünfundzwanzigtausend für den Sieger.«
Meine Ohren klingelten. Ich musste mich am Pult festhalten. *Fünfundzwanzigtausend Dollar.*
Nazneen wartete auf meine Antwort. »Ich würde es meiner Mom geben«, sagte ich. »Damit sie uns eine anständige Wohnung suchen kann.«
Die Anzüge sahen einander an, sogar der Telefontyp. »Gut. Danke«, sagte Nazneen. »Binnen zwei Wochen hörst du von uns.« Sie hielt mir eine Schachtel Donuts hin, die offen auf dem Tisch stand. »Nimm einen mit, für unterwegs.«
Ich nahm einen mit Marmeladenfüllung, meine Lieblingssorte. »Danke. Vielen Dank.«

Ich lief zur Bushaltestelle und stopfte mir währenddessen den Donut in den Mund. Kleine Glasurflöckchen rieselten auf meine Hose und in meine Gummistiefel, aber das war mir egal. Nur ein einziger Gedanke raste mir durchs Hirn.
Fünfundzwanzigtausend Dollar.
Fünfundzwanzigtausend Dollar hieße keine kalten Nächte mehr.

Keine öffentlichen Toiletten.
Kein Ladendiebstahl.
Keine Lügen.
Fünfundzwanzigtausend Dollar waren mehr als genug, um mindestens ein Jahr lang die Miete zu bezahlen.
Es reichte, um unser Schicksal zum Guten zu wenden.

Es war Mittagszeit, als ich in der Schule ankam. Ich sah Dylan an seinem Spind und trampelte in meinen Gummistiefeln zu ihm.

»Amigo!«, sagte er. »Wie ist es gelaufen?«

»Ziemlich gut, glaube ich.«

»Winnie ist schon vor einer ganzen Weile gekommen. Mit einer kleinen finsteren Wolke überm Kopf.«

»Ja, ich glaube, es lief nicht so gut bei ihr. Außerdem ist sie sauer auf mich.«

»Wieso?«

»Ich hab zu ihr gesagt, sie soll die Klappe halten.«

»Oh. Na ja. Das kann ich durchaus nachvollziehen.«

»Ja.«

»Aber du solltest dich wohl entschuldigen. Zu unser aller Wohl.«

Ich nickte. »Wünsch mir Glück.«

Er klopfte mir auf die Schulter. »Viel Glück.«

Ich lief durch die vollen Flure in Richtung Cafeteria. In der Fer-

ne erblickte ich Winnies Baskenmütze. Aber nicht auf ihrem Kopf – sie wurde von Donald und Vlad als Frisbee benutzt. Winnie stand zwischen ihnen, sprang in die Höhe und versuchte sie im Flug zu erhaschen. »Hört auf damit, Jungs. Das ist nicht witzig!«
Auf einmal wurde ich richtig wütend. Wütend auch für Winnie. Aber meine Wut war wie ein Krake; sie hatte viele Tentakel.
Ich war seit September um einiges gewachsen, denn als Donald das nächste Mal die Mütze warf, schnappte ich sie mühelos aus der Luft. Ich gab sie Winnie zurück.
»Was soll das?«, fragte Donald. »Wir haben nur ein bisschen Spaß gemacht.«
Ich riss Donald die Baseballkappe vom Kopf und schmiss sie in den nächstgelegenen Mülleimer. »Hat das *Spaß* gemacht? Oder hat es sich eher aggressiv und bedrohlich angefühlt? Denn so geht es Winnie vielleicht damit.«
»Sprich nicht für mich, danke sehr«, sagte sie. Dann fügte sie hinzu: »Aber er hat nicht unrecht. Es fühlt sich wirklich aggressiv …«
»Hey«, unterbrach Donald sie. »Das ist meins.«
»Was?«
Er starrte auf meine Brust. »Das Hemd.«
»Nein, ist es nicht. Ich habe es gerade erst gekauft.«
»Aber nicht neu. Schau, da ist der Fettfleck von meinem Fahrrad und alles. Deshalb hat meine Mom es weggegeben. An den Arme-Leute-Laden.«
Mir war schlecht. »Es ist kein Arme-Leute-Laden. Sondern die Heilsarmee.«
»Klar, wo arme Leute einkaufen. Ich meine, welcher normale Mensch würde ein gebrauchtes Hemd mit Flecken drauf kaufen?«

Dank meines Wachstumsschubes überragte ich Donald um fast fünf Zentimeter. Und dennoch hatte ich mich noch nie so klein gefühlt wie jetzt.

Winnie drehte sich zu ihm um, die Hände in die Taille gestemmt. »Du bist ein Idiot, Donald. Alle möglichen coolen Leute kaufen in Secondhandläden ein. Aber von so was hast du ja keine Ahnung.«

Donald zuckte mit den Achseln. »Hey, mir doch egal. Ich sag ja bloß, meine Mom spendet da immer den Kram hin, den wir nicht wollen.«

»Ich bin überrascht, dass sie noch nicht versucht hat, *dich* zu spenden«, fuhr Winnie ihn an.

Jetzt war es an Donald, beleidigt zu gucken. Er fischte seine Baseballkappe aus dem Mülleimer. »Egal. Ihr zwei Missgeburten verdient einander.« Er und Vlad gingen weg.

Ich spürte, dass ich ganz rot im Gesicht war. Ich konnte Winnie kaum ansehen. Stattdessen betrachtete ich einen Fleck auf dem Boden.

»Drei Dinge«, sagte sie. »Erstens, Donald ist ein Arsch. Zweitens, das Hemd steht dir super. Und drittens, obwohl ich teilweise dankbar bin für deine Ritter-in-strahlender-Rüstung-Nummer, entschuldigt das nicht dein Benehmen von vorhin.«

Dann setzte sie ihre Baskenmütze auf und verschwand durch die Tür nach draußen.

Ich fand sie bei einem der Picknicktische, wo sie ihr Mittagessen auspackte: zwei Sandwiches, zwei Eiertörtchen, eine Mandarine, eine Käsestange und eine Tüte Reiscracker.

Ich setzte mich ihr gegenüber. »Ist es dir nicht zu kalt hier draußen?«

Sie biss von einem Sandwich ab. »Habe ich gesagt, dass du dich zu mir setzen kannst?«

»Nein. Und ich verspreche, ich gehe gleich wieder. Ich hätte dich heute Morgen nicht so anfahren sollen. Tut mir leid. Es ist nur so – es ist gerade so viel los, so vieles, über das ich nicht reden kann. Aber ich hätte es nicht an dir auslassen sollen.«

Sie sah von ihrem Sandwich hoch. »Warum kannst du nicht darüber reden?«

»Ich würde das Vertrauen von jemandem missbrauchen.«

»Deiner Mom?«

Ich nickte. Sie sagte nichts, also stand ich auf und wollte gehen.

»Warte. Wo ist dein Mittagessen?«

»Hab ich vergessen«, sagte ich. Eine Unsichtbare Lüge.

Sie schob eines ihrer Brote und ein Eiertörtchen über den Tisch. »Iss.«

Ich setzte mich wieder hin. Ich hatte solchen Hunger, dass selbst ihr Brot gar nicht so schlecht schmeckte.

»Und, bist du?«, fragte sie.

»Bin ich was?«

Sie fixierte weiter den Tisch. »Arm.«

»Ich weiß nicht. Vielleicht.«

»Das ist bestimmt schwierig.«

»Es geht uns gut. Echt. Ist nur vorübergehend.« Winnie gab mir die halbe Käsestange und die Hälfte der Mandarine, und ich nahm sie wortlos an. »Tut mir leid, dass es heute Morgen nicht besser für dich gelaufen ist.«

»Ich hab's vermasselt. War wie eingefroren.«

»Ich wette, es ging vielen klugen Leuten so. Es war total stressig.«

»Wie ist es bei dir gelaufen?«

»Ziemlich gut, denke ich.«
»Was passiert jetzt?«
»Sie haben gesagt, dass sie uns in zwei Wochen Bescheid geben, ob wir es in die Sendung geschafft haben.«
Sie hob ihre Tüte Reiscracker hoch und bedeutete mir, meine Hände aufzuhalten. Dann schüttete sie ein paar Cracker hinein.
»Ich freu mich für dich«, sagte sie.
Und dieses Mal klang es, als käme es von Herzen.

Astrid schickte mir eine Nachricht mit unserem neuen Standort. Sie schrieb, sie sei auf Jobsuche und käme zum Abendessen nach Hause.
Es war ein langer Weg dorthin. Sie hatte den Westfalia in einer ruhigen Straße in Dunbar geparkt, weit von der Garage in Point Grey entfernt. Mir fiel auf, dass sie das Kennzeichen mit Matsch beschmiert hatte, um es unkenntlich zu machen.
Ich kletterte hinein und schob die Tür hinter mir zu. Dann zog ich meine Jacke und das Polohemd aus und meinen Kapuzenpulli an.
Ich stieg wieder aus. Lief zu einem nahe gelegenen Park und warf das rote Polohemd in einen Mülleimer.

»Die hab ich dir heute gekauft«, sagte Astrid, als sie zurückkam. »Ich hoffe, sie passen.« Sie hielt ein Paar kaum gebrauchte schwarze Sneakers hoch. Ich nahm sie ohne ein Wort. Wo oder wie sie sie gekriegt hatte, wollte ich gar nicht wissen.
Beim Abendessen, es gab Doseneintopf, schwieg ich weiter.
»Ich weiß, du bist immer noch sauer auf mich«, sagte sie. »Und ich nehme es dir nicht übel. Aber erzählst du mir von deinem Vorsprechtermin? Ich möchte es wirklich gern wissen.«

»Es lief gut.«
»Komm schon, Böna. Bitte.« Ihre Augen glänzten feucht.
Ich knickte ein. Ich erzählte ihr den gesamten Vormittag bis ins kleinste Detail, die Sache mit dem Preisgeld ausgenommen; ich wollte ihr keine Hoffnung machen.
Später, als wir in unseren Betten lagen, sagte Astrid in die fast völlige Dunkelheit hinein: »Bald wird es besser, Felix. Das verspreche ich.«
Früher hatte ich ihr geglaubt. Dann hatte ich eine Zeit lang gedacht, es sei eher eine Gib-dem-Frieden-eine-Chance.
Aber jetzt? Jetzt fühlte es sich nach Jemand-könnte-ein-Auge-verlieren an.

Astrid hatte eine weitere Krise. »Ich habe so sehr versucht, Arbeit zu finden«, sagte sie ein paar Tage später unter ihrer Bettdecke hervor. »Ich verstehe nicht, wieso keiner mich einstellen will.«

Ich hatte meine ganz eigene Theorie: Seit Wochen war sie schon nicht mehr so sorgfältig, was ihre äußere Erscheinung anging. Ihre Sachen waren zerknittert. Sie sah erschöpft und ausgezehrt aus. Ihre Locken wirkten ungepflegt. Wenn ich all das sehen konnte, dann sahen es auch potenzielle Arbeitgeber. Aber ich sagte bloß: »Ich versteh es auch nicht.«

Eine Gib-dem-Frieden-eine-Chance.

Dann bekam ich eine fiese Erkältung. Der Stress, die Feuchtigkeit und Schlafmangel hatten schließlich mein normalerweise exzellentes Immunsystem lahmgelegt.

Obwohl ich mich wie ausgekotzt fühlte, schleppte ich mich in die Schule, denn der Gedanke, den Tag mit meiner depressiven Mutter eingesperrt im Bus zu verbringen, war zu viel. Außer-

dem kam die Novemberausgabe der Zeitung heraus, und die wollte ich sehen.
Dieses Mal war Winnies Artikel der erste im französischen Teil. Aus dem Gedächtnis und übersetzt lautete er ungefähr so:

»Du denkst, so was wird dir nie passieren«
Von der rasenden Reporterin Winnie Wu

Stell dir vor: Es ist kalt und dunkel und es regnet. Anstatt in dein warmes Bett in deinem warmen Zuhause zu schlüpfen, kriechst du auf ein Stück Karton in einem Hauseingang, eingemummt in einen verdreckten, schimmligen Schlafsack, und versuchst, wenigstens ein Auge zutun zu können, ohne verjagt oder verprügelt zu werden. Dies ist das Leben von Bob dem Barden. Er ist seit zwanzig Jahren obdachlos und sagt selbst: »Du denkst, so was wird dir nie passieren. Aber es kann jedem passieren.«
Und das stimmt! Wusstest du, dass Bob der Barde einen ganz normalen Job hatte? Er hat an der Universität studiert. Er hatte eine Frau und Kinder. Und jetzt schau ihn an. Ein paar unglückselige Ereignisse und - BÄM! Aber viele betrachten ihn, als sei er keiner von uns, als sei er kein richtiger Mensch, anstatt ihn als jemanden zu sehen, den das Glück verlassen hat und der unten geblieben ist. Unser Bürgermeister und unser Präsident reden viel darüber, der Obdachlosigkeit ein Ende zu setzen, aber Reden heißt nicht Handeln! Lasst euren Worten Taten folgen, liebe Politiker!
Und wir Übrigen, lasst uns versuchen, freundlicher zu

sein! Denn - wenn ich ehrlich sein darf - ich habe festgestellt, dass bestimmte Leute in unserer Schule nicht sehr nett zu denjenigen sind, denen es vielleicht weniger gut geht. Aber weißt du was? Nur weil man weniger Geld hat, heißt das nicht, dass man als Mensch weniger wert ist. Manchmal ist es sogar so, dass man, je mehr Geld man hat, ein umso größerer Penner ist! [...]

Et cetera. Der Artikel nahm anderthalb der drei französischen Seiten ein. Mein Kreuzworträtsel, die »Frohgemuten Französischen Fakten« (über die Entwicklung des Heißluftballons) und Dylans Fortsetzung über Poltergeister waren auf die übrigen Seiten gequetscht. Es machte uns nichts aus, denn wir wussten beide, dass das Winnies Traum war. Sie strahlte jedes Mal vor Freude, wenn ihr jemand ein Kompliment machte. »Danke«, hörte ich sie irgendwann sagen. »Ich habe vor, eine weltbekannte Journalistin zu werden, und dies ist nur ein kleiner Schritt auf dem Weg zu meinem Ziel.« Ach, Winnie.
Aber im Laufe des Vormittags wurde meine Erkältung schlimmer.
»Alter«, flüsterte Dylan mir irgendwann zu, »du hörst dich an, als hättest du ein Lungenemphysem. Du solltest *nicht* in der Schule sein.«
Ich wusste, dass er recht hatte. Aber wo sollte ich sonst hin?
Als es zur Mittagspause klingelte, bat Monsieur Thibault mich, noch kurz zu bleiben. »Du klingst furchtbar, Felix. Ich rate dir, nach Hause zu gehen und dich auszuruhen.«
Ich nickte.
»Wo wir gerade beim Thema Zuhause sind: Ist alles in Ordnung?« Er sagte das auf Englisch, was mich nervös machte.
»Ja. Wieso?«

»Du wirkst in letzter Zeit anders als sonst.«
»Alles in Ordnung. Ich bin bloß krank.«
Er betrachtete mich eine Weile eingehend. »Okay. Dann geh jetzt. Ab nach Hause.«
Welches Zuhause?, hätte ich am liebsten geschrien.

Ich lief nicht zum Bus zurück. Gerade verkraftete ich Astrid einfach nicht. Stattdessen ging ich in die Bücherei und schlief in einer der Lesekabinen ein.
Eine Stunde später wachte ich von Geraschel neben mir auf. Noch immer verschlafen, schaute ich auf. In der Lesekabine neben mir saß ein alter Mann. Er starrte mich unverwandt an und grinste breit. Dann bemerkte ich, wo das Rascheln herkam.
Er hatte sein Teil rausgeholt und hielt ihn in der Hand.
Ich sprang auf und rannte aus der Bücherei. Geschockt und schwach irrte ich den Broadway entlang. Ich ging in eine Buchhandlung und blätterte lange in Büchern. Das Personal war freundlich und gab mir nicht das Gefühl, als würde ich herumlungern. Ich hatte ein schlechtes Gewissen, weil ich vermutlich meine Keime auf den Seiten hinterließ.
Mein Magen war wie wund vor Hunger. Zum Frühstück hatte ich nichts als einen mehligen Apfel gegessen. Ich lief Richtung Westen, am Ahmadi Lebensmittelgeschäft vorbei. Obst und Gemüse waren vor dem Schaufenster aufgetürmt, einschließlich Bananen. Ich liebe Bananen.
Ich dachte an mein Kontoführungsbuch, das im Bus lag. Es war doch bestimmt in Ordnung, wenn ich eine Banane nahm – nur eine – und die dann aufschrieb? Schließlich würde ich sie irgendwann für all die Sachen entschädigen, die meine Mom geklaut hatte.

Ich schaute mich um. Der Mann, der dort arbeitete – ich vermutete, es war Mr Ahmadi –, packte eine Kiste Orangen aus. Ich nahm einen Strunk Bananen, brach eine ab und steckte sie in meine Jackentasche. Dann ging ich weiter und versuchte, Astrids Rat befolgend, ruhig zu wirken.
Eine riesige Hand packte meine Schulter. »Junger Mann, du kommst besser mit mir mit.«

Mr Ahmadi schob mich an seiner Frau vorbei und nahm mich mit in einen winzigen, vollgestopften Raum im hinteren Teil des Ladens. Er starrte auf mich herab, die Arme vor seiner breiten Brust verschränkt. »Es tut mir leid«, sagte ich. »Es tut mir so leid.« Ich zitterte, sowohl vor Kälte als auch vor Angst. »Ich mach es nie wieder, versprochen. Ich habe noch nie im Leben was gestohlen.« Das stimmte. Meine Mom hatte jede Menge geklaut, aber ich nicht.
»Gib mir die Nummer von deinen Eltern. Ich werde sie anrufen.«
»Muss das sein?«
»Ja, das muss sein. Es scheint die einzige Möglichkeit zu sein, wie man euch Kindern klarmacht, dass Diebstahl kein Witz ist.«
Ich gab ihm die Nummer meiner Mom.
»Wie heißt du?«
»Felix. Felix Knutsson.«
»Es geht keiner ran«, sagte er.
Das liegt daran, dass sie eine Krise hat, dachte ich. »Ich versuche es mit meinem Handy. Sie wird rangehen, wenn sie meinen Namen auf dem Display sieht.«
Ich wählte. Mr Ahmadi bedeutete mir, ich solle ihm das Handy geben. »Hallo, ist da Felix Knutssons Mutter? Ich habe Ihren

Sohn gerade erwischt, wie er eine Banane gestohlen hat … Ahmadi Lebensmittel auf dem Broadway … Ja, genau …« Als er aufgelegt hatte, sagte er: »Sie ist in einer halben Stunde hier.«

Er setzte sich auf den schmalen Schreibtisch. »Weißt du, wie häufig die Kinder in diesem Viertel versuchen, uns etwas wegzunehmen? Sie denken, das macht nichts. Aber meine Frau und ich, wir arbeiten hart. Sieben Tage die Woche. Wir kommen über die Runden, aber nur gerade so. Wenn Menschen uns bestehlen, dann tut uns das weh. Wir sind diejenigen, die für die Kosten aufkommen müssen, und unsere Gewinnmarge ist ohnehin schon gering.«

Ich schämte mich zutiefst. »Es tut mir wirklich leid«, wiederholte ich.

»Warum hast du das gemacht? Eine Mutprobe? Nur zum Spaß?«

Ich schüttelte den Kopf. »Ich hatte Hunger.«

Er betrachtete mich von oben bis unten. »Du bist dürr wie eine Bohnenstange. Kriegst du genug zu essen?«

»Ja«, sagte ich. »Meistens.«

»Schwierige Zeiten zu Hause?«

»Nur eine kleine Pechsträhne.« Plötzlich knurrte mein Magen. In dem stillen Zimmer klang es besonders laut.

Mr Ahmadi reichte mir eine Banane. »Iss.«

Ich versuchte, langsam zu essen. Aber ich war so hungrig, dass ich sie einfach hinunterschlang. Mr Ahmadi verzog keine Miene. »Bleib hier.« Er verließ den Raum. Ich sah, wie er mit seiner Frau redete.

Einen Augenblick später kam Mr Ahmadi mit zwei großen in Folie verpackten Muffins zurück. »Meine Frau sagt, du würdest uns einen großen Gefallen tun, wenn du die isst. Ihr Verfallsdatum läuft heute ab.«

Ich aß beide. Sie waren köstlich. »Danke.«

Astrid kam nur wenige Minuten später. Sie sah aus, als sei sie gerade erst aufgewacht. »Er hat eine Banane gestohlen?«, fragte sie Mr Ahmadi.

»Das ist richtig.«

»Wie viel kostet eine Banane? Fünfzig Cents?« Astrid holte ihr Portemonnaie heraus. Sie ließ sich Zeit und zählte ihr ganzes Kleingeld einzeln auf den Tresen, während wir drei ihr dabei zuschauten. Ich sah, dass sie das mit Absicht machte, und ich hasste sie dafür. »So. Da haben Sie Ihr Geld.«

»Astrid«, sagte ich. »Hör auf.«

»So viel Aufhebens wegen ein bisschen Obst.«

Auf einmal wirkte Mrs Ahmadi angespannt. »Es geht nicht nur um das Obst«, sagte sie. »Ihr Junge hat Hunger.«

Astrids zorniger Gesichtsausdruck schwand; darauf hatte sie keine Antwort. »Komm«, sagte sie zu mir. Sie drehte sich um und wollte gehen.

Mr Ahmadi fixierte mich mit seinem Blick. »Bleib stark, Felix.« Ich hatte das Gefühl, als könnten er und seine Frau einfach durch mich hindurchsehen. Und das machte mich wahnsinnig, also rannte ich einfach meiner Mom hinterher.

NOVEMBER

Eine Woche verging und Astrids Krise zeigte keine Anzeichen von Besserung. Es war ihre längste bisher.

»Nimmst du deine Tabletten?«, fragte ich sie eines Morgens.

»Nein.«

»Wieso nicht?«

»Diesen Monat musste ich entscheiden. Handyrechnung oder Tabletten.«

Ich kümmerte mich um sie, so gut ich konnte. Ich kochte und versuchte sie aufzumuntern. Aber oft blieb ich auch dem Bus fern.

Bei Dylan wurde ich zum festen Inventar, in einem solchen Ausmaß, dass eines Abends Mrs Brinkerhoff darauf bestand, mit meiner Mom zu reden. Ich rief Astrid an und gab ihr mein Handy. Ich hörte nur Bruchstücke; Astrid legte den Auftritt ihres Lebens hin.

»Lange Arbeitszeiten im neuen Job … dankbar zu wissen, dass er bei Ihnen willkommen ist … so froh, dass unsere Jungs wie-

der zusammen sind … ich lade Sie zum Abendessen ein, sobald sich alles ein bisschen eingependelt hat.«
Immer wenn ich WLAN kriegen konnte, schaute ich auf meinem Handy nach einer Nachricht von *Wer, Was, Wo, Wann.* Bislang nichts.
Eines Abends hörte ich Astrid telefonieren, als ich zum Bus kam. »Gerade ist nicht so ein guter Zeitpunkt«, hörte ich sie sagen. »Ich habe im neuen Job alle Hände voll zu tun.«
Lüge.
»Ich kann ihn fragen. Aber er hat in der Schule furchtbar viel um die Ohren.«
Lüge.
»Ich glaube, dieses Wochenende ist er auf einem Schulausflug.«
Lüge.
Ich schob die Tür auf. Astrid wirkte ertappt.
»Mit wem redest du?«, fragte ich laut. Laut genug, dass wer auch immer am anderen Ende der Leitung war mich hören konnte.
Astrid rang sich ein Lächeln ab. »Es ist Daniel.«
Mein Dad.

Daniel ist – war – der beste Freund meiner Mom. Als der ursprüngliche Felix gestorben war, zog Astrid nach Toronto, möglichst weit weg von ihren Erinnerungen und ihren Eltern. Sie ging auf die Universität von Toronto, ihr dritter Versuch, zu höherer Bildung zu gelangen. Sie studierte Anthropologie. Aus einer Laune heraus belegte sie ein paar Abendkurse am Ontario College of Art and Design.

Dort lernte sie Daniel Palanquet kennen. Daniel ist zwei Jahre jünger als meine Mom. »Er sprach fließend Französisch. War umwerfend schön. Er war witzig, freundlich, alles, was ich immer in einem Mann gesucht habe«, gestand mir Astrid. »Außer, dass er schwul war.«

Astrid hat mir die Geschichte ihrer Freundschaft viele Male erzählt. Sie verstanden sich auf Anhieb. Sie brach die Uni ab und schrieb sich für einen Vollzeitstudiengang am College of Art and Design ein. Die beiden zogen zusammen und wohnten illegal in einem Lagerhaus, das nur für geschäftliche Zwecke genutzt werden durfte. Es gab keine Dusche, nur ein Klo am Ende des Flurs, das sie mit anderen Künstlern teilten, und ein Waschbecken ausschließlich mit kaltem Wasser.

Aber es machte ihnen nichts aus. Sie waren glücklich. Sie waren *Künstler.* Sie gaben ausschweifende Partys. Und sie liebten einander. »Wir waren in jeder Hinsicht ein Paar. Na ja. *Fast* in jeder Hinsicht, wenn du verstehst, was ich meine.«

Astrid gibt manchmal ein paar Informationen zu viel preis.

Daniel stand gemeinsam mit meiner Mom alles durch. In den ersten paar Jahren nach dem Tod des ursprünglichen Felix hatte sie viele Krisen. Er sorgte dafür, dass sie etwas aß und sich anzog, sagte aber nicht, sie solle sich zusammenreißen oder lächeln oder das Positive sehen. Er verstand, dass es nicht so einfach war.

Über Jahre lief es wirklich gut mit den beiden. Sie hatten keinen Erfolg, wenn es darum ging, Galerien für ihre Arbeiten zu interessieren, aber sie sagten einander, bis zu ihrem Durchbruch sei es nur eine Frage der Zeit.

Dann traf Daniel einen Mann namens Yves, der zwanzig Jahre älter war als er. Er zog in Yves' Haus in einer Gegend von Toronto, die Cabbagetown genannt wurde. Astrid ging damit nicht sehr nett um. Sie machte oft Witze über das Alter des Typen und über seine Weinsammlung, die mehr kostete als ihre Miete für ein ganzes Jahr.

Sie war supereifersüchtig. Sagt sie selbst.

Ein paar Monate später flogen Daniel und Yves für zwei Wochen nach Paris. Daniel überredete Yves, Astrid auf das Haus aufpassen zu lassen. Er dachte, er täte ihr einen Gefallen damit, sie in einem Haus mit Warmwasser, einem gut gefüllten Kühlschrank und einem großen Fernseher wohnen zu lassen.

Als sie zurückkamen, schien alles in Ordnung zu sein. Aber in den darauf folgenden Tagen stellten sie fest, dass Yves' teurer Kaschmirschal verschwunden war. Und ebenso eine sehr, sehr alte Flasche Wein, die mehrere Tausend Dollar wert war.
Sie fanden die Flasche in der Recyclingtonne. Als Daniel sie darauf ansprach, gab Astrid zu, dass sie eines Abends in den Keller gegangen war, der eigentlich tabu war, den Wein genommen und getrunken hatte.
Das hätte Daniel ihr vermutlich verzeihen können. Immerhin hatte sie nicht gewusst, *wie* teuer der Wein war. Aber sie sagte auch, sie wisse nicht, wo Yves' Schal sei. Als Daniel dann eines Tages unangekündigt im Lagerhaus vorbeikam und den Schal an einem Haken neben der Tür hängen sah, flippte er aus.
»Ich weiß nicht, warum ich das gemacht habe«, sagt Astrid jedes Mal, wenn sie mir die Geschichte erzählt, was sie immer dann tut, wenn Daniel wieder einmal in unserem Leben auftaucht. »Wir haben lange Zeit nicht miteinander geredet.«
Ein Jahr verstrich. Astrid teilte die Lagerhausbleibe mit einer Reihe von Leuten, aber keiner blieb länger als ein paar Monate. Sie vermisste Daniel.
»Ich hätte nie gedacht, dass ich ein Kind wollen würde. Aber als ich einunddreißig wurde, fing meine biologische Uhr an zu ticken. Keiner der Typen, die ich kannte, hätte auch nur annähernd zum Vater getaugt.«
Eines Tages rief Mormor an. Astrids Vater, Fredrik, war an einem Herzinfarkt gestorben.
Obwohl sie mit ihrer Mutter eine Hassliebe verband, wusste Astrid, dass sie sie nicht im Stich lassen konnte. Sie traf Vorkehrungen, um an die Emily Carr University of Art and Design in Vancouver zu wechseln. Es war an der Zeit, nach Hause zu gehen.

Es war auch an der Zeit, ihren Stolz zu überwinden und sich bei Daniel zu melden.

Sie trafen sich in ihrer Lieblingsbar. Astrid entschuldigte sich aufrichtig. Sie erzählte ihm von ihrem Dad. Fünf Stunden saßen sie in der Bar und redeten.

Sie wartete bis zu ihrem dritten Treffen, bevor sie ihn fragte, ob er ihr sein Sperma spenden würde.

»Ich habe zu ihm gesagt, ich könne mir kein besseres Genmaterial für fünfzig Prozent meines Kindes vorstellen.« Sie sagte ihm außerdem, er würde keine Verantwortung übernehmen müssen; sie würde das Kind allein erziehen, sie wolle es so, und sie wolle keinen Penny finanzielle Unterstützung. Zu dem Zeitpunkt hatten sich Daniel und Yves getrennt und Daniel arbeitete in einer Galerie als Assistent, er hatte also kein Geld.

Ich weiß nicht, wieso er sich darauf einließ. Ich weiß lediglich, dass er es getan hat, denn ich bin der lebende Beweis. Ich kenne keine Einzelheiten, wie die Übergabe genau vonstatten gegangen ist, und das will ich auch nicht. Ich weiß nur, dass sie irgendwelche rechtlichen Dokumente unterzeichnen mussten und dass Astrid ein paar Monate später wieder in British Columbia lebte, zusammen mit Mormor und schwanger mit mir.

Daniel kam kurz nach Vancouver, als ich geboren war, und brachte einen riesigen Geschenkkorb voller Babysachen mit. Er sagte zu Astrid, ich sähe aus wie E.T. Seitdem habe ich ihn einoder zweimal pro Jahr gesehen, wenn er in den Westen reiste. Er macht immer noch Kunst; nach allem, was ich gesehen habe, hauptsächlich Skulpturen, die sehr nach Rubiks Würfeln aussehen. Aber er hat nicht viel verkauft, er arbeitet immer noch als Galerieassistent, um über die Runden zu kommen.

Ich mag Daniel. Ich bin froh, dass es ihn gibt, selbst wenn er, wie

Astrid sagt, »ein neunzehnjähriger Junge gefangen im Körper eines vierzigjährigen Mannes« ist. Manchmal, wenn sie richtig fies ist, bezeichnet sie ihn als meinen Spermaspender-Dad.

Ich mag es nicht, wenn sie ihn so nennt. Ich für meinen Teil nenne ihn einfach Daniel. Ich meine, wenn ich meine Mom schon nicht Mom nenne, kann ich zu ihm auf keinen Fall Dad sagen.

Aber als ich in den Bus stieg und Astrid mir das Handy reichte, sagte ich: »Hi, Dad.« Nur um sie zu ärgern. Es funktionierte, ihr Mund zog sich zu einem kleinen Knoten zusammen.

»Felix, mein Kumpel. Ich bin gerade in Vancouver gelandet. Tut mir leid, dass ich mich so kurzfristig melde, ich bin wegen eines Bewerbungsgesprächs hier. Aber Astrid sagt, du machst einen Schulausflug …«

»Nö. Ich bin hier.«

»Super! Sollen wir am Sonntag zusammen zum Brunch gehen?«

Ich liebe Brunch. Brunch ist die beste Erfindung aller Zeiten. Frühstück und Mittagessen in einem – was gibt es daran nicht zu mögen? »Auf jeden Fall.«

»Ich habe deine Mutter eingeladen, aber sie sagt, sie hat schon was vor.«

Ich sah Astrid in die Augen, als ich antwortete. »Das stimmt. Sie kann nicht. Wir gehen einfach zu zweit.«

»Wohnt ihr immer noch in der Nähe von Burnaby? Ich habe leider kein Auto.«

»Macht nichts. Such einfach was aus und ich komme da hin.«

»Ich wohne im West End. Sollen wir in den Elbow Room gehen?«

»Klar.«

»Um elf?«

»Perfekt.«

»Alles klar. Dann sehen wir uns ja bald, Kiddo. Ich freu mich drauf.«
»Ich mich auch.«
Astrid starrte mich an, als ich auflegte. Ihre Stirn war voller Sorgenfalten. Ich starrte so lange zurück, ohne zu zwinkern, bis sie wegschaute.

In der Nacht lagen wir in unseren Betten und lauschten dem unablässigen Regen. »Felix«, sagte Astrid in die Dunkelheit hinein. »Ich weiß, dass du wütend auf mich bist. Und ich mache dir deswegen keinen Vorwurf. Aber bitte erzähl ihm nichts. Ich kriege das hin, auf jeden Fall.«
Ich gab keine Antwort.
»Wenn du es ihm erzählst, könnte das Dinge ins Rollen bringen, Dinge, die wir nicht mehr aufhalten können.«
Ich sah meinem Atem dabei zu, wie er durch die Luft schwebte. Meine Nase, der einzige Teil meines Körpers, der aus dem Schlafsack herausschaute, war kalt. Vor Einbruch der Dunkelheit hatte ich ein Handtuch um Horatios Käfig gewickelt, in der Hoffnung, das würde helfen, ihn warm zu halten.
»Sie könnten dich mir wegnehmen«, sagte sie.
»Vielleicht will ich dir ja weggenommen werden.«
Danach sprach keiner von uns beiden mehr ein Wort.
Es war grausam von mir, das zu sagen. Aber ich nahm es nicht zurück. Nicht einmal dann, als ich sie leise weinen hörte, das Gesicht ins Kissen vergraben, damit ich es nicht mitbekam.
Aber sie war nur ungefähr einen Meter von mir entfernt, also: Viel Erfolg damit.

Ein Besuch im Elbow Room ist ein wahrhaft unverfälschtes Vancouver-Erlebnis. Das Frühstück ist der Hammer, und die Kellner sind sarkastisch und bisweilen unhöflich. Wenn man nicht aufisst, muss man an ›A Loving Spoonful‹ spenden, eine örtliche Wohltätigkeitseinrichtung, die Menschen mit AIDS hilft. Ihr Motto lautet: *Guter Service ist unser Ziel. Schimpfen unser Spaßventil.*

Ich wusste ganz sicher, dass heute niemand eine Spende von mir bekommen würde, denn ich war ausgehungert. Außerdem hatte ich kein Geld. Aber ich wusste auch, dass das egal war, denn Daniel bezahlte immer.

»Zwei Personen«, sagte ich zum Kellner an der Tür. Er war groß und schlank und hatte eine Igelfrisur. Er nahm zwei Speisekarten und führte mich zu einem Tisch im hinteren Teil des Restaurants.

»Kaffee?«

»Tee bitte. Mit viel Milch.« Ich rutschte auf meinen Platz. In der Nacht zuvor hatte ich beschlossen, Daniel die Wahrheit zu sagen, auch wenn ich damit Astrids Wunsch missachtete. Während der Busfahrt hatte ich durchgerechnet, wie viel Geld wir ungefähr brauchten, um die zwei im Voraus zu entrichtenden Monatsmieten für eine kleine Wohnung zahlen zu können, plus zwei Monate Puffer, während Astrid versuchte, einen neuen Job zu finden.

Ich wollte Daniel um ein Darlehen über fünftausend Dollar bitten.

Mein Magen geriet in Aufruhr, wenn ich nur daran dachte.

Wenige Minuten später knallte der Kellner eine Kanne Tee vor mir auf den Tisch. Ich schenkte mir die Tasse halb voll, dann goss ich Milch für die Kalorien dazu und schüttete vier Zuckerpäckchen hinein.

Elf Uhr kam und verstrich.

Um Viertel nach elf war Daniel immer noch nicht aufgetaucht. Ich holte mein Telefon heraus, um nachzuschauen, ob er geschrieben hatte. Der Akku war leer. Ich hatte nicht daran gedacht, mein Ladegerät mitzunehmen.

»Junge, bestellst du jetzt mal oder was?«, fragte mein Kellner. Auf seinem Namensschild stand QUENTIN.

»Ich treffe mich mit meinem Dad. Er ist spät dran.«

»Na dann, er hat noch fünf Minuten, bevor ich diesen Tisch jemand anderem gebe. Ich muss meinen Lebensunterhalt verdienen, weißt du.«

Ich spürte Panik in mir aufsteigen. Alles, was ich bei mir hatte, war meine Busfahrkarte. Ich fragte mich, ob sie mich wohl Geschirr spülen lassen würden, um für den Tee zu bezahlen, so wie man es manchmal in Filmen sah.

Um 11.20 Uhr war Daniel immer noch nicht da. Quentin knall-

te die Rechnung für den Tee auf den Tisch. »Also, Junge, verschwinde jetzt. Bezahl an der Kasse.«
Ich schäme mich für das, was dann geschah.
Mir stiegen Tränen in die Augen. Sie mussten wohl ganz in der Nähe gelauert haben, denn sie kamen unmittelbar und eine nach der anderen platschte auf den Tisch.
Quentins abfälliger Tonfall schwand. Er rutschte auf den Sitz mir gegenüber. »Hey. Was ist los?«
»Ich habe kein Geld. Mein Dad hätte bezahlen sollen. Er sollte um elf hier sein.« Mein Magen knurrte laut.
»Pass auf, du bleibst hier so lange sitzen, wie du willst.« Quentin stand auf. »Ich bin sicher, er kommt bald. Ich bringe dir jetzt erst mal die Holzfäller-Platte, in Ordnung?«
»Aber ich kann nicht …«
»Du sollst Erwachsenen nicht widersprechen«, sagte er streng.
Seine Freundlichkeit brachte mich fast schon wieder zum Heulen.

Ich schaufelte mir gerade das vierte Stück Schinkenspeck in den Mund, als Daniel durch die Tür gestürmt kam und einen Schwall kalter, feuchter Luft mitbrachte. Es war 11.40 Uhr. Er schüttelte die Regentropfen aus seinen Haaren, die genauso lockig sind wie meine, aber schwarz und viel kürzer geschnitten.
»Felix, es tut mir so leid, dass ich zu spät komme«, sagte er, als er auf meinen Tisch zusteuerte.
Ich stand auf und er umarmte mich ungestüm. Er trug eine schwarze Jeans und eine schwarze Lederjacke. Ich konnte seine Muskeln spüren, mein Dad macht viel Sport, und wie Astrid sieht auch er richtig gut aus. »Ich hab dir eine Nachricht geschrieben, dass ich mich verspäte. Hast du sie bekommen?«

»Mein Akku war leer.«

Er setzte sich mir gegenüber. »Ich hatte eine irre Nacht. Ich bin zu alt, um bis vier Uhr morgens durch die Clubs zu ziehen.«

»Oh.«

Er zog seine Jacke aus. »Aber genug von mir. Wie geht's dir?«

»Mir geht's gut.«

»Erzähl mir alles. Wie läuft's in der Schule?«

»Gut. Seit diesem Jahr belege ich den Französisch-Intensivkurs.«

»Mais c'est fantastique! Nous pouvons parler en français ensemble. Meine Eltern haben immer Französisch und Kreolisch mit mir gesprochen.«

»Ich weiß.« Das war einer der Hauptgründe gewesen, warum ich den Kurs hatte belegen wollen. Daniels Dad stammte aus Haiti und seine Mom aus Paris. Französisch gehörte zu meiner Herkunft, und Daniels Eltern waren im Prinzip meine Großeltern. Ich hatte den Eindruck, dass Daniel sie nicht oft sah, und niemand hatte je die Möglichkeit erwähnt, dass ich sie eines Tages kennenlernen könnte. Ich war nicht mal sicher, ob sie wussten, dass ich existierte. Aber im Fall, dass ich sie je treffen sollte, nahm ich an, es könnte das Eis brechen, wenn ich Französisch sprach.

»Und sonst?«

Mein Zuhause ist ein Bus. Wir leben jetzt offiziell unterhalb der Armutsgrenze. Astrid scheint dauerhaft depressiv zu sein. »Ich habe bei *Wer, Was, Wo, Wann* vorgesprochen. Sie wollen eine Junior-Ausgabe senden.«

»Das ist ja klasse! Wie ist es gelaufen?«

»Ich dachte, ich war ziemlich gut. Aber ich habe seither nichts mehr von ihnen gehört, also weiß ich es nicht.«

»Ich wette, sie melden sich bald bei dir. Ich wünschte, deine Klug-

heit wäre mein Verdienst, aber sie ist ganz und gar deiner Mutter zuzuschreiben.« Er schlug die Speisekarte auf. »Wie steht's um *l'amour?* Hast du eine Freundin? Oder einen Freund?«
Wie meine Mutter setzt auch Daniel nichts einfach voraus. »Nein. Na ja. Es gibt da ein Mädchen, das ich irgendwie mag. Winnie.«
Er schaute von seiner Speisekarte auf und lächelte. »Winnie. Ist sie wunderschön?«
»Sie ist hübsch. Aber sie kommandiert gerne rum. Und ist ziemlich stur.«
»Ha! Genau wie deine Mutter.«
Bah. »Daran hatte ich gar nicht gedacht.«
»Apropos.« Er schlug die Speisekarte zu und schaute mich an. »Wie geht es Astrid?«
Ich wählte meine Worte mit Bedacht. »Es ging ihr schon besser.«
»Hm. Ich hatte so ein Gefühl. Was ist los?«
Ich legte mein Besteck beiseite und holte tief Luft.
»Schau an, der verschollene Vater lässt sich endlich auch mal blicken.« Quentin stand an unserem Tisch, die Hände in die Hüften gestemmt, und schüttelte den Kopf über meinen Vater. »Ihr Sohn hätte beinahe Geschirr spülen müssen, wissen Sie.«
Daniel schenkte ihm ein umwerfendes Lächeln. »Ich bin in entsprechendem Maße zerknirscht. Bringen Sie mir bitte einen Kaffee und das Hilary-Swank-Omelett, mit Obst anstatt Pommes?«
»Keine Extrawünsche. Aber ich habe so ein Gefühl, dass schon jemand die Pommes essen wird.« Quentin zwinkerte mir zu und nahm Daniels Speisekarte. Mir entging nicht, dass Daniel ihm nachschaute, als er sich entfernte.
Ich wartete, bis er seinen Blick wieder mir zuwandte. »Sie hat mal wieder eine ihrer Krisen«, sagte ich.

»Das tut mir so leid, Felix. Gibt es einen bestimmten Grund?«
»Na ja, sie ist wieder arbeitslos.«
»O je, ich weiß bestens, wie das ist.«
Mein Magen zog sich zusammen. »Arbeitest du zurzeit nicht?«
»Hängt davon ab, was du mit ›Arbeit‹ meinst. Wenn du darunter verstehst, dass ich jeden Tag in meinem Studio schöpferisch tätig bin, ja klar. Wenn du an bezahlte Arbeit denkst, nein. Aber was soll ich sagen, die Hoffnung stirbt zuletzt … Ich glaube weiter daran, dass ich bald meine erste eigene Ausstellung kriege.«
»Ich dachte, du hast einen Job, der dir gefällt. In dieser Kunstgalerie.«
»Nein. Die Galerie hat vor einem Jahr dichtgemacht.« Er sah, wie sich mein Gesichtsausdruck änderte. »Ach, Felix. Du musst dir um mich keine Sorgen machen.«
Tu ich nicht! Ich mache mir Sorgen um MICH!, schrie ich, jedoch nur innerlich.
»Ich komme gerade so über die Runden. Arbeite als Barkeeper und male Theaterkulissen. Passe auf die Hunde von Freunden auf. Ist kein schlechtes Leben. Tatsächlich bin ich wegen eines Bewerbungsgesprächs in einer anderen Galerie hierher gekommen … na, man weiß ja nie. Wenn sie mir den Job anbieten und ein anständiges Gehalt zahlen, sehen wir uns in Zukunft vielleicht regelmäßig.«
»Das wäre schön«, sagte ich. Und ich meinte es ernst. Aber mein Plan, meinen bankrotten Dad um fünftausend Dollar zu bitten, hatte sich soeben in Luft aufgelöst.
Quentin brachte meinem Dad sein Omelett und die Pommes auf einem Extrateller, den er vor mich hinstellte. Dann plauderten er und Daniel eine ganze Weile. Mein S.H.I.T. sagte mir, dass ich gerade Zeuge eines ernsthaften Flirts war.

Als Quentin wegging, beugte sich Daniel über den Tisch und legte seine Hand auf meine. »Mein Bewerbungsgespräch ist heute Nachmittag, und ich fliege später am Abend wieder nach Hause. Aber wenn du willst, verschiebe ich meinen Rückflug auf morgen. Ich komm vorbei und rede mit deiner Mom.«

Ich schüttelte den Kopf. Wenn er uns sowieso nicht helfen konnte, was hatte das dann für einen Sinn? »Nein. Ist schon okay. Wir kriegen das hin.«

Daniel trank einen Schluck Kaffee. »Astrid ist zäh. Sie kommt wieder auf die Beine. Das tut sie immer.« Er warf einen Blick auf sein Handy. »Tut mir echt leid, Felix, aber ich muss los.«

»Alles gut.«

»Ich wünschte, wir könnten uns häufiger sehen.«

»Ja. Ich auch.«

Draußen vor dem Restaurant zog Daniel seine Brieftasche heraus. »Ich weiß, es ist nicht viel, aber ich möchte dir das geben.« Er drückte mir zwei Fünfzig-Dollar-Scheine in die Hand. »Das behalten wir für uns, okay? Du weißt ja, wie empfindlich Astrid ist, wenn ich mich irgendwie einmische.«

Ich nickte. Dankte ihm. Wir umarmten einander. Dann ging er.

Die Restauranttür schwang auf. Quentin kam heraus. »Zum Glück erwische ich dich noch. So ein Depp hat gerade ein einwandfreies Denver Sandwich zurückgehen lassen, weil das Brot ›zu sehr getoastet‹ war. Dem hab ich was erzählt.« Er hielt mir eine Papiertüte hin. »Das müssen wir sonst wegwerfen. Ich hatte gehofft, du könntest mir helfen.«

Ich nahm die Tüte. »Klar. Danke.«

Wir sahen beide die Straße runter und beobachteten, wie mein Dad immer kleiner und kleiner wurde.

Und ich hätte schon wieder heulen können, denn zum ersten

Mal kam mir etwas durchaus Großes und Gewaltiges und Überwältigendes in den Sinn: Astrid und Daniel waren tolle Menschen … aber sie waren keine tollen Eltern.

Ich lief den ganzen Weg nach Hause. Es war ein weiter Weg, aber ich musste den Kopf frei kriegen.
In meiner Tasche spürte ich die zwei Fünfzig-Dollar-Scheine. Hundert Dollar würden uns auf keinen Fall aus der gegenwärtigen Situation helfen. Also traf ich eine Entscheidung. Ich lief über die Burrard Bridge und bis zur West Fourth Avenue. Bei Purdy's Chocolaterie machte ich halt und kaufte eine kleine Tüte Karamell mit Himalayasalz, Astrids Lieblingssorte.
Als ich wieder zum Bus kam, der in einer Straße in der Nähe des Carnarvon Parks stand, saß sie immer noch im Schlafanzug auf dem Beifahrersitz und las *Middlemarch*. Sie sah müde und blass aus. »Na? Wie war's?«
Ich zuckte mit den Achseln. »War gut.«
Ich spürte ihre Angst. Sie nahm den ganzen Bus ein.
»Ich habe ihm nichts erzählt.«
Ihre Miene entspannte sich. Ich gab ihr das Denver Sandwich und sie bestand darauf, es mit mir zu teilen. Es schmeckte köstlich.
Nach dem Essen sagte ich, wir müssten ins Gemeindezentrum und richtig duschen.
»Warum?«
»Überraschung.«
Astrid liebt Überraschungen – zumindest gute –, also war sie folgsam. Nach dem Duschen fuhren wir zu Wolf & Hound, einem Pub auf dem Broadway unweit der Alma Street. Ich bestellte Würstchen und Kartoffelbrei und Astrid ein Curry. Sie trank

ein großes Bier und ich eine Cola. Unsere Kellnerin erlaubte mir, mein Handy an der Steckdose hinter der Bar aufzuladen.

Nach dem Essen gab ich Astrid die Pralinen, die wir heimlich zum Tee aßen. Nachdem ich bezahlt hatte, war immer noch Geld übrig.

Auf dem Weg nach draußen schnappte ich mir mein frisch aufgeladenes Handy. Ich hatte ein paar Nachrichten von Daniel, außerdem drei verpasste Anrufe und eine Sprachnachricht, alle von einer Nummer mit der Ortsvorwahl vier-eins-sechs.

Vier-eins-sechs war Toronto, das wusste ich. Aber es war nicht Daniels Nummer.

Während Astrid den Bus zurück zum Carnarvon Park fuhr, hörte ich die Nachricht ab. »Hi, Felix, hier ist Nazneen Iravani von *Wer, Was, Wo, Wann*. Ich habe versucht, dich zu erreichen. Bitte ruf mich morgen an, sobald du Zeit hast.

Ich habe gute Neuigkeiten.«

Ich schlief so gut wie gar nicht. Ich erstellte Listen von den Provinzhauptstädten, von römischen Herrschern, UNESCO-Welterbe-Sehenswürdigkeiten – nichts half. Um sechs Uhr früh gab ich auf. Ich holte Horatio aus seinem Käfig und wir schmusten ein bisschen. Dann pupste ich, immer und immer wieder; meine Verdauungsorgane waren nicht an all das schwere Essen gewöhnt, das ich tags zuvor verdrückt hatte.

Um 6.15 Uhr hörte ich meine Mom unter mir rumoren. »Um Gottes willen, Felix, hier drin stinkt es, als hätten wir eine verwesende Leiche an Bord.«

»Tschuldigung.«

Sie öffnete ein Fenster. »Du bist früh wach.«

»Konnte nicht schlafen.«

»Wie spät ist es?«

»Viertel nach sechs.«

»Du kannst sie bestimmt anrufen. In Toronto ist es jetzt Viertel nach neun.«

Draußen war es immer noch stockdunkel. Wir setzten unsere Stirnlampen auf, räumten mein Bett aus dem Weg und klappten Astrids Bett zusammen. »Ich hätte gern etwas Privatsphäre«, sagte ich.

»Ich werde meine Waschungen vornehmen.« Sie schnappte sich ihren Kulturbeutel und drückte meine Hand, bevor sie sich auf den Weg zu den öffentlichen Toiletten im Park machte. »Viel Glück.«

Ich wählte die Nummer. Nach dem dritten Klingeln nahm jemand ab. »Nazneen Iravani.« Sie klang sehr geschäftsmäßig.

»Hallo, Nazneen. Hier ist Felix Knutsson.«

»Felix, schön, dass du dich meldest. Ich freue mich, dir mitteilen zu können, dass du als Kandidat für unsere Junior-Ausgabe ausgewählt wurdest.«

Ich machte den Mund auf. Es kam kein einziges Wort heraus.

»Felix? Bist du noch dran?«

»Ja, ich bin noch dran.«

»Freust du dich?«

»Sehr.«

»Gut. Wir waren von deinem Wissen wirklich sehr beeindruckt, und auch von dir als Mensch. Also, ich werde dir einige Formulare zum Ausfüllen schicken, außerdem einen Vertrag; den musst du und ein Elternteil oder Vormund unterschreiben und so schnell wie möglich an uns zurücksenden, okay?«

»Okay.«

»Wir werden die Eröffnungsrunde der Junior-Ausgabe in Vancouver drehen. Wenn es ein Erfolg wird, bringen wir die Show jährlich und auch in anderen Regionen Kanadas.«

»Okay.«

»Wir fangen in genau zwei Wochen an. Die Shows werden live übertragen und im ganzen Land ausgestrahlt.«

»Okay.«

»Ein Fahrer wird dich und ein Elternteil oder deinen Vormund am Sonntag, dem 27. November um zwölf Uhr mittags abholen. Du musst mir nur noch deine Adresse bestätigen.«

Sie las die Adresse vor, die ich in das Onlineformular eingetragen hatte, dieselbe, die Astrid auf meine Schulbewerbung geschrieben hatte.

»Ja«, sagte ich. »Stimmt.« Astrid und ich konnten in genau zwei Wochen vor Mr Poplowskis Anwaltskanzlei warten.

»Es wird an jedem Tag der Woche vier Kandidaten geben. Wir haben die Reihenfolge zufällig ausgewählt. Du bist am Montag dran. Die Kinder, die Montag, Dienstag, Mittwoch und Donnerstag jeweils gewinnen, spielen am Freitag gegeneinander um den Hauptpreis. Höchste Zeit also, um mit dem Büffeln loszulegen.« Nazneen sagte all das im Schnellfeuertempo – es war eindeutig, dass sie es bei jedem Kandidaten wiederholen musste.

»Für die Dauer des Wettbewerbs bringen wir dich und deine Begleitung im Sunshine Inn im Stadtzentrum unter. Und da du in Vancouver wohnst, sag bitte deinen Freunden und Verwandten, dass sie kommen und möglichst viele Sendungen als Live-Publikum anschauen sollen. Wir wollen ein volles Haus. Maximale Energie.«

Mein Gehirn blieb an einzelnen Wörtern hängen. Fahrer. Sunshine Inn. Aber sie wurden rasch durch die Worte ersetzt, die sie sagte, bevor sie auflegte: »Herzlichen Glückwunsch, Felix. Du könntest mit fünfundzwanzigtausend Dollar in der Tasche nach Hause gehen.«

Astrid stand im BH am Waschbecken auf der Damentoilette und wusch sich die Achseln, als ich die Tür aufriss. »Ich bin dabei!

Ich bin ein Kandidat!« Meine Aufregung wurde ein wenig gedämpft, als ich sah, wie dünn sie war: Ich war in diesen Tagen so daran gewöhnt, sie in Schichten von Pullovern eingehüllt zu sehen, dass mir nicht aufgefallen war, wie viel sie abgenommen hatte.

Astrids Gesicht erblühte zu einem strahlenden Lächeln. Sie packte mich und umarmte mich fest. »Felix, das ist wunderbar, ich gratuliere!«

»Ahh, mein Kopf ist an deinem BH!«

Sie ließ mich los und zog ihr T-Shirt über. Es war eines ihrer Bewerbungsoberteile, was mich hoffen ließ. »Ich bin so stolz auf dich«, sagte sie.

»Der Hauptpreis sind fünfundzwanzigtausend Dollar! Wenn ich gewinne, könnten wir uns eine Wohnung suchen. Wir könnten ein bisschen Geld anlegen. Du hättest Zeit, um dich zu erholen, und wir hätten immer noch genug Geld für den Notfall übrig.«

Ihr Lächeln schwand.

»Und selbst wenn ich nicht gewinne, kriege ich tausend Dollar für die Teilnahme. Als Finalist kommen noch mal zweitausendfünfhundert dazu. Das macht dreitausendfünfhundert Dollar! Genug für die Vorauszahlung von zwei Monatsmieten. Egal wie du es drehst und wendest, es kann nur gut werden.«

Sie schaute mich im Spiegel an. »Felix. Das ist dein Geld. Egal wie viel du gewinnst, es gehört dir.«

»Nein. Es gehört uns.«

Sie schüttelte bloß den Kopf.

»Mom«, sagte ich. Dann korrigierte ich mich. »Astrid. Ich will ein Dach über dem Kopf. Ich will eine Dusche. Ich will eine Toilette. Ich will nicht dauernd an den Ohren frieren. Ich will mein eigenes Zimmer. Ich will eine Tür, die ich zumachen kann.«

»Das will ich auch alles für dich.«
Dieses Mal umarmte ich sie. »Du hast recht. Es ist mein Geld, das bedeutet, ich kann entscheiden, was ich damit machen will.«
»Na ja, hoffentlich wird die Diskussion hinfällig sein. Ich gehe heute wieder auf Jobsuche, also wünsch mir Glück.«
»Viel Glück!«

Ich hüpfte zur Schule. Ja, ich hüpfte tatsächlich. Ich hatte beschlossen, Dylan und Winnie die Neuigkeiten nicht zu schreiben. Denn ich wollte es ihnen persönlich erzählen.
Sie standen in eine Diskussion vertieft bei Winnies Spind, als ich sie entdeckte. Ich rannte zu ihnen. »Leute!«
Abrupt unterbrachen sie ihr Gespräch. Sie sahen aus wie zwei Waschbären, die beim Wühlen im Müll ertappt worden waren. Mein S.H.I.T. sagte mir, dass etwas nicht stimmte.
»Was ist los?«, fragte ich.
Sie schauten einander an, sagten aber nichts.
»Was?«
Winnie stieß Dylan in die Seite. Er fing an. »Ich hatte am Wochenende einen Karatewettkampf.«
»Ja, ich weiß, wie ist es gelaufen?«
»Er fand in der Nähe der Main Street und King Edward Avenue statt. Ich lief zur Bushaltestelle und dachte, *ich schau einfach mal bei Felix vorbei.«*
Ich kriegte eine Gänsehaut am ganzen Körper.
»Ich lief ums Haus und klopfte an die Tür zum Untergeschoss«, fuhr Dylan fort. »Du weißt schon. Das Untergeschoss, in dem ihr angeblich wohnt.«
O nein.

»Eine Frau machte auf. Sie war wütend. Sie fragte, wieso ich in ihrem Garten herumschleiche.« Dylan sah mir in die Augen. »Ich sagte, ich suche Felix Knutsson.«
Ich schaute weg.
»Sie fing an, sie würde sich solche Sorgen um dich und deine Mom machen, Astrid würde nicht auf ihre Nachrichten antworten, eure Sachen stünden seit Monaten bei ihnen im Keller – und dann sagte sie irgendwas von wegen, deine Mom sei bei ihnen eingebrochen?«
Manchmal, wenn Horatio Angst hat oder sich bedroht fühlt, rührt er sich nicht mehr. Als glaubte er, es würde ihn dann keiner mehr sehen.
Ich stellte fest, dass ich genau dasselbe tat.
»Sie hat sich echt Sorgen gemacht, Felix. Sie wollte wissen, wo ihr wohnt, aber ich sagte, ich hätte keine Ahnung. Dann fragte sie, auf welche Schule ich gehe und wie lange ich dich schon kenne und wie es dir geht. Sie sagte … sie sagte, sie mache sich Sorgen, dass deine Situation nicht sicher sei.«
Das riss mich aus meiner Starre. »Das ist lächerlich.«
»Felix«, sagte Winnie. »Was ist los?«
Ich versuchte mich zu konzentrieren. »Hast du es deinen Eltern erzählt?«, fragte ich Dylan.
»Nein. Ich wollte zuerst mit dir reden.«
Adrenalin schoss durch meine Adern. Kein gutes Adrenalin, Angstadrenalin. Ich fühlte mich wie ein gefangenes Tier. Angreifen oder fliehen?
Ich beschloss zu fliehen.
Ich ließ sie stehen und lief aus der Schule. Sie riefen mir nach, aber ich sah mich nicht um.

Ich lief den Broadway entlang. Ich hatte keine Ahnung, was ich tat oder wohin ich ging. Als ich mich dem Ahmadi Lebensmittelgeschäft näherte, sah ich Mr Ahmadi draußen Orangen zu einer Pyramide aufschichten.
Ich überlegte, ob ich die Straßenseite wechseln sollte. Aber dann hatte ich eine andere Idee. Ich atmete tief durch und lief zu ihm hin. »Hallo, Mr Ahmadi.« Meine Stimme zitterte ein wenig.
Mit strenger Miene schaute er auf mich herunter. »Felix, richtig?«
»Ja.«
»Hast du keine Schule?«
»Wir haben frei wegen einer Lehrerfortbildung.«
»Tatsächlich. Ist es dann nicht merkwürdig, dass nicht mehr Kinder unterwegs sind?«
»Ich habe überlegt, ob ich Ihnen vielleicht helfen könnte. Um für – Sie wissen schon – aufzukommen. Ich werde nichts nehmen, versprochen.«
Mr Ahmadi schaute in den Laden. Ich konnte Mrs Ahmadi sehen, die hinter dem Tresen eine Zeitschrift las. »Okay.«
Er ließ mich die Orangen schichten, während er Äpfel aufhäufte. Wir machten mit Zwiebeln weiter, anschließend mit Süßkartoffeln. Irgendwann kam Mrs Ahmadi heraus. Sie nickte mir zu, dann redete sie im Flüsterton mit ihrem Mann, bevor sie wieder hineinging.
»Hast du heute gefrühstückt?«, fragte er.
»Ja«, log ich. »Nein.«
Er hielt mir eine Banane hin. »Sie ist fleckig. Ich kann sie nicht verkaufen. Du würdest mir einen Gefallen tun. Ich hasse es, einwandfreies Obst wegwerfen zu müssen.«
»Danke.«

Er zuckte mit den Schultern. »Ich weiß, was hungrig sein bedeutet.«
»Ja?«, fragte ich, den Mund voller Banane.
»Meine Frau und ich haben zwei Jahre in einem Flüchtlingslager gelebt, bevor wir nach Kanada kamen.«
»Oh. Das muss sehr schwer gewesen sein.« Mein schlechtes Gewissen wegen meines kleinen Diebstahls – und Astrids diversen kleinen Diebstählen – wurde schlagartig größer.
»Magst du mir den wirklichen Grund sagen, warum du heute nicht in der Schule bist?«
Ich schaute auf meine Füße. »Haben Sie gute Freunde?«
»Meine Frau. Und Oscar und Mohammed. Wir spielen zweimal in der Woche Schach.«
»Haben Sie Geheimnisse vor ihnen?«
Er dachte einen Augenblick lang darüber nach. »Es wäre ein Leichtes für mich, Nein zu sagen, aber das würde nicht ganz der Wahrheit entsprechen. Es gibt bestimmte Dinge, die ich mit meinen Schachfreunden nicht teile. Dinge aus meiner Vergangenheit, die meiner Meinung nach in die Vergangenheit gehören. Aber vor meiner Frau verheimliche ich nichts.« Plötzlich lachte er, ein lautes, dröhnendes Lachen. »Außer, wenn ich bei Tim Hortons Donuts esse. Sie findet, davon werde ich fett.« Er tätschelte seinen Bauch und lachte wieder. »Und das stimmt!«
Sein Lachen war ansteckend und ich lachte ein bisschen mit.
»Ich weiß nicht, was dein Geheimnis ist«, sagte Mr Ahmadi. »Aber ich sehe, dass es dich belastet. Würdest du es gern jemandem erzählen?«
Ich nickte.
»Jemandem, dem du vertrauen kannst?«
Ich nickte.

Er zog seine buschigen Augenbrauen hoch. »Worauf wartest du dann noch?«
Während ich den Gedanken erwog, rief Mrs Ahmadi aus dem Laden nach ihrem Mann.
»Zeit fürs Mittagessen«, sagte er und zog seine Handschuhe aus.
»Ich geh dann mal …«
»Das tust du nicht. Du isst mit uns. Mrs Ahmadi wäre sonst zutiefst beleidigt.«
Wir gingen hinter den Tresen. Mrs Ahmadi hatte ein Tablett mit Sandwiches und kalten Getränken aufgebaut. »Esst, esst«, sagte sie. Mr und Mrs Ahmadi saßen auf Hockern, ich auf einer Milchflaschenkiste. Ich aß drei Brote. Mrs Ahmadi brachte das Tablett weg und kam kurz darauf mit einer Kanne Tee und Keksen zurück, rund und weiß und auf jeden war in der Mitte eine Pistazie gedrückt. »Die sehen toll aus«, sagte ich.
»Selbst gebacken«, sagte Mrs Ahmadi. »Syrisches Rezept.«
»Bedien dich«, sagte Mr Ahmadi.
Ich trank zwei Tassen köstlichen süßen Tee und aß vier Kekse. Dann half ich Mr Ahmadi weiter dabei, Lebensmittelkisten auszupacken. Als ich ging, gab Mrs Ahmadi mir eine Tupperdose mit den Keksen und eine Tüte voller Obst mit. »Für deine harte Arbeit«, sagte sie.
Ich verließ den Laden mit den Keksen, dem Obst und einem Entschluss.
Ich hatte die Nase voll davon, meine besten Freunde anzulügen. Es war an der Zeit, die Wahrheit zu sagen.

Als ich zur Schule zurückkam, war es schon fast zwei Uhr, also beschloss ich, nicht hineinzugehen. Ich schickte Astrid eine Nachricht. *Wo bist du?*

Jobsuche. Um 6 zu Hause.
Perfekt.
Ich wartete am Eingang der Schule. Als Dylan und Winnie herauskamen, haute mir Winnie fest auf den Arm. »Wo warst du den ganzen Tag? Wir haben uns Sorgen gemacht.«
»Müsst ihr gleich nach Hause?«, fragte ich.
Sie schüttelten beide den Kopf.
»Gut. Kommt mit.«

Wir liefen zum Carnarvon Park. Es regnete, aber nicht stark.
»Erzählst du uns nun, was los ist?«, fragte Dylan.
»Es ist einfacher, wenn ich es euch zeige.« Sie waren ungewöhnlich still, also versuchte ich, das Schweigen zu überbrücken. »Ich wollte es euch schon die ganze Zeit sagen. Ich mache bei *Wer, Was, Wo, Wann* mit.«
»Felix, das ist super«, sagte Dylan.
»Ja, toll«, pflichtete Winnie bei. Aber ich spürte, dass sie in Gedanken ganz woanders war.
Bis zum Park brauchten wir etwa zehn Minuten. »Bevor ich euch gleich alles zeige, müsst ihr wissen, dass es auf jeden Fall nur vorübergehend ist. Besonders jetzt, weil ich bei *Wer, Was, Wo, Wann* mitmache.« Ich zeigte geradeaus. »Dort wohne ich.«
»Das Haus da auf der anderen Straßenseite?«, fragte Winnie.
»Nein. Da.«
Sie schwiegen einen Moment. Dylan kam als Erster drauf. »Der Bus?«
Ich nickte. »Ist ein Westfalia.«
»Wow. Äh … Wieso?«
»Meine Mom hat in letzter Zeit kein besonderes Glück gehabt, was ihre Jobs anging.«

»Oh.«
»Wie lange wohnt ihr schon da drin?«, fragte Winnie.
»Seit August.«
»Das sind fast vier Monate. Klingt nicht nach vorübergehend.«
Mein Kiefer spannte sich an. »Na ja, ist es aber. Weil ich so oder so genug Geld gewinnen werde, damit wir uns eine Wohnung leisten können. Ich kriege mindestens tausend Dollar nur für die Teilnahme.«
»Tausend Dollar sind in Vancouver nichts«, sagte Winnie. »Und gewinnen – nimm's mir nicht übel, aber das ist ziemlich unwahrscheinlich.«
Am liebsten hätte ich ihr die Baskenmütze ins Gesicht gezogen.
»Dürfen wir mal reinschauen?«, fragte Dylan.
»Klar.« Ich entriegelte die Tür und zog sie auf.
Winnie bedeckte ihre Nase. Astrid und ich hatten schon eine ganze Weile weder die Laken noch unsere Schlafsäcke gewaschen, und außerdem hatte ich am Morgen ungewöhnlich viel gefurzt. »Das liegt nur daran, dass er den ganzen Tag zu war«, sagte ich.
Dylan schien den Geruch gar nicht zu bemerken. Wir kletterten hinein. Zuerst stellte ich ihnen Horatio Blass vor und ließ sie ihn abwechselnd halten. Dann führte ich ihnen sämtliche Funktionen des Westfalias vor. Ich fuhr das Dach aus, um ihnen zu zeigen, wo ich schlief. »Das ist so cool!«, sagte Dylan. Er sah zum Armaturenbrett. »Gibt's ja nicht! Mel! Ich erinnere mich noch gut an dein Tim-Tom.«
»*Tomte*«, sagte ich.
Ich gab jedem einen Müsliriegel und deckte den Tisch. Die Vordersitze drehte ich um, damit wir alle drei einen Platz hatten. »Seht ihr? Ist gar nicht so schlecht.«

Winnie räusperte sich. »Wenn es nicht so schlecht ist, wieso hast du uns dann angelogen?«
»Meine Mom fand, es sei besser so.«
»Wieso?«
»Sie macht sich Sorgen, dass sich das Ministerium für Kinder- und Familienentwicklung einschaltet, wenn es jemand herausfindet, und dass sie mich dann in eine Pflegefamilie stecken.«
»Au Backe«, sagte Dylan.
»Wie kommt es, dass deine Mutter keinen Job hat?«, fragte Winnie.
»Sie hat viele Jobs gehabt«, sagte ich und spürte wieder ein irritierendes Kribbeln. »Aber da ist es nicht immer so gut gelaufen.«
»Warum nicht?«
»Weil ihre Chefs Idioten waren. Und weil –« Ich hielt inne. *Weil sie den Kunden Getränke ins Gesicht geschüttet hat. Weil sie eine große Klappe hatte.* »Was soll die Fragerei?«
»Ich versuche es nur zu verstehen.«
»Ich bin kein Interviewobjekt für deinen nächsten knallharten Artikel, Winnie. Wir haben nicht alle so viel Glück wie du. Wir können nicht alle zwei Elternteile mit guten Jobs haben.«
»Was ist mit deinem Dad?«, fragte Dylan.
»Du hast einen Dad?«, fragte Winnie.
»Natürlich habe ich einen Dad.«
»Wo ist er?«
»Toronto.«
»Weiß er, dass du in einem Bus wohnst?«, fragte sie.
»Nein.«
»Sollte er aber. Wenn er wüsste …«
»Es geht mir gut, okay?« So langsam bereute ich es, ihnen die Wahrheit gesagt zu haben.

Winnie runzelte die Stirn. »Felix, es geht dir nicht gut. Es gibt Tage, da schläfst du im Unterricht ein. Es gibt Tage, da hast du kein Mittagessen dabei und hungerst.«
»Und es gibt Tage, da müffelst du«, fügte Dylan hinzu. Von jemandem, auf dessen Prioritätenliste Hygiene recht weit unten stand, schmerzte das ziemlich.
Doch bevor ich reagieren konnte, ging die Tür des Busses auf.
»Na, hallo!«, sagte meine Mom.

Astrid grinste breit. Zu breit. Ich fragte mich, wie viel sie gehört hatte. »Dylan, schön dich zu sehen. Meine Güte. Bist du groß geworden.«
»Hi, Ms Knutsson. Lange nicht gesehen.«
»Nenn mich doch bitte Astrid. Und du« – sie wandte sich Winnie zu – »du musst Winnie sein.«
»Freut mich, Sie kennenzulernen.«
»Wie ich sehe, hat Felix euch unsere vorübergehende Bleibe gezeigt. Wenn der Kammerjäger erst mal fertig ist, können wir wieder in unsere Wohnung ziehen. In der Zwischenzeit haben wir hier unseren Spaß, stimmt's, Felix?«
Das Schweigen hielt an.
»Äh. Astrid. Sie wissen Bescheid. Dylan war am Wochenende zufällig bei Soleil.«
Zorn – oder vielleicht Angst? – flammte in Astrids Miene auf.
»Entschuldige, aber woher kennst du Soleil?«, fragte sie Dylan.
Dylan warf mir einen Blick zu. »Äh, ich kenne sie nicht. Ich …«
»Ist eine lange Geschichte«, sagte ich und warf meiner Mom einen flehenden Blick zu. *Bitte mach es nicht vor meinen Freunden noch schlimmer.* »Erzähl ich dir später.«
Die Spannung legte sich wie eine schwere Decke über uns.

Winnie räusperte sich. »Also, war schön, Sie kennenzulernen, Mrs Knutsson …«

»*Ms*«, korrigierte Astrid sie.

»Wir gehen lieber. Stimmt's, Dylan?«

Dylan nahm Horatio aus seiner Jackentasche und übergab ihn mir. »Positiv.«

Sie kletterten aus dem Bus. Astrid stand an der offenen Tür und hatte ihre Zähne zu einem Lächeln entblößt, das aber eher aussah, als stammte es aus einem Horrorfilm.

Winnie legte eine Hand auf meinen Arm. »Wir sehen uns morgen. Dann reden wir weiter.« Es klang wie eine Drohung.

War es vermutlich auch.

Bei einem Spaziergang durch den Park erzählte ich Astrid alles. Je mehr ich ihr berichtete, umso schneller lief sie, und als ich geendet hatte, konnte ich kaum noch mit ihr Schritt halten.

»Was hat Dylan Soleil erzählt?«

»Nicht viel. Er hat bloß gefragt, ob ich zu Hause bin. Soleil hat eins und eins zusammengezählt.«

Astrid schlug sich mit der Hand an die Stirn. *»Fanken!«* Ein Spaziergänger mit Hund schaute in unsere Richtung, obwohl sie auf Schwedisch geflucht hatte. »Was hat Soleil gesagt?«

Ich zögerte. »Ich weiß es nicht.«

»Felix. Versuch bloß nicht, mich anzulügen. Du hast bereits bewiesen, dass das keine deiner Stärken ist.«

»Vielleicht *will* ich das ja auch gar nicht, Astrid! Vielleicht finde ich ja gar nicht, dass das eine so supertolle Fähigkeit ist, die man unbedingt haben sollte!« Der Regen war stärker geworden. Astrid hatte ihren Mantel noch an; ich trug mein uraltes T-Shirt mit der Aufschrift I ♥ RENNMÄUSE.

»Lass mich einfach nur wissen, was Soleil gesagt hat.«
»Sie hat gesagt, sie habe versucht, dich zu kontaktieren. Und sie sei ziemlich sicher, dass du eingebrochen bist. Sie hat gesagt –«
Ich hielt inne.
»Sie hat gesagt?«
»Dass sie sich Sorgen um mich macht.«
Astrid fuhr sich durch die Haare. »Oh, das muss gerade *sie* sagen. Ausgerechnet sie. Sie hatte ein Kindermädchen in Vollzeit, das ihre Kinder praktisch großgezogen hat, und sie stellt *meine* Fähigkeiten als Mutter infrage?«
Auch der Wind war stärker geworden. Mein T-Shirt und meine Jeans waren völlig durchnässt. Zitternd schlug ich die Arme um mich. »Mom«, sagte ich. »Ich friere.«
Sie schaute mich an, als würde sie mich zum ersten Mal wirklich sehen. Sie erschrak. »O Gott, Felix, du bist ja ganz durchgeweicht.« Sie zog ihren Mantel aus und legte ihn mir um die Schultern. »Ich bringe dich jetzt nach Hause.«
»Nach Hause. Der war gut.«
Sie ignorierte meine Bemerkung und wir liefen im Eilschritt zurück zum Bus.

Trotz aller Bemühungen Astrids wurde mir nicht warm. Ich musste mich bis auf die Unterwäsche ausziehen und in einen Schlafsack kriechen, dann legte sie ihren Schlafsack obenauf. Zum Abendessen wärmte sie ein paar Dosen Hühnernudelsuppe auf. Von Suppe hatte ich dermaßen die Nase voll. Ich hatte die Nase voll von Essen aus der Dose. Aber, noch immer in den Schlafsack gewickelt, aß ich, so viel ich konnte.
Während sie das Geschirr spülte, sagte sie: »Hat Dylan Soleil erzählt, auf welche Schule er geht?«

»Ich glaube schon, ja.«
»Also weiß sie, auf welche Schule du gehst.«
»Ja.«
»Ich vertraue ihr nicht, Felix. Sie könnte versuchen, uns das Leben schwer zu machen.«
»Ich glaube, du meinst, *noch schwerer.«* Ich konnte mich nicht zurückhalten.
Entweder hörte Astrid meine spitze Bemerkung nicht oder sie tat nur so. Sie räumte das Geschirr in den kleinen Schrank. »Ich glaube, es ist das Beste, wenn du die Schule wechselst.«
»Nein.«
»Es wird ein bisschen Aufwand sein, aber ich kann dich woandershin versetzen lassen. Vielleicht sollten wir eine andere Stadt in Betracht ziehen. Vielleicht irgendwo auf Vancouver Island …«
»Nein. Auf keinen Fall, niemals.«
Sie seufzte. »Das ist nicht deine Entscheidung, Felix. Ich bin hier immer noch der Elternteil.«
Ich prustete. »Fast wäre ich drauf reingefallen.«
Sie antwortete nicht.
»Ich bin zufrieden, Astrid. Nicht mit dem hier« – ich deutete auf den Bus –, »aber mit der Schule, mit Französisch, mit meinen Freunden. Du kannst mir das nicht wegnehmen.«
»Ich versuche nur, für unsere Sicherheit zu sorgen.«
»Wirklich? Vielleicht versuchst du, für deine eigene Sicherheit zu sorgen. Ich habe meine Zweifel, ob du dabei übermäßig an mich denkst.«
Sie wirkte getroffen. »Das ist nicht wahr. Ich denke ausschließlich an dich.«
»Dann hör bitte, bitte zu. Ich gehe nirgendwohin. Wenn du mich

zwingst, laufe ich weg. Ich erzähle es meinen Freunden. Ich erzähle es meinem Lehrer.«

»Und dann kommst du in eine Pflegefamilie …«

»Zumindest hätte ich in einer Pflegefamilie ein verdammtes Klo!«

Einen Augenblick lang sagte sie kein Wort. Dann kamen ihr die Tränen.

Ich rührte mich nicht. Ich wollte sie nicht umarmen. Ich wollte sie nicht anfassen.

»Es tut mir leid, Felix. Ich habe es so sehr versucht. Ich hoffe, du verstehst, dass nichts davon meine Schuld ist.«

Ich dachte darüber nach. Dann sagte ich, was ich dachte. »Na ja. Vielleicht nicht *nichts*.«

Das brachte sie noch mehr zum Weinen, aber ich nahm es nicht zurück.

Am nächsten Morgen wachte ich mit Husten auf.

»Vielleicht solltest du lieber nicht zur Schule gehen«, sagte Astrid, als sie mir eine Tasse heißen Zitronentee mit Honig reichte.

Ich spürte, dass sie Schuldgefühle hatte, was für mich vollkommen in Ordnung war.

»Und was soll ich tun, den ganzen Tag im eiskalten Bus hocken? Genau, das wird helfen.«

Sie seufzte. »Ich schätze, als Meisterin des Sarkasmus sollte es mich nicht überraschen, dass du so gut darin geworden bist.« Sie wühlte in einem der Schränke und holte eine Sechserpackung Muffins heraus. Zwei davon gab sie mir.

»Hast du dafür bezahlt?«

»Natürlich.«

»Du wirst sicher verstehen, wieso ich skeptisch bin.«

»Felix. Es reicht.«

Als ich in die Schule kam, warteten Winnie und Dylan bereits an meinem Spind auf mich. Ich holte tief Luft und lief auf sie zu, als wäre alles wunderbar.

»Hey«, sagte ich.

»Hey«, antwortete Dylan.

»Könnt ihr eure Hinterteile mal zur Seite schieben, damit ich an meinen Spind komme?«

Sie gingen beiseite. Keiner von beiden sagte etwas.

»Ich weiß, ich weiß«, sagte ich. »Ihr seid in Ehrfurcht erstarrt, weil euer Freund an *Wer, Was, Wo, Wann* teilnimmt. Auf einmal bin ich so was wie ein Star und ihr seid sprachlos in meiner Gegenwart.«

Dylan lachte leise. *»Ich* find's supergeil.«

»Das sind auch sehr gute Neuigkeiten«, gab Winnie zu. »Aber –«

»Aber ihr wollt mir sagen, dass ihr alles tun werdet, um mir zu helfen, mich auf die Show vorzubereiten, die schon in knapp zwei Wochen stattfindet.«

»Absolut«, sagte Dylan. »Ich habe es gestern Abend Alberta und Henry erzählt und sie wollen auf jeden Fall mithelfen.«

Ich spürte ein Ziepen in meinem Zwölffingerdarm. »Den Rest hast du nicht erwähnt, oder?«

»Natürlich nicht.«

»Aber wegen des Rests …«, fing Winnie an.

Ich knallte meine Spindtür zu. »Wir kommen zu spät zum Unterricht.«

Winnie kräuselte die Lippen. »Felix, hör doch auf, so evasiv zu sein. ›Evasiv‹ bedeutet …«

»›… um den heißen Brei herumreden, ausweichen.‹ Ich weiß, was es bedeutet. Könnte eine Frage in der Show sein …«

»Felix!« Ihre Stimme hob sich um eine Oktave. »Du bist obdachlos!«

Voller Entsetzen, jemand könnte das gehört haben, sah ich mich um. »Ich bin *nicht* obdachlos.«
»Du wohnst in einem Bus. Einem stinkenden, schlecht isolierten Bus.«
»Es gibt nur eine undichte Stelle, und die ist winzig.«
»Ihr könnt so nicht weiterleben.«
»Und ich habe dir auch gesagt, dass wir *so* nicht weiterleben *werden* ...«
»Woher willst du das wissen? Was unternimmt deine Mom, um das zu regeln?«
»Sie sucht Arbeit.«
»Aber du hast selbst gesagt, sie behält keinen Job lange. Sucht sie sich Unterstützung? So was wie eine Sozialwohnung oder Sozialhilfe oder dergleichen?«
»Nein, denn wie ich dir schon mehrfach gesagt habe, es ist nur vorübergehend. Und abgesehen davon ist meine Mutter sehr stolz.«
»Sie ist also stolz darauf, dass ihr Sohn seit fast vier Monaten in einem Bus wohnt? Darauf, dass sie keinen Job lange behält? Darauf, dass du nicht anständig isst?«
Mein ganzer Körper zitterte, so wütend war ich. Ich schaute Dylan auf Unterstützung hoffend an.
Er zuckte nur mit den Schultern. »Da ist was dran an dem, was sie sagt, Compadre. Da ist sogar einiges dran.«
»Deine Eltern sind auch nicht perfekt«, feuerte ich zurück.
»Weit davon entfernt«, sagte Dylan. »Mein Dad erzählt die schlechtesten Witze. Und meine Mom *und* mein Dad sind furchtbare Köche ...«
»Und euer Haus ist ein Schweinestall«, ergänzte ich. Gemeinerweise. Mit Absicht. Ich hasste mich augenblicklich selbst dafür.

»Alter«, murmelte Dylan.
»Und dein Dad kann dein Brot nicht ausstehen und tut nur so, als würde es ihm schmecken«, ging ich Winnie an und verabscheute mich danach noch mehr.
Winnies Unterlippe zuckte. »Das ist was ganz anderes, und das weißt du auch.«
»Egal, was ihr zwei denkt. Astrid ist eine tolle Mom.«
»Ist sie das?«, fragte Winnie. »Ist sie das wirklich?«
»Winnie.« Dylans Stimme hatte einen warnenden Unterton.
Winnie machte den Mund auf. Dann wieder zu. Ich nahm an, dass sie zum ersten Mal in ihrem Leben beschlossen hatte zu denken, bevor sie etwas sagte. Sie holte tief Luft. »Ich finde trotzdem, wir sollten mit jemandem reden. Zum Beispiel mit Monsieur Thibault. Er weiß bestimmt, wen man kontaktieren könnte …«
»NEIN!« Ich spürte den vertrauten Klumpen Panik in meiner Kehle aufsteigen. »Wenn du es jemandem erzählst, nehmen sie mich ihr vielleicht weg. Stecken mich in eine Pflegefamilie. Dann muss ich die Schule wechseln. Dann verliere ich vielleicht meine Mom für immer. Sie braucht mich. Ich brauche sie. Ich hab es euch gesagt, weil ich euch nicht mehr anlügen wollte, aber wenn ihr es weitererzählt … ist es vorbei mit unserer Freundschaft. Dann rede ich nicht mehr mit euch.«
»Weißt du noch, in der dritten Klasse, als ich in der Pause in Socken draußen war?«, fragte Dylan. »Und in Hundekacke getreten bin? Und wie wir versucht haben, meine Socken im Klo runterzuspülen, und den Waschraum überschwemmt haben?«
Ich nickte.
»An dem Nachmittag haben wir uns geschworen, dass wir uns niemals gegenseitig verpfeifen«, fuhr er fort. »Ich sag also nichts.«

Wir schauten Winnie an. Sie zögerte. Dann sagte sie: »Okay, na gut. Aber nur so lange, bis du mit der Sendung fertig bist. Für danach – sofern sich nichts geändert hat – verspreche ich nichts.«

»Damit kann ich leben«, sagte ich.

Denn nach der Show wären unsere Probleme gelöst.

Ich begann wie ein Irrer zu pauken. In meinem ganzen Leben war ich noch nie so konzentriert und motiviert bei der Sache gewesen.

Zum Glück war ich nicht allein. Dylan und Winnie verkündeten im Unterricht, dass ich an der Show teilnehmen würde, und Monsieur Thibault erklärte, meine Klassenkameraden sollten mir jeden Tag fünfzehn Minuten lang Testfragen auf Französisch stellen. Alle machten mit, bis auf Donald, der solche Sachen fragte wie: »Buchstabiere Hodensack rückwärts«, und dann einen Lachanfall kriegte.

Nach der Schule ging ich mit zu Dylan, und er, Winnie und manchmal auch Alberta und Henry prüften mein Wissen über Kunst, Romane, wissenschaftliche Entdeckungen, Geschichte, Geografie, Kriege, Chemie, Mathe, Popkultur, Flora und Fauna, Sternbilder, aktuelle Ereignisse, Rechtschreibung – was auch immer es war, sie hatten an alles gedacht.

»Wer schrieb den Klassiker *Dracula* aus dem Jahr 1897?«

»Bram Stoker.«
»Die Erfindung welches Medikaments verringerte drastisch Krankheiten und Todesfälle durch bakterielle Infektionen?«
»Penizillin.«
»Welches Delikt brachte den berüchtigten Chicagoer Gangster Al Capone schließlich ins Gefängnis?«
»Steuerhinterziehung.«
»Er saß in welchem Gefängnis?«
»Alcatraz.«
»Wann wurde Erzherzog Ferdinand ermordet?«
»1914.«
»Konkreter bitte.«
»Keine Ahnung.«
»28. Juni 1914.«
Um fünf Uhr schalteten wir *Wer, Was, Wo, Wann* ein und ich versuchte, die Lösungen vor den Kandidaten zu erraten. Winnie konnte nicht anders als die Antworten laut zu rufen und grinste jedes Mal selbstzufrieden, wenn sie schneller war als ich.
Dylan ließ mich das Arbeitszimmer seines Dads benutzen, um den Vertrag auszudrucken, den Nazneen geschickt hatte. Er war superlang und superlangweilig. Nach der ersten Seite gab ich auf. Stattdessen fälschte ich der Zweckmäßigkeit halber die Unterschrift meiner Mutter, scannte die entsprechenden Seiten und schickte sie per Mail an Nazneen zurück.
Außerdem entschuldigte ich mich ungefähr zwanzig Mal bei Dylan. »Ich liebe euer Haus«, sagte ich eines Nachmittags zum wiederholten Male, als wir in der Küche Pizza-Pops verdrückten.
»Alter …«
»Ich weiß nicht, was los war, ich wollte einfach nur gemein sein…«

»Alter, ist schon okay, ich bin drüber weg …«
»Du bist der beste Freund, den ich je hatte …«
Plötzlich gab es einen dumpfen Knall. Dylan öffnete die Mikrowelle – die Pizza-Pops waren explodiert. Es war das reinste Käse- und Tomatensaucenmassaker. »Siehst du?«, sagte Dylan. »Das war Bernards Art, dir zu sagen, dass du die Klappe halten sollst.«
Ich machte mir nicht die Mühe, ihn darauf hinzuweisen, dass er versehentlich dreißig statt drei Minuten eingetippt hatte, um sie aufzuwärmen.
Dylans Erklärung gefiel mir besser.

Winnie und ich trafen uns mit Charlie Tuyen. »Ich werde nichts für die Dezemberausgabe schreiben können«, sagte ich.
»Kein Thema«, entgegnete er. »Dann verkürzen wir diesen Monat einfach die französische Rubrik.«
»Das wird nicht notwendig sein«, sagte Winnie. »Ich werde einen Leitartikel schreiben. Der wird viel Platz benötigen.«
»Worum geht's dieses Mal?«, fragte Charlie. »Klimawandel? Welthunger? Völkermord?«
»Alles hervorragende Anregungen, aber nein. Ich werde über Felix schreiben.«
Das hörte ich zum ersten Mal. »Warum ausgerechnet über *mich?*«
»Weil du Kandidat bei Kanadas beliebtester Quizshow wirst, Dummkopf.«
»Ich kann nicht glauben, dass ich das sage«, meinte Charlie, »aber das ist eine super Idee.«
»Primissimo!«, antwortete Winnie. Dann nahm sie meine Hand und drückte sie. Ich drückte zurück.

Sie irritierte mich noch immer.
Aber gleichzeitig löste sie ein warmes Glücksgefühl in mir aus.

An den meisten Abenden kam ich nicht vor acht Uhr zum Bus zurück. Astrid lag normalerweise schon in Schichten eingepackt in ihrem Bett und las im Licht ihrer Stirnlampe. Unsere Unterhaltungen waren knapp. »Soll ich dich noch weiter abfragen?«
»Nein, danke, bin ausgefragt.«
»Verstanden.«
»Wie läuft die Jobsuche?«
»Gut, gut.«
»Irgendwas Neues?«
»Du bist der Erste, der es erfährt.«
Ihre Stimme war verdächtig eintönig und ich war ziemlich sicher, dass sie eine Krise hatte. Aber damit konnte ich mich nicht aufhalten. Nicht, wenn ich zu arbeiten hatte. Nicht, wenn ich die Antwort auf unsere Probleme in den Händen hielt.

Und dann, nur eine Woche vor der Show, wurde ich krank.
So richtig krank.
Mein Husten wurde zu Fieber und Durchfall. Durchfall ist schon in guten Zeiten kein Spaß. Durchfall, wenn man in einem Bus wohnt, na ja … sagen wir mal, ist Scheiße. Buchstäblich und im übertragenen Sinne.
Am Dienstagmorgen versuchte ich aufzustehen und wurde dabei fast ohnmächtig. Astrid weigerte sich, mich zur Schule gehen zu lassen. »Ich bringe dich zum Arzt.«
Sie fuhr mich zu einer Ambulanz. »Auf jeden Fall ein fieser Grippevirus«, sagte die Ärztin, die ihre Atemschutzmaske die ganze Zeit aufbehielt. »Sorgen Sie dafür, dass er viel Ruhe be-

kommt, und viel Flüssigkeit. Wenn es schlimmer wird, rufen Sie mich an.«

Astrid parkte den Bus bei den Stränden von Spanish Banks, damit ich das Meer sehen konnte. Sie legte mich in ihr Bett und schichtete sämtliche Schlafsäcke und Decken auf mich, die wir besaßen. Es war ein nasskalter Tag. Sie zwang mich, literweise Wasser und isotonische Lösung zu trinken, und stellte einen Eimer auf den Boden. »Für jegliche Toilettennotfälle«, sagte sie. »Denk nicht drüber nach, Felix, es macht mir nichts aus, ihn zu leeren.« Sie begann ihre Schuhe anzuziehen.

»Wohin gehst du?«

»Einen neuen Heizlüfter für uns kaufen.« Sie legte ihre Hand auf meine fiebrige Stirn. »In einer halben Stunde bin ich wieder da.« Sie kletterte aus dem Bus und schloss hinter sich ab.

Ich nahm Horatio aus seinem Käfig und legte ihn auf meine Brust. Er schnupperte an meinem Gesicht. In letzter Zeit schien er auch ein bisschen neben der Spur zu sein – als hätte er seine eigene Mini-Krise. Ich küsste sein pelziges Köpfchen und setzte ihn wieder in seinen Käfig.

Die meiste Zeit des Tages dämmerte ich so vor mich hin. Ich hatte wirre Träume. Astrid und ich waren in einer Luxusvilla und spazierten mit Horatio Blass höchstselbst durch die riesigen Zimmer. Er erzählte uns, sie gehöre ihm. Doch dann verwandelte er sich in Horatio, die Rennmaus, und das ganze Haus begann zu sinken, weil es auf einen Sumpf gebaut war. Schon bald liefen wir durch schlammigen Morast und versuchten zu entkommen, aber der Morast war wie Treibsand. Und dann hörte ich ein gespenstisches Lachen. Es war mein *tomte.* Er war zum Leben erwacht und wirkte schadenfroh, während wir immer tiefer sanken …

Als der Morast mir bis zur Taille reichte, schreckte ich hoch. »Astrid?«

Sie war noch nicht wieder da. Mir gelang ein Blick aufs Handy. Es war kurz nach ein Uhr mittags. War sie zurückgekommen und schon wieder gegangen? Ich hatte keine Ahnung. Ich schaute hinüber zu Horatios Käfig. Er hatte sich unter seinen Sägespänen vergraben. »Ich hoffe, du hast nicht dasselbe wie ich«, murmelte ich. Dann fiel ich wieder in einen fiebrigen Schlaf.

Dieses Mal träumte ich von meinem Dad. Wir lebten alle drei zusammen auf einem Dachboden in einer Stadt, die ich für Toronto hielt, obwohl ich noch nie da gewesen war. Ich erinnere mich nur daran, dass ich glücklich war. Als ich wieder aufwachte, ging es mir ein bisschen besser, als wäre das Fieber runtergegangen. Die Dämmerung hatte eingesetzt, draußen war es fast dunkel. »Astrid?«

Sie war immer noch nicht da. Ich schaute auf mein Handy. Vier Uhr nachmittags.

Ich rief sie an. Sofort meldete sich ihr Anrufbeantworter.

Mein S.H.I.T. sagte mir, dass etwas ganz und gar nicht stimmte. Wie eine Welle schwoll die Angst in meinem Bauch an.

Per Gedankenübertragung versuchte ich ihr eine Nachricht zu schicken. Ich strengte mich wirklich an.

Ich setzte mich auf. Den ganzen Tag schon hatte ich den Eimer nicht benutzen müssen, und ich wollte ihn auch jetzt nicht benutzen. Ich fühlte mich noch immer schwach, aber ich zog einen Pulli über meinen Schlafanzug und schaffte es bis zum öffentlichen Waschraum.

Wieder zurück im Bus rief ich sie noch mal an.

Wieder der Anrufbeantworter.

Sie hatte einen Heizlüfter besorgen wollen und war nun seit fünf Stunden verschwunden.

Ein ganzer Haufen Gedanken lief wie ein Nachrichtenticker durch meinen Kopf, und kein einziger war positiv.

Sie ist von einem Auto angefahren worden und liegt jetzt in irgendeinem Krankenhaus im Koma.

Sie ist vergewaltigt und ermordet worden und ihre Leiche liegt im Wald.

Sie hat mich verlassen. Sie hatte es satt und ist gegangen.

Sie hat sich umgebracht.

Ich wusste nicht, was ich tun sollte, aber ich wusste, ich musste etwas tun. Mir kam der Gedanke, Dylan oder Winnie anzurufen, aber die würden es ihren Eltern erzählen müssen. Ich überlegte, die Polizei zu holen, aber ich stellte mir vor, wie wütend Astrid darüber sein würde. Dann dachte ich, *Tote Menschen können nicht wütend sein, oder?* Und das brachte mich zum Heulen.

Ich schaltete unsere batteriebetriebene Lampe ein und entriegelte Horatios Käfig, um mich von meinem flauschigen Freund ein wenig trösten zu lassen.

Bei Mormor hatte ich eine Weile gebraucht, um es zu begreifen.

Bei Horatio wusste ich es sofort.

Sein kleiner Körper war kalt und steif.

Horatio Blass war tot.

Fünf Minuten später ging die Tür des Busses auf.

»Mom!«, heulte ich, und es war mir egal, dass ich sie so nannte. Ich fiel in ihre Arme. Sie hielt mich fest und streichelte meinen Kopf.

»Felix, es tut mir so leid. Es tut mir leid.« Sie weinte ebenfalls.

»Horatio ist tot.«
»O Gott. Ach, Böna. Der arme Horatio. Es tut mir so leid«, wiederholte sie.
»Wo warst du?«
»Ich bin in den Baumarkt gegangen, wegen des Heizlüfters …« Sie verstummte.
»Ach, Astrid. Hast du versucht, ihn zu stehlen?«
Sie nickte. »Der Besitzer hat mich erwischt. Ich habe versucht, mit ihm zu reden. Aber er hat mir nicht zugehört. Er hat die Polizei gerufen. Die haben ewig gebraucht, bis sie kamen, und in der Zwischenzeit musste einer seiner Angestellten im Hinterzimmer auf mich aufpassen. Mein Handyakku war leer. Ich durfte nicht ihr Festnetz benutzen, um dich anzurufen … Die haben mich wie Müll behandelt. Als die Polizei kam, hat der Eigentümer furchtbare Dinge über mich gesagt, ich sei vermutlich ein Junkie oder eine Irre.«
»Was haben die Polizisten gemacht?«
»Sie haben mich anhand ihrer Datenbank überprüft. Sie haben gesehen, dass keine Vorstrafen vorliegen, also meinten sie, ich hätte Ladenverbot, und ließen mich gehen.« Sie schnäuzte sich laut. »Es tut mir so leid, Felix. Alles. Ich bin so eine schreckliche Mutter.«
»Nein. Nein, bist du nicht.« Und in dem Augenblick meinte ich es auch so.
»Das mit Horatio tut mir so leid. Ich weiß, wie lieb du ihn hattest.«
»Wir sollten ihn beerdigen.«
Sie nickte. »Sobald es wieder hell ist. Wir suchen einen besonderen Platz.« Sie legte ein Handtuch über seinen Käfig. Dann machte sie mir heiße Schokolade aus einer Dose mit Fertigpul-

vermischung. Als ich es schaffte, sie bei mir zu behalten, machte sie mir noch mehr.
»Darf ich dir vorlesen?«, fragte sie. Als ich noch jünger gewesen war, hatte sie mir jeden Abend vorgelesen, selbst während ihrer Krisen.
»Ja.«
Sie fand meine eselsohrige Ausgabe der *Geschichten aus dem Mumintal.* »Das war meins, als ich noch ein Mädchen war, weißt du.«
»Das hast du mir nur ungefähr eine Million Mal erzählt.«
Sie las lange vor. Sie hat eine schöne Lesestimme. Für kurze Zeit fühlte ich mich wieder wie ein kleines Kind, das keinerlei Sorgen hat.
Dann fiel mir Horatio ein und ich musste wieder heulen.
Sie las mir vor, bis ich schließlich einschlief.
Von den einhundert Nächten, die wir im Bus verbracht hatten, war das bei Weitem die schlimmste.
Aber das war sie nicht wirklich.
Die schlimmste Nacht stand uns noch bevor.

Astrid und ich begruben Horatio am nächsten Morgen unter einer Trauerweide in der Nähe des Ententeichs. Wir erzählten uns gegenseitig ein paar Lieblingserinnerungen. »Weißt du noch, wie er einmal in der Kellerwohnung aus seinem Käfig abgehauen ist? Und wie wir ihn zwei Tage später hinter dem Ofen gefunden haben?«

»Weißt du noch, wie ich ihn im Rucksack in die Schule geschmuggelt habe und ein Mädchen geschrien hat, weil sie dachte, er sei eine Ratte?«

Wir lachten. Wir weinten.

Insgesamt verpasste ich drei Tage Schule. Wenn ich nicht gerade schlief, fragte Astrid mich für *Wer, Was, Wo, Wann* ab. Ich schrieb Dylan und Winnie, dass es mir langsam besser gehe und ich bald wiederkäme. Sie wollten mich besuchen, aber ich bezweifelte, dass ich das packen würde. Also versäumte ich einfach, ihnen zu sagen, wo wir den Bus gerade geparkt hatten.

Horatios Abwesenheit nahm ich sehr stark wahr. Ein paar Jahre war er Teil meines Lebens gewesen und hatte von Anfang an zu unserem Leben im Bus dazugehört. Selbst an Tagen, an denen ich mich davor fürchtete, wieder in den Bus zu kommen, freute ich mich immer darauf, ihn wiederzusehen. Jetzt war mir nicht mal mehr das geblieben. Ohne ihn fühlte sich alles noch unsicherer an.

Am Freitag ging ich schließlich wieder zur Schule.

»Du siehst aus wie eine wandelnde Leiche«, sagte Winnie, als sie mich sah.

»Vielen Dank auch.«

»Bist du sicher, dass es dir gut geht?«, fragte Dylan.

»Ja. Nein. Horatio ist gestorben.«

»Ach, Felix«, sagte Winnie. Sie und Dylan umarmten mich gleichzeitig.

»Vielleicht solltest du bis zur Show bei mir schlafen«, sagte Dylan.

»Danke. Aber ich kann nicht. Ich kann meine Mom jetzt nicht allein lassen.«

»Wie geht's ihr?«, fragte Winnie.

Ich zuckte mit den Schultern. »Ich weiß nicht so recht.«

Später in der Cafeteria schoben sie mir jede Menge Essen aus ihren Tüten hin. Ich wusste, dass sie beide angefangen hatten, extra etwas für mich einzupacken, für den Fall der Fälle.

Während der Mathestunde schlief ich an meinem Tisch ein.

Nach dem Unterricht fragte mich Monsieur Thibault, ob ich noch kurz bleiben könnte.

Als der letzte Schüler gegangen war, setzte er sich auf meinen Tisch. »Alles in Ordnung, Felix?«, fragte er auf Englisch.

»Ja, Sir. Alles in bester Ordnung.«

»Du wirkst in letzter Zeit sehr müde. Und du siehst nicht gut aus.«

»Ich hatte eine schlimme Grippe. Und ich habe hart gearbeitet und mich auf die Show vorbereitet.«
Er starrte mich an. »Bist du sicher, dass das alles ist?«
»Ich bin mir sicher.«
Einen Moment lang schwieg er. »Wie ist deine Wohnsituation, Felix?«
Da wusste ich, dass jemand geplaudert hatte.
»Ich weiß nicht, was Sie meinen.«
Er starrte mich weiter an. »Ich würde mich gern mal mit deiner Mom unterhalten.«
»Warum?«
»Sag ihr, dass ich so bald wie möglich mit ihr reden möchte.«
»Aber ich hab es Ihnen doch gesagt. Es ist alles in Ordnung.«
Er begann, eine Notiz zu kritzeln. »Ich weiß, dass nächste Woche die Show stattfindet. Frag sie bitte, welcher Tag in der Woche darauf bei ihr passen würde. Wir können uns vor oder nach der Schule treffen.« Er reichte mir den Zettel.
»Aber Sir …«
»Kein Aber, Felix. Wenn ich bis Ende nächster Woche nichts gehört habe, werde ich die Schule bitten, sie zu kontaktieren.«

Winnie und Dylan warteten am Eingang der Schule auf mich. Wütend starrte ich Winnie an.
»Du hast es ihm erzählt. Du hast gesagt, du würdest es niemandem verraten, und dann hast du es doch gemacht.«
Winnie schaute Dylan an, der tief Luft holte. »Felix, also eigentlich«, sagte er, »haben wir es beide erzählt.«
Ich gaffte ihn an. Ich fühlte mich wie Julius Cäsar, als er erkannte, dass sein alter Freund Brutus ihn gerade erstochen hatte. *Et tu, Brute?*

»Monsieur Thibault kam auf uns zu«, fuhr Winnie fort. »Als du nicht da warst. Ihm sind ein paar Dinge aufgefallen. Er hat uns einige Fragen gestellt. Wir haben ihm nicht viel erzählt. Aber wir haben auch nicht gelogen.«

»Er macht sich Sorgen um dich«, sagte Dylan.

»Na, dann kann er jetzt aufhören, sich Sorgen zu machen! Ihr könnt alle aufhören, euch Sorgen zu machen, und ihr könnt alle aufhören, euch einzumischen!« Ich stieß die Eingangstür auf.

»Komm schon, Felix«, sagte Dylan. »Du weißt genau, dass es unfair ist, auf uns wütend zu sein.«

»Nein, nein, weiß ich nicht. Ich will keinen von euch jemals wiedersehen.« Schon als ich es aussprach, war mir klar, wie lächerlich und kindisch es klang. Aber ich lief einfach weiter. Ich musste mich konzentrieren. Es war Freitag, der 25. November. Am Sonntag würden Astrid und ich in ein Hotel gebracht werden. Am Montag würde ich bei *Wer, Was, Wo, Wann* auftreten. Danach würde sich so oder so alles ändern.

Das dachte ich zumindest.

Woher hätte ich wissen sollen, dass der Samstag so ein gigantisches Desaster werden würde? Woher hätte ich wissen sollen, dass wir am Ende auf der Polizeiwache hocken würden?

Obwohl wir nicht die Bösen sind.

Obwohl Abelard ein Lügner ist.

Sie werden verstehen, wieso ich gerade *durchdrehe.*

Dies ist meine Version der Ereignisse, Constable Lee.

Der Samstag war wunderschön und sonnig wie selten im November, also putzten Astrid und ich den Bus einmal ordentlich durch. Dann fuhren wir zu einem Waschsalon und wuschen alles: Kleidung, Bettzeug, Handtücher. Das war lange überfällig. Ich fühlte mich zu 95 Prozent genesen und hatte einen Riesenhunger, also kaufte uns Astrid eine Packung Donuts vom Vortag. Sie aß einen, ich fünf.

Ich hatte vorgehabt, einen letzten Büffelmarathon bei Dylan einzulegen, aber da ich weder mit ihm noch mit Winnie sprach, ließ ich mich stattdessen von Astrid abfragen.

Als wir nach Spanish Banks zurückkamen, stand die Sonne schon tief und die Parkplätze leerten sich langsam. Wir packten unsere Taschen für die Woche mit frisch gewaschenen Sachen und ließen die Seitentür offen, um uns besser bewegen zu können.

»Schöne Aussicht«, sagte eine Männerstimme. Ich nahm an, er redete mit jemand anderem. »Ich sagte, schöne Aussicht.«

Ich steckte meinen Kopf aus der Tür. Zwei Typen standen unweit des Busses und glotzten meine Mom an. Sie waren adrett gekleidet, in Jeans und Windjacken. Einer war ebenso hoch wie breit.
Astrid warf ihnen einen eiskalten Blick zu und packte einfach weiter.
»Sieht aus, als würdet ihr in dem Ding wohnen, hä«, sagte der muskulöse Typ.
»Nur ein Wochenendausflug. Wir besuchen Freunde oben auf dem Hügel«, gab Astrid zurück.
»Ich bin Barry«, sagte der muskulöse Typ. »Und das ist mein Kumpel Silvio.« Er streckte die Hand in Astrids Richtung aus.
Sie ergriff sie nicht.
Barrys Lächeln schwand. Mir fiel auf, dass er nicht ein einziges Mal in meine Richtung sah. »Wenn du heute Abend Party machen willst ...«
»Hab schon Pläne. Mit meinen Freunden. Wenn ihr uns jetzt bitte entschuldigt.«
Kalt. Kein Lächeln.
»Wollte mich nur unterhalten.« Er und Silvio liefen über den Parkplatz zu einem schwarzen Camaro und stiegen ein. Dann ließ Barry den Motor lächerlich laut aufheulen. Der Camaro röhrte vom Parkplatz. Astrid schaute mich an und verdrehte die Augen.
Wir packten fertig. Astrid hatte uns zum Abendessen eine große Pizza gekauft. Sie war nur noch lauwarm, aber immer noch lecker. Wir zogen Mäntel und Mützen an, saßen bei geöffneter Seitentür da und sahen zu, wie das letzte bisschen Farbe aus dem Himmel schwand. Als die Sterne hervorkamen, benannten wir verschiedene Sternbilder.

»Großer Tag für dich morgen«, sagte sie. »Der Beginn eines grandiosen Abenteuers.« Sie nahm meine Hand. »Egal, was passiert, ich bin so stolz auf dich.« Sie küsste mich auf den Kopf.
»Danke.«
»Und fürs Protokoll, selbst wenn du alles Geld der Welt gewinnen würdest, wäre das immer noch kein Vergleich mit dem Jackpot, den ich an dem Tag gewonnen habe, als du geboren wurdest.«
Ich stöhnte. »Schnulzenalarm.«
Sie legte einen Arm um mich und ich lehnte mich an sie. »Voll schnulzig. So unfassbar schnulzig wie die kitschigste Schmonzette«, sagte sie. »Aber wahr, Böna. Absolut wahr.«

Gegen zehn lagen wir in unseren Betten, aber wir waren zu aufgeregt zum Schlafen. »Das ist das erste Mal, dass ich in einem Hotel wohne«, sagte ich.
»Eigentlich dein zweites Mal. Als du ganz klein warst, ist Mormor mit uns für ein Wochenende zu den heißen Quellen von Harrison gefahren.«
»Daran erinnere ich mich nicht.«
»Worauf freust du dich am meisten?«
»Aufs Klo. Und du?«
»Schaumbad«, antwortete sie. »Ich werde jeden Tag ein Schaumbad nehmen.«
»Heißes Wasser.«
»Minibar.«
»Fernseher.«
»Hotelbettlaken.«
»Steckdosen.«

In der Ferne hörte ich einen Motor. Laut, wie bei einem Sportwagen.
»Kostenloses WLAN.«
»Heizung.«
Das Auto kam näher. Ich wartete darauf, dass es vorbeifuhr.
»Die kleinen Seifen und Shampoos und Cremes; ich werde sie jeden Tag in meine Tasche stecken, damit sie uns neue bringen.«
»Dicke Handtücher.«
Das Auto hielt auf dem Parkplatz.
Direkt neben unserem Bus.
Astrid schaltete ihre Stirnlampe aus. Wir verstummten.
Autotüren gingen auf und zu. Schritte.
»Hey. Hey da drin.« Eine Stimme, die sich sehr nach Barry anhörte. Allerdings lallte sie jetzt.
Wir hielten den Atem an.
»Komm schon, Süße. Wir wissen, dass du da drin bist. Wir haben Licht gesehen.«
Ich lag stocksteif da.
Wir waren beide vollkommen still.
»Ich glaub, sie ist nicht da«, sagte die andere Stimme. Vermutlich Silvio. Ebenfalls lallend.
Dann hickste ich. *Hicks!*
Nein! Nicht jetzt!
»Ich hab was gehört«, sagte Silvio.
»Komm schon, lass uns rein. Wir wollen bloß Hallo sagen.« Wir hörten, wie sie um den Bus herumgingen. »Ich glaub, ich seh jemanden«, sagte Barry. Er versuchte, durchs Fenster zu spähen. Dann wollte er die Türen öffnen.
Sie waren natürlich verschlossen. Er fing an, rhythmisch an den Bus zu hämmern.

Ich hickste wieder, aber das machte nichts, denn Astrid hatte genug. »Verschwindet oder ich rufe die Bullen!«, schrie sie.
Das Hämmern hörte auf.
Ich war erleichtert.
Allerdings nicht lange.
»Ich wusste, dass du da drin bist! Wir haben 'ne Flasche Bourbon dabei. Los, wir machen Party!«
Unter mir hörte ich, wie Astrid in ihrer Jackentasche wühlte.
»Bleib ruhig, Felix. Ich werde den Bus anlassen«, sagte sie leise.
»Und wenn ich einen dieser Scheißköpfe überfahre, dann wird diese Welt eine bessere sein.«
Einer der Männer klopfte leise ans Fenster, was fast gespenstischer war als das Hämmern. »Mach auf.«
Astrid kletterte hinter das Steuer und ich vom Bett runter und auf den Beifahrersitz. Ich hatte solche Angst, mein ganzer Körper zitterte.
Astrid schien auch Angst zu haben, denn sie ließ den Schlüssel fallen.
»Hey, da bist du ja! Hallo, Süße!« Barry presste sein Gesicht gegen das Fenster auf der Fahrerseite, wodurch er noch gruseliger aussah. Er war sturzbesoffen.
Astrid fand den Schlüssel. Ihre Hände zitterten, aber sie fummelte ihn in die Zündung. Sie drehte ihn.
Er sprang nicht an. *»Förgrymmat också!«*
Der Bus fing an zu schaukeln. Barry und Silvio hatten sich zu beiden Seiten aufgestellt und schunkelten ihn hin und her. Astrid versuchte wieder, ihn anzulassen.
Immer noch nichts.
Plötzlich fiel mein *tomte* Mel vornüber vom Armaturenbrett, genau in meine Hände. Ich umklammerte ihn fest.

Bitte, bitte beschütze uns, Mel!, dachte ich. *Wenn du schon sonst nichts für uns tust, dann wenigstens das!*

Mein Handy fiel auf meinen Schoß.

Na ja, vielleicht ist es ja auch nur durch das Schaukeln aus meinem Bett gefallen.

Aber ich ziehe es vor zu glauben, dass es Mel war.

Er schaute mich mit seinen Knopfaugen an und ich wusste genau, was zu tun war.

Ich rief die 911 an.

27. November, 4.00 Uhr morgens

Sie und Ihr Partner kamen fünf Minuten später, Constable Lee. Und anstatt die Bösen zu verhaften, haben Sie uns festgenommen. Und hier sind wir nun.« Ich schwenkte den Arm in die Runde, um auf das Polizeibüro zu deuten.

Constable Lee nahm die Füße vom Schreibtisch und beugte sich zu mir vor. Ihre Augen waren feucht und mein S.H.I.T. sagte mir, dass ich sie entweder traurig gemacht hatte oder sie an einer Allergie litt. »Das war eine unglaubliche Geschichte, Felix. Es tut mir wirklich leid, was du und deine Mom alles durchmachen musstet.«

»Danke.«

»Ich möchte, dass du weißt, wir suchen noch immer nach diesen Mistkerlen. Und du und deine Mom seid nicht festgenommen. Teilweise haben wir euch zu eurem eigenen Schutz hierher gebracht.«

»Und weil der Bus vor fünf Tagen als gestohlen gemeldet wurde.«

»Kennzeichen zu überprüfen gehört zur Routine unseres Berufs.«

»Ich wünschte, Abelard wäre für immer in Indien geblieben.«

»Nach allem, was du mir von ihm erzählt hast, wünsche ich mir das auch.« Sie lächelte.

»Man kann ihm nicht trauen.«

»Ich verspreche, ich behalte das im Hinterkopf. Aber in der Zwischenzeit müssen wir uns überlegen, was wir mit dir machen.«

Angst ergriff meinen Magen und drückte ihn zu. Mir entwich ein LTF – ein Lautloser, aber Tödlicher Furz – und ich konnte Constable Lee nur einen entschuldigenden Blick zuwerfen, als es zu stinken anfing. »Bitte rufen Sie nicht das MKFE an.«

»Sie wurden schon benachrichtigt.«

»Was? Nein! Haben Sie kein Wort von dem gehört, was ich gesagt habe? Die schicken mich in eine Pflegefamilie. Ich will in keine Pflegefamilie.«

Sie rollte mit ihrem Stuhl näher zu mir heran. »Felix. Ich weiß, deine Mom hat ihre eigenen Erfahrungen mit dem Amt gemacht. Und es stimmt, dass es früher üblich war, Familien zu trennen. Aber heutzutage ist das Ziel, Familien zusammenzuhalten. Und das passiert sogar in wesentlich weniger idealen Situationen als deiner.«

»Dann … dann trennen Sie uns nicht?«

»Das kann ich nicht entscheiden. Aber ich bezweifle es.« Sie klickte ein paarmal mit ihrem Kugelschreiber. »Nichtsdestotrotz könnt ihr nicht wieder in den Bus. Nicht, wenn er euch nicht gehört.«

Ich wollte eben sagen, dass Abelard ein Lügner war und der Bus sehr wohl uns gehörte.

Aber ich hielt inne.

Denn ich war mir nicht sicher, ob es stimmte.
Wenn ich genauer darüber nachdachte: Abelard, von jeher ein egozentrischer Blutegel, war einfach nicht der Typ, der meiner Mutter einfach so den Bus gegeben hätte.
»Wenn wir da nicht bleiben können, wohin gehen wir dann?«
Sie antwortete nicht. Sie schaute etwas oder jemanden hinter mir an. Ich drehte mich um und folgte ihrem Blick. Ein Typ mit einem buschigen Bart und einem Turban kam auf uns zu.
Constable Lee lächelte. »Felix, das ist der Sozialarbeiter vom MKFE.« Dann flüsterte sie mir zu: »Vijay ist der beste. Du wirst ihn bestimmt mögen.«

Vijay und ich saßen fast eine Stunde in einem kleinen Büro. Zuerst wollte ich gar nicht mit ihm reden. Aber als er mir erzählte, er habe schon mit meiner Mom gesprochen, musste ich etwas fragen. »Ist sie sauer auf mich?«
»Wieso sollte sie sauer auf dich sein?«
»Weil ich die Polizei gerufen habe.«
»Sie ist nicht sauer. Du hast eindeutig das Richtige getan.«
Ich wollte das gern glauben. »Aber wegen mir sind schlimme Dinge passiert.«
»Was zum Beispiel?«
»Zum Beispiel, dass wir nicht mehr in den Bus zurück können und jetzt mit so Leuten wie Ihnen zu tun haben.«
»Mit Leuten wie mir?«
»Leute vom Ministerium.«
Er strich über seinen Bart. »Deine Mom hat mir erzählt, sie hätte in ihrer Jugend schlechte Erfahrungen mit dem Amt gemacht.«
Ich nickte. »Sie ist eine gute Mom. Nicht perfekt. Aber sie bemüht sich wirklich sehr. Und sie hat mich lieb, und ich sie.« In

meinem Hals formte sich ein riesiger Kloß. Die folgenden Worte musste ich rauspressen. »Bitte nehmen Sie mich ihr nicht weg.« Ich zwang mich, nicht zu heulen, aber ein paar einzelne Tränen rannen dennoch.

Vijay beugte sich vor. »Felix, ich würde eine Trennung nur dann in Erwägung ziehen, wenn ich den Eindruck hätte, dass du in Gefahr bist, und aus meiner Sicht weist nichts darauf hin. Okay?«

Die Schleusen öffneten sich. Ich heulte mir die Augen aus.

Der Rest des Gesprächs lief ganz gut. Vijay stellte mir viele Fragen, wie zum Beispiel: Auf welche Schule gehst du? Wer sind deine Lehrer? Welche Fächer hast du am liebsten? Worum machst du dir am meisten Sorgen?

Ich war ehrlich. Ich erzählte ihm, dass ich mir viele Gedanken darum machte, was aus uns werden würde.

»Was wäre deiner Meinung nach die beste Hilfe für dich und deine Mom?«

»Das ist einfach. Eine anständige Wohnung.«

»Habt ihr irgendwelche Verwandten?«

»Nur Daniel, meinen Dad.« Ich erzählte ihm ein wenig von Daniel: dass er in Toronto lebte und ebenfalls pleite war.

»Irgendwelche Freunde, die dich und deine Mom aufnehmen könnten?«

Ich überlegte. Dylans Eltern würden mich sicher eine Weile bei sich wohnen lassen, aber mich *und* meine Mom? Bei Winnie war schon kaum Platz für die drei.

»Nicht wirklich.«

Er schrieb etwas in ein ledernes Notizbuch.

»Was wird aus uns?«, fragte ich.

»Was die unmittelbare Zukunft betrifft, so werde ich mit einem anderen Amt zusammenarbeiten, um euch irgendwo einen vorübergehenden Platz zum Wohnen zu besorgen, entweder in einer Familienunterkunft oder einem Hotel.«

»Ein schönes Hotel?«

»Wie gesagt, es wäre vorübergehend«, entgegnete er, ohne auf meine Frage einzugehen.

Was im Grunde schon Antwort genug war.

»Wie lange würde es dauern, um etwas für länger zu finden?«

»Manchmal nur ein paar Monate. Manchmal dauert es ein knappes Jahr.«

»Also würden wir im Zweifelsfall fast ein Jahr in einem nicht-schönen Hotel verbringen.«

»Ich sage dir nur, wie es ist.«

Mein Herz schlug schnell. »Hat meine Mom Ihnen erzählt, dass wir für eine Woche schon ein *schönes* Hotelzimmer haben? Ab heute?«

»Das hat sie.«

»Können wir da hin?«

Er lächelte. »Du musst mich nicht um Erlaubnis fragen, Felix. Natürlich solltet ihr dorthin. Das ist eine fantastische Gelegenheit. *Wer, Was, Wo, Wann* ist eine meiner Lieblingssendungen.«

»Wirklich?«

»Klar. Ich kann nicht glauben, dass du Horatio Blass persönlich kennenlernen wirst.«

Ein paar Minuten später waren wir fertig. Als Vijay die Tür öffnete, hörte ich laute Stimmen. Vertraute Stimmen.

Meine Mom. Und Abelard.

Auf Abelards Wange prangten zwei frische rote Kratzspuren. Ich war mir ziemlich sicher, wer dafür verantwortlich war. »Du hattest von vornherein kein Recht, ihn einfach zu nehmen!«, rief er.
»Das war das Mindeste, was du mir schuldig warst, nach deiner monatelangen Schnorrerei«, schnauzte Astrid. »Himmelherrgott, warum musstest du aus Indien zurückkommen, du aggressives Stück Scheiße!«
»Es reicht, ihr zwei«, sagte Constable Lee. Sie stand zwischen ihnen und sah erschöpft aus.
Astrid entdeckte mich. »Felix!«
Ich rannte zu ihr. Sie trug ihre Version eines Schlafanzugs: graue Jogginghose und ihr T-Shirt mit der Aufschrift GIRLS JUST WANNA HAVE FUN…DAMENTAL RIGHTS. Beschützend legte sie ihren Arm um mich. Abelard starrte mich wütend an und ich starrte wütend zurück.
»Fassen wir noch mal zusammen, was wir vereinbart haben«, sagte Constable Lee. »Sie, Abelard, werden keine Anzeige erstatten …«
»Nicht wegen des Busdiebstahls. Aber vielleicht zeige ich sie wegen Körperverletzung an.« Er befühlte seine Wange.
»Versuch das ruhig«, sagte ich. »Wenn du das machst, zeige ich denen das Video, wie du sie schlägst.«
Das brachte ihn sofort zum Schweigen. Es entsprach der Wahrheit, dass er sie ein paarmal geschlagen hatte, nicht jedoch, dass ich Videobeweise hatte. Ich gebe zu, ich war stolz auf mich; gerade eben hatte ich überzeugend gelogen, irgendwo zwischen einer Tut-keinem-weh und Jemand-könnte-ein-Auge-verlieren.
»Und Sie, Astrid«, fuhr Constable Lee fort, »haben zugestimmt, Ihre Besitztümer unverzüglich aus dem Bus zu entfernen.«
»In Ordnung. Ja.«

»Abelard, wir werden uns bei Ihnen melden, wenn der Bus zur Abholung bereit ist.«
»Ich warte«, sagte er.
»Nein«, sagte Constable Lee und baute sich dicht vor ihm auf. »Das tun Sie nicht.«
Abelard verschwand. Astrid und ich wurden in eine Tiefgarage begleitet, wo der Bus stand. Die kommende Stunde verbrachten wir damit, unsere Sachen zu packen. Constable Lee half uns. »Ein paar Dinge können Sie hier auf dem Revier lagern«, sagte sie. »Bis Sie wissen, wie es weitergeht.«
»Danke«, sagte ich.
Ich stupste Astrid, die ein halbherziges »Ja, danke« wiederholte. Constable Lee ließ uns in Ruhe fertig packen. Astrid und ich machten schweigend weiter.
»Tut mir leid«, sagte ich.
»Was?«
»Wenn ich nicht die Polizei gerufen hätte …«
Sie packte mich an den Schultern. »Wenn du die Polizei nicht gerufen hättest, wer weiß, was diese Männer gemacht hätten? Mit mir … mit dir …« Sie fasste mein Kinn und hob es an, aber nur ein bisschen; in den letzten vier Monaten war ich fast so groß geworden wie sie. »Du hast das Richtige getan.« Dann zog sie mich zu sich heran und umarmte mich. Sie hielt mich so lange fest, dass ich mich irgendwann losmachte.
»Kannst du kurz Wache stehen?«, fragte Astrid, als sie mich endlich losließ.
»Wieso?«
»Mach einfach. Bitte.«
Sie nahm unsere Werkzeugkiste und hob den Beifahrersitz an, unter dem sich die Batterie des Westfalias befindet.

Zwei Minuten brauchte sie, um sie zu entfernen. Sie knallte sie ein paarmal auf den Boden. Dann lief sie quer durch die Garage, warf die Batterie in einen großen, blauen Müllcontainer und wischte sich die Hände an ihrer Jogginghose ab. »Mein Abschiedsgeschenk, Abelard. *Namaste.*«

Als wir mit dem Packen fertig waren, schauten wir noch einmal alles durch, um sicherzugehen, dass wir nichts vergessen hatten. Ich warf einen Blick unter die Sitze und entdeckte etwas Rotes. Mel. Ich zog ihn heraus, wischte ihn ab und steckte ihn in die Tasche meines Kapuzenpullis.

Astrid und ich standen da und betrachteten den Westfalia. »Dieser Bus war gut zu uns«, sagte sie.

»War er.«

»Vier Monate lang unser Zuhause.«

»Japp.«

Ich weiß nicht, was Astrid durch den Kopf ging. Aber obwohl ich keine Ahnung hatte, was auf uns zukam, wusste ich sehr genau, was *mir* durch den Kopf ging.

Auf Nimmerwiedersehen.

Astrid und ich waren seit über vierundzwanzig Stunden wach. Zwei Stunden hatten wir noch, bis wir vor Mr Poplowskis Kanzlei auf dem Broadway abgeholt werden sollten.

Wir benutzten die Waschräume auf der Polizeiwache, um uns umzuziehen und so gut es ging frisch zu machen. Constable Lees Schicht war beendet, deshalb bot sie uns an, uns mit ihrem Kia zu der Adresse auf dem Broadway zu fahren. Ohne Fragen.

Als wir ausgestiegen waren, reichte sie Astrid ihre Karte durchs Fenster. »Sie können mich jederzeit anrufen. Und Felix, ich drücke dir die Daumen. Morgen Abend schaue ich auf jeden Fall die Sendung an.«

Sie fuhr weg.

Astrid konnte nicht anders; sie schnaubte wie eine Kuh.

»Ist das dein Ernst?«, fragte ich.

»Sorry. Alte Gewohnheit.«

Wir standen zusammen am Eingang. »Felix«, sagte sie. Sie schaute mich an und ich sie. So verrückt sich das auch anhören mag, ich schwöre, dass wir zum allerersten Mal wirklich erfolgreich Gedankenbotschaften übertrugen. *Ich weiß nicht, wie es weitergeht. Und es tut mir leid.*

Lass uns jetzt nicht daran denken, funkte ich in Gedanken zurück. *Lass uns einfach die Woche genießen.*

Eine schwarze Limousine fuhr vor. Ein Fahrer mit Sakko und Chauffeursmütze stieg aus.

»Felix und Astrid Knutsson?«

Wir nickten. Er nahm unsere Taschen und stellte sie in den Kofferraum, dann öffnete er die hintere Tür für uns, als wären wir wichtige Leute. Mit großen Augen schauten wir einander an. Und ich schwöre, wir übertrugen uns wieder gegenseitig Gedanken, dieses Mal mit nur einem Wort: *Cool.*

In der Limousine gab es Knabberzeug. Und Getränke. Seit den Cheezies auf dem Polizeirevier hatte ich nichts mehr gegessen. Wir rissen Verpackungen von Mandeln, Müsliriegeln und Chips auf. Die Fensterscheiben waren getönt und wir taten so, als seien wir Filmstars, und winkten unseren imaginären Fans zu.

Bis zum Hotel dauerte es weniger als zehn Minuten. »Verzeihen Sie, Sir?«, sagte Astrid. »Haben Sie noch ein paar Minuten?«

»Habe ich.«

»Würde es Ihnen was ausmachen, uns noch ein bisschen herumzufahren?«

Er sah uns im Rückspiegel an und lächelte. »Ich werde so oder so bezahlt, es gibt also keinen Grund, wieso ich das nicht tun sollte.«

Er fuhr uns durch Yaletown, dann nach Gastown und an der Küste entlang, bevor er den Weg zurück zum Hotel einschlug. Wir aßen noch mehr Knabberkram und winkten noch mehr imaginären Fans zu.

Obwohl wir beide so unglaublich unter Schlafentzug litten, obwohl die Nacht entsetzlich gewesen war und wir keine Ahnung hatten, wo wir in einer Woche wohnen würden, machte es riesigen Spaß.

Die Türen zum Foyer öffneten sich automatisch mit einem *Wuuusch*. Ein Mann mit einem Klemmbrett kam mit großen Schritten auf uns zu; es war Gouresh vom Vorsprechtermin.
»Felix, schön, dich wiederzusehen.« Er schüttelte mir die Hand und wandte sich meiner Mom zu. »Ich bin Gouresh Sandhi, zuständig für das Kandidatenmanagement bei *Wer, Was, Wo, Wann*. Sie müssen Felix' Schwester sein.«
»Geschmeidig.« Aber sie lächelte.
»Wir freuen uns sehr, dass ihr hier seid. Ihr habt den Nachmittag frei. Um fünf Uhr heute Nachmittag treffen wir uns im zweiten Stock im Konferenzraum B, um ein paar Regeln zu besprechen. Um sechs Uhr gibt es dann ein gemeinschaftliches Abendessen.«
Gouresh half uns beim Einchecken. Danach fuhren Astrid und ich mit dem Aufzug zu unserem Zimmer in der vierten Etage. Sie ließ mich die Schlüsselkarte einschieben.
Ich öffnete die Tür. Das Zimmer roch nach neuem Teppich und Lufterfrischer. Es gab zwei Doppelbetten, einen Schreibtisch und zwei Sessel, dazwischen einen kleinen Tisch. An die Wand war ein Flachbildfernseher montiert. Eine Kaffeemaschine stand auf einem kleinen Tresen neben der Kommode. Und das Beste von allem: Auf der Kommode stand ein riesiger Korb voller Obst, Schokolade und Nüsse. Darin war eine Karte. *Willkommen, Felix. Wir alle hier im Sunshine Inn wünschen dir viel Glück bei* Wer, Was, Wo, Wann – Junior!
Astrid und ich sahen einander an. Wir ließen unsere Taschen

fallen, sprangen auf die Betten und hüpften darauf herum. Dann nahmen wir jeden Quadratzentimeter des Zimmers in Augenschein. Astrid machte sich Kaffee und mir eine heiße Schokolade. Wir aßen jede Menge Zeug aus dem Korb. Astrid steckte sämtliche Seifen, Shampoos und Cremes in ihre Tasche, damit das Reinigungspersonal am nächsten Morgen neue hinlegen würde. Wir packten unsere Sachen aus, verstauten sie in Schubladen und hängten sie auf Kleiderbügel, und trotz Astrids Protest stellte ich Mel neben den Fernseher. Dann ließ ich mir ein Bad einlaufen und weichte mich schön ein. Als ich fertig war, füllte Astrid die Wanne neu und badete ebenfalls.
Anschließend legten wir uns in die Betten und schliefen drei Stunden durch.

Um kurz vor fünf kamen wir in den Konferenzraum. Er war voller Kandidaten und deren Eltern. Insgesamt zählte ich zwanzig Kinder: Sechzehn von uns hatten einen Platz in der Sendung sicher, vier pro Tag, und der jeweilige Tagesgewinner nahm am Finale am Freitag teil. Die anderen vier Kinder waren Ersatzspieler, falls einer von uns krank wurde oder aus anderen Gründen das Spiel verlassen musste.
Astrid und ich setzten uns auf die letzten beiden Plätze in der hintersten Reihe. Vorn stand Gouresh gemeinsam mit Nazneen. Pünktlich um fünf Uhr begann Nazneen zu sprechen.
»Herzlichen Glückwunsch euch allen. Ihr seid ausgewählt worden, am ersten, einwöchigen Live-Special von *Wer, Was, Wo, Wann – Junior* teilzunehmen. Wir möchten gerne eine jährliche Veranstaltung daraus machen und können jetzt schon ankündigen, dass die Show nächstes Jahr in Halifax, Nova Scotia stattfinden wird.« Zwei Kinder johlten laut; und auch ohne mein

S.H.I.T. war mir klar, dass sie aus den Seeprovinzen kamen. »Es ist bereits ein enormer Erfolg, dass ihr es bis hierher geschafft habt, ich möchte, dass ihr das wisst. Egal also, was kommende Woche passiert, ihr seid alle Gewinner.«

Nazneen erläuterte uns die Regeln. Einiges war offenkundig, wie zum Beispiel »während der Livesendung kein Fluchen oder jegliche Art von Sprache, die als unflätig oder unangemessen eingestuft werden könnte.« Andere Punkte wären mir im Traum nicht eingefallen. Zum Beispiel warnte sie Eltern und Begleitpersonen, jegliche Anzeichen für Betrug während der Sendung – jede Art von Signalen, Gesten oder Tönen von ihren Plätzen im Publikum aus, sogar exzessives Zwinkern – bedeuteten die sofortige Disqualifizierung des Kandidaten.

Gouresh bat uns aufzustehen, wenn er unsere Namen aufrief. »Die Kandidaten für Montag sind: Freddie Owen … Azar Farzan … Felix Knutsson … und Helen Mair.«

Ich schaute zu den anderen. Freddie wirkte streng. Azar lächelte breit. Helen starrte auf ihre Füße.

Gouresh wiederholte die Prozedur mit den Kandidaten für Dienstag, Mittwoch und Donnerstag.

»Die jeweiligen Gewinner der ersten vier Sendungen spielen erneut am Freitag, im Finale.«

Nazneen sagte: »Morgen um ein Uhr mittags holt ein Bus die Montagskandidaten und ihre Begleitpersonen ab. Ihr werdet zum Studio gefahren, wo es einen kurzen Probedurchlauf gibt, damit ihr euch mit den Buzzern und den Kulissen vertraut machen könnt. Um fünf Uhr wird die Sendung live übertragen. Irgendwelche Fragen?«

Ich hob die Hand.

»Ja, Felix?«

»Was ist mit denen, die nicht gewinnen? Werden wir nach Hause geschickt?«
»Wir fänden es schön, wenn ihr die ganze Woche bleiben würdet; wir brauchen für jede Sendung viele begeisterte Zuschauer im Publikum, besonders am Freitag.«
Erleichtert atmete ich auf. Bis Samstag waren meine Mom und ich in Sicherheit, und dann um mindestens eintausend Dollar reicher.

Beim Abendessen saßen Astrid und ich am Tisch mit Azar, Helen, Freddie und ihren Eltern. Es war nicht schwer, mit Azar ins Gespräch zu kommen. Mit Freddie und Helen hingegen schon. Freddie aß kaum etwas. »Die Nerven«, sagte er.
Das Problem hatte ich nicht. Es gab ein chinesisches Buffet und ich ging drei Mal, um mir Rindfleisch mit schwarzer Bohnensauce, Hühnchen à la General Tso, gebratenen Reis und Nudeln zu holen. Auf keinen Fall würde ich bei den Mahlzeiten etwas auslassen.
Als sie den Nachtisch brachten, war ich schon komplett vollgestopft. Aber das hielt mich nicht davon ab, Eiertörtchen und Glückskekse in meine Serviette zu stapeln. »Für später«, erklärte ich Astrid. Sie ließ sie in ihrer Tasche verschwinden.
Um 19.30 Uhr waren wir wieder in unserem Zimmer.
Um 19.45 Uhr schlief ich tief und fest.

Am Montag um ein Uhr holte ein Bus unsere Gruppe ab. Ich hatte meinen Anzug an; das Jackett verbarg den Riss im Hemd. An den Füßen trug ich die schwarzen Sneakers.
Gouresh begleitete uns. Er plauderte als Einziger während der Fahrt, wir anderen, sogar die Eltern, waren zu nervös.

Wir wurden in ein großes Studio im Untergeschoss des CBC-Gebäudes geführt. Etwa zweihundert Publikumsplätze bildeten einen Halbkreis um die Bühne, die auf eine erhöhte Plattform gebaut war. Unsere vier Pulte standen nebeneinander auf einer Seite, und ein einzelnes, größeres Pult – das von Horatio Blass – auf der anderen.

Nazneen war schon da und kommandierte ein kleines Team von Männern und Frauen herum. Sie führte uns auf die Bühne und zu unseren Pulten. Meines war eins der mittleren. Helen war kleiner als Azar, Freddie und ich, deshalb stellten sie sie auf eine Obstkiste. »Die Fragen erscheinen hier.« Nazneen deutete auf zwei Bildschirme, die so angeordnet waren, dass nur die Kandidaten und das Publikum sie sehen konnten. Die Kategorien – Wer, Was, Wo und Wann – standen in fetten Buchstaben hochkant an der Seite. Daneben gab es fünf leere Quadrate pro Kategorie. »Da ihr die Sendung kennt, wisst ihr, dass ihr die Kategorien nicht auswählen könnt – die Reihenfolge der Fragen wird von einem Computer zufällig ausgewählt, und für jede richtige Antwort gibt je zwei Punkte in der ersten und der zweiten Runde und drei in der dritten. Für jede falsche Antwort wird die entsprechende Anzahl von Punkten abgezogen.«

Nazneen tat, als sei sie Horatio Blass, und machte mit uns eine schnelle Proberunde, stellte uns zehn einfache Fragen, die auf dem Bildschirm auftauchten. Wir konnten den Buzzer nicht drücken, bis die Frage gestellt worden war. Ich wusste die Antwort auf mindestens sechs, aber den echten Buzzer zu beherrschen, war schwieriger, als ich es mir vorgestellt hatte; ich war immer ein paar Millisekunden zu spät dran und schaffte es nur zwei Mal, rechtzeitig zu drücken. Ich spürte, wie sich in meiner

Achselgegend Schweißflecken bildeten, und bis zur richtigen Show waren es noch Stunden.

Nach der Probe führte uns Gouresh zurück in die Garderobe. Es war ein schmuddeliger Raum mit einigen alten Sofas und ein paar Klapptischen und -stühlen. Bagels, Frischkäse, Muffins und Kekse standen neben Wasser und Saft auf den Tischen.

»Vergesst nicht zu essen«, riet uns Gouresh. »Das Letzte, was ihr gebrauchen könnt, ist zu niedriger Blutzucker, wenn ihr auf die Bühne geht.«

Nach meinem Fressorgienmarathon am Tag zuvor hatte ich kaum gefrühstückt, abgesehen von zwei Eiertörtchen, die wir aufs Zimmer geschmuggelt hatten. Also zwang ich mich, einen Bagel zu essen. Kauen war mühsam. Ich spülte ihn mit zwei kleinen Packungen Apfelsaft hinunter und hoffte, ich würde ihn drin behalten.

Ich dachte an Dylan und Winnie. Ich fragte mich, ob sie wohl kommen würden, nach allem, was ich zu ihnen gesagt hatte.

Freddie, Azar, Helen und ich redeten fast kein Wort miteinander. Wir waren nicht unhöflich. Wir hatten bloß furchtbare Angst.

Eine Stunde vor der Sendung trieb man uns gesammelt in die Maske. »Nur ein wenig, um die Pickel abzudecken und den Glanz wegzunehmen«, sagte der Typ, Gary, während er mein Gesicht bearbeitete. Eine Frau namens Aisha nebelte meine Locken mit Haarspray ein, sodass ich einen Hustenanfall kriegte.

Nazneen steckte den Kopf herein. »Hier möchte jemand Hallo sagen.«

Horatio Blass betrat den Raum.

Ich schwöre, mein Herz blieb stehen. Er sah zwar schon so aus wie im Fernsehen, aber auch irgendwie anders. Es klingt vielleicht komisch, aber er wirkte im echten Leben unechter als im Fernsehen. Er war in dicken Schichten geschminkt und viel kleiner, als ich erwartet hatte. Sein Kopf war riesig und ich bin ziemlich sicher, sein dichtes, schwarzes Haar war ein Toupet. Seine Zähne, die im Fernsehen weiß erschienen, waren in der Realität praktisch zum Erblinden weiß. Er sah ein bisschen aus wie seine eigene Wachsfigur bei Madame Tussauds. »Nun denn, hallo, Kandidaten!«, dröhnte er. Der Klang der Stimme beruhigte mich ein wenig; die Stimme war exakt dieselbe.

Wir durften ihm alle die Hand schütteln. Er wünschte uns viel Glück. »Entspannt euch und habt Spaß.« Dann war er weg.

Zehn Minuten später wurden die Eltern in der Garderobe gebeten, ihre Plätze im Publikum einzunehmen. Astrid umarmte mich vorsichtig, um weder meine Frisur noch mein Make-up zu ramponieren. »Hals- und Beinbruch da draußen, Böna. Und denk dran, was auch passiert – du bist schon fantastisch, weil du es bis hierher geschafft hast.«

Dann war sie weg.

Die folgenden zehn Minuten dauerten eine Ewigkeit. Das einzige Geräusch, das ich hörte, kam von Freddie, der angefangen hatte, unmelodisch vor sich hin zu summen.

Endlich kam Gouresh, um uns abzuholen. »Es ist Showtime, Leute.«

WER (unser Felix Knutsson höchstpersönlich)
WAS (Wer, Was, Wo, Wann - Junior)
WO (CBC-Gebäude, Vancouver)
WANN (gestern live im Fernsehen!!!)
Von der rasenden Reporterin Winnie Wu

Was für eine Nacht. Was für eine faszinierende, packende, mitreißende Nacht!

Die Reporterin hatte einen Platz in der ersten Reihe bei der allerersten je ausgestrahlten Runde von *Wer, Was, Wo, Wann - Junior* hier in Vancouver, wo unser Felix Knutsson höchstpersönlich Kandidat war. Die Reporterin hatte gehofft, euch ein exklusives Vorabinterview mit Felix bieten zu können, obwohl Mr Knutsson aus lächerlichen Gründen, die ich hier nicht weiter vertiefen möchte, nicht mit ihr spricht. Aber die Produzenten der Show ließen sie vor der Sendung nicht einmal in die Nähe des Backstagebereichs und beschieden ihr, dass »Schülerzeitungsreferenzen nicht gelten«. Eure Reporterin versuchte sich trotzdem hineinzuschleichen, wurde aber von einem riesigen Security-Mann daran gehindert.

Das erste Mal erblickte die Reporterin Felix also, als die Kameras bereits liefen, sein Name aufgerufen wurde und er auf die Bühne kam. Falls ihr von zu Hause zugeschaut habt, konntet ihr ihn aus der Nähe sehen, und vielleicht konntet ihr erkennen, ob er nervös war. Von meinem Platz aus wirkte er jedenfalls ruhig. Sein Haar sah wie ein Heiligenschein aus blonder Zuckerwatte aus. Die anderen Kandidaten waren Freddie Owen aus

London, Ontario, Azar Farzan, extra eingeflogen aus Saint John, New Brunswick, und Helen Mair aus Gatineau, Québec. Es gab viel Applaus, besonders für Felix, den Lokalmatador. Blenheim nahm dank unseres Lehrers, Monsieur Thibault, viel Platz zum Anfeuern ein.
Horatio Blass wurde angekündigt und kam auf die Bühne. Es war aufregend, ihn ›in echt‹ zu sehen.
Runde eins begann. Die Reporterin versuchte alles aufzuschreiben, aber Laptops waren verboten, und daher musste die Reporterin in ein Notizbuch kritzeln und, nun ja, versucht mal selber, so schnell zu schreiben. Ich habe demzufolge nicht jede einzelne Frage notiert, aber hier sind ein paar Highlights:
Wie heißt der zweithöchste Berg der Welt? (K2.)
Wer schrieb Zwanzigtausend Meilen unter dem Meer? (Jules Verne.)
Wann wurde Zwanzigtausend Meilen unter dem Meer *veröffentlicht?* (1870.)
Wo liegt Timbuktu? (Im westafrikanischen Staat Mali.)
Unser Felix hatte einen etwas holprigen Start. Er schien Probleme mit seinem Buzzer zu haben. Gegen Ende der ersten Runde (noch eine Frage auf dem Bildschirm) war der Punktestand wie folgt: Freddie Owen, vierzehn. Azar Farzan, zehn. Felix Knutsson, acht. Helen Mair, sechs.
Ich weiß, die Reporterin spricht allen Unterstützern von Felix aus der Seele, wenn sie sagt, dass die Stimmung während der ersten Werbepause gedrückt war. Schweigend beobachteten wir, wie die Leute von der Maske hereingerannt kamen und alle ein wenig auffrisch-

ten, hauptsächlich Horatio. Dann zählte der Regisseur herunter: »Drei … zwo … eins.« Und schon ging die Liveausstrahlung in Haushalte in ganz Kanada weiter.

Vor der zweiten Runde stellte Horatio den Kandidaten persönliche Fragen. Freddie erzählte, dass alle ihn ›Pud‹ nannten, weil sein absolutes Lieblingsessen Reispudding sei. Azar war einmal in ein Flugzeug nach St John's in Neufundland anstatt nach Saint John in New Brunswick gestiegen und erzählte jetzt davon. Helen sprach über ihre Leidenschaft für Ausmalbücher für Erwachsene.

»Felix«, sagte Horatio Blass, als jener an der Reihe war, »wie ich höre, hast du ein Haustier nach mir benannt.«

»Ja, Sir. Meine Rennmaus, Horatio Blass.«

Horatio schaute direkt in die Kamera und zog die Augenbrauen hoch. Das Studiopublikum lachte. »Darf ich fragen, warum?«

»Na ja, Ihre Show ist meine Lieblingssendung. Und meine Rennmaus hatte einen schwarzen Fleck auf dem Kopf, und der hat mich an Ihre Haare erinnert.«

Noch mehr Gelächter. »Mir wurde bislang noch nie gesagt, dass ich einer Rennmaus ähnele. Ich glaube, wir haben ein Foto von ihm.« Das Foto erschien auf dem riesigen Bildschirm hinter den Kandidaten. Nach Auffassung der Reporterin war die Ähnlichkeit mit dem echten Horatio Blass frappierend.

»Er ist hinreißend. Ich hoffe, er schaut zu Hause zu.«

»Oh, das ist unmöglich. Er ist tot.«

Horatio räusperte sich. »Ähem. In diesem traurigen

Sinne ist es wohl Zeit für uns, mit Runde zwei weiterzumachen!«

Nun, die Reporterin möchte sich nicht alles auf die Fahnen schreiben, aber all die Übungsrunden mit Felix - zusammen mit Dylan und Alberta Brinkerhoff, Astrid Knutsson und Henry Larsen - begannen sich auszuzahlen, und zwar so richtig.

Er verpasste die ersten beiden Fragen. Doch dann war es, als hätte jemand unter ihm ein Streichholz angezündet. Er war sozusagen Feuer und Flamme.

Wo findet man den Tempel Pashupatinath? (Kathmandu, Nepal.)

Wer hat Insulin entdeckt? (Frederick Banting und Charles Best.)

Wann fand die Russische Revolution statt? (1917.)

Was bedeutet der lateinische Ausdruck ›caveat emptor‹? (Der Käufer nehme sich in Acht.)

Felix beantwortete alle genannten Fragen korrekt.

Der Punktestand am Ende der zweiten Runde: Freddie, sechsundzwanzig. Felix, vierundzwanzig. Azar, achtzehn. Helen, zwölf.

Während der nächsten Werbepause war es im Studio totenstill. Die Kandidaten und das Publikum saßen wie auf glühenden Kohlen.

Dann war es Zeit für die letzte Runde. Nur zehn Fragen, dieses Mal schwieriger, und drei Punkte für jede Antwort.

Für welches Element steht der Buchstabe K im Periodensystem? (Kalium.)

Wer komponierte Le sacre du printemps? (Igor Strawinsky.)

Wo kann man zwischen tektonischen Platten schwimmen? (Island.)

Wann sank die Titanic? (14./15. April 1912.)

Von den ersten neun Fragen beantwortete Azar eine richtig. Helen zwei. Freddie und Felix jeweils drei. Punktestand: Helen, achtzehn. Azar, einundzwanzig. Freddie, fünfunddreißig. Felix, dreiunddreißig.

Dann kam die letzte Frage.

Wessen Ermordung führte zum Ausbruch des Ersten Weltkriegs?

Das Herz der Reporterin machte einen Sprung; wir hatten Felix genau über dieses Thema abgefragt.

Felix drückte den Buzzer.

»Erzherzog Franz Ferdinand von Österreich.«

Der Punktestand an seinem Pult sprang auf sechsunddreißig.

Unser Felix Knutsson höchstpersönlich hat die erste Runde von *Wer, Was, Wo, Wann - Junior* gewonnen.

Das Publikum - inklusive der Reporterin - tobte.

Nun wird er am Freitag im Finale dabei sein. Die Reporterin hat den Redakteur unserer Zeitung überzeugt, eine Sonderausgabe zu bringen, um über dieses unglaubliche Ereignis zu berichten.

Also, bleibt dran!

(Die französische Version dieses Artikels findet ihr auf Seite 6. Die Reporterin hat den Redakteur überzeugt, dass ein Beitrag von derartigem Ausmaß und einer solchen Wichtigkeit sowohl auf Englisch als auch auf Französisch veröffentlicht werden sollte.)

Nach der Verkündung meines Sieges war in meinen Ohren etwas wie Meeresrauschen. Azar schüttelte mir die Hand und sagte etwas, das ich nicht hören konnte. Freddie und Helen taten dasselbe. Horatio Blass schüttelte jedem von uns die Hand, und meine Ohren müssen wohl wieder angefangen haben zu funktionieren, denn ich hörte ihn sagen: »Herzlichen Glückwunsch, Felix. Wir sehen uns am Freitag.« Sein Atem roch nach Zigaretten. Vielleicht auch nach Alkohol.

Ich hörte das Publikum klatschen und einige meiner Klassenkameraden jubeln. Ich hörte meine Mom auf den Fingern pfeifen. Die Lichter gingen an. Ein Fotograf schoss Fotos.

Wir durften von der Bühne gehen und uns unter das Publikum mischen. Monsieur Thibault umarmte mich fest. »Wir sind so stolz auf dich, Felix.« Ein paar meiner Klassenkameraden drückten mich und klopften mir auf die Schulter – sogar Donald. Einen Augenblick lang fürchtete ich, Monsieur Thibault würde Astrid ausfindig machen, doch die befand sich am anderen Ende des Raumes, und er musste nun zwanzig Kinder im Bus nach Hause befördern. Dylan war mit seiner ganzen Familie da und Alberta hatte Henry mitgebracht.

»Gut gemacht, Felix«, sagte Henry.

Alberta strubbelte mir durchs Haar. »Du hast es geschafft, Bionicle Depp!« Dann lachte sie. »Ha-ha-ha-ha-ha-ha-HIIIEE-HAAAHH!«

Mr und Mrs Brinkerhoff umarmten mich ebenfalls, dann gingen sie zu meiner Mom, um mit ihr zu reden. Dylan und ich hatten einen Moment für uns allein. »Ich bin so stolz auf dich, Amigo«, sagte er.

Ich umarmte ihn fest. »Du bist ein besserer Freund, als ich es verdiene. Tut mir wirklich leid, Dylan, das alles …«

Er unterbrach mich. »Schon vergessen. Im Ernst. Mach dir um mich keine Sorgen.« Er hielt seine linke Hand hoch und deutete dezent mit dem rechten Zeigefinger hinter mich. »Bin nicht sicher, ob ich dasselbe auch von ihr behaupten kann.«

Ich drehte mich um. Winnie saß auf einem Stuhl in der ersten Reihe, den Kopf geneigt, und schrieb wie wild in ein Notizbuch. Sie sah toll aus mit ihrer roten Baskenmütze und dem blau-rot-gelb-karierten Rock.

Ich holte tief Luft und ging zu ihr, bereit, mir eine ganze Tirade anzuhören. Sie hatte einen Presseausweis an einem Band um den Hals, auf dem ›Blenheimer Bote, angestellte Reporterin‹ stand. Ich sah, dass es selbst gemacht war. »Winnie«, fing ich an. »Ich will mich entschuldigen –«

Sie stand auf und warf mir die Arme um den Hals. »Ich freu mich so, dass du gewonnen hast! Um deinetwillen, natürlich, aber auch um meinetwillen. Dein Sieg macht den Artikel viel besser.«

O Winnie. Meine Winnie.

Nazneen und Gouresh scheuchten uns in die Garderobe, um unsere Sachen zu holen. Ich fühlte mich so erleichtert, weil ich gewonnen hatte, aber auch weil mit meinen Freunden wieder alles in Ordnung war.
Im Hotel schaute ich auf mein Handy. Ich hatte einen Haufen Nachrichten, einschließlich einer SMS von Daniel.

Toll gemacht, Sohn!! Es war so cool, dich im Fernsehen zu sehen! Sag deiner Mom, du hast das Hirn deines Vaters geerbt, ha-ha-ha! BIN SO STOLZ AUF DICH!

Beim Abendessen war Freddies Stimmung gedämpft, aber Azar und Helen waren bester Laune. »Ich kann nicht glauben, dass ich tausend Dollar reicher bin«, sagte Azar.
»Und habt ihr die Preise gesehen, die wir mit nach Hause nehmen dürfen?«, fügte Helen hinzu. »Wir haben einen Jahresvorrat an Pfannkuchenteigmischung, Mikrowellenpopcorn, Spaghettisauce, Ahornsirup und Waschmittel bekommen! Außerdem jede Menge Gutscheine für Fastfoodrestaurants und anderes, ein Set für Maniküre und Pediküre, ein paar Brettspiele und etwas namens Turtle Wax.«
Ich war so glücklich. So entspannt. Ich aß genug für eine kleine Armee.
Wieder im Hotelzimmer schaltete Astrid die Abendnachrichten ein. Es gab einen Beitrag über die Sendung, in dem ich vorkam. Es war komisch, mich selbst im Fernsehen zu sehen. »Klinge ich wirklich so?«, fragte ich Astrid.
»Japp«, sagte sie. Dann umarmte sie mich zum zwanzigmilliardsten Mal und sagte zum zwanzigmilliardsten Mal, wie stolz sie auf mich sei.

Um zehn Uhr machten wir das Licht aus, doch ich konnte nicht einschlafen.
Ich hatte soeben eintausend Dollar für die Teilnahme und zweitausendfünfhundert für den Sieg gewonnen. In weniger als einer Stunde waren wir um dreitausendfünfhundert Dollar reicher geworden.
Dreitausendfünfhundert Dollar würden uns sehr helfen.
Aber fünfundzwanzigtausend – das würde unser Leben verändern.
Und nach dem heutigen Tag hatte ich eine Chance von eins zu vier.
Ich hatte versucht, nicht allzu sehr daran zu denken.
Aber nun …
Nun wollte ich es mehr als alles, was ich in meinem ganzen Leben je gewollt hatte.

Der Rest der Woche verstrich im Schneckentempo.
Ich ging zu allen Aufzeichnungen. Gewissenhaft beobachtete ich die Kandidaten. Ich versuchte, ihre Stärken und Schwächen herauszubekommen. In der freien Zeit fragte Astrid mich ab. Nazneen spornte uns an, zum Finale so viele Leute wie möglich einzuladen, also kontaktierte ich jeden, den ich kannte. Ich versuchte, die kostenlosen Mahlzeiten zu genießen, aber das Essen fiel mir immer schwerer, und es schmeckte mir auch nicht mehr so recht.
Am Mittwoch traf sich Astrid mit Vijay. Als sie zurückkam, sah ich gerade fern. »Ich habe ein neues Rezept bekommen«, sagte sie, eine kleine Papiertüte in der Hand.
»Das ist gut. Hast du ihm gesagt, dass wir nicht mehr in einer Notunterkunft oder einem nicht-schönen Hotel untergebracht werden müssen? Hast du ihm gesagt, dass ich schon genug Geld für zwei Monatsmieten gewonnen habe?«
»Es ist nicht ganz so einfach, Felix. Die Vermieter wollen trotz-

dem irgendeine Art von Nachweis, dass ich zuverlässig die Miete zahlen kann.« Sie lächelte ein bisschen zu strahlend. »Aber mach dir keine Gedanken; er hat etwas für uns in Aussicht.«

Ich schaltete den Fernseher auf stumm. »Wo?«

»Ein Zimmer in einem Motel.«

Durch all die Lernerei wusste ich, dass ein Motel ein *Motor Hotel* war, was bedeutete, dass man bis vor die eigene Tür fahren konnte. Vorausgesetzt man hatte ein Auto. »Wie heißt es?«

»Cedar Motel.«

»Das klingt nicht so übel. Ich meine, immerhin kommt ›Zeder‹ darin vor. Vielleicht ist es in der Nähe von einem Wald oder einem Park.«

»Vielleicht«, sagte sie und vermied es, mich anzuschauen. »Ich lasse mir ein Bad ein.«

Mein S.H.I.T. sagte mir, dass sie mehr wusste, als sie durchblicken ließ. Während sie im Bad war, suchte ich auf unserem uralten Laptop nach dem Namen.

Das Cedar Motel lag nicht naturnah. Es lag nicht mal in der Nähe von Vancouver. Sondern an einer viel befahrenen sechsspurigen Straße. Es wirkte super heruntergekommen. Auf dem Schild stand CED R M T L. KAB L-TV GRAT S. Ich suchte es online auf der Landkarte; mit dem Bus würde ich mindestens eineinhalb Stunden zur Schule brauchen.

Am nächsten Morgen füllte ich am Frühstücksbuffet eine Schüssel mit Haferbrei. Dann fügte ich drei Portionen Butter hinzu. Ich trug sie nach oben in unser Zimmer und stellte sie Mel hin. Mein Kopf sagte mir, dass ich albern war, aber mein Herz signalisierte, dass alles, was mir helfen konnte zu gewinnen, einen Versuch wert war.

Am Donnerstagabend wurde ich mit den drei anderen Siegern auf die Bühne gebracht: Dragan Lukic, Flora Ocampo und Talia Shoemaker. Sie waren alle echt gut. Talia hatte ein Talent für alles, was mit Geschichte zu tun hatte, und Dragan war ein Wissenschafts- und Technikgenie. Der aus Nerven bestehende Knoten in meinem Magen schwoll weiter an, bis ich dachte, er würde platzen.

In dieser Nacht schlief ich so gut wie gar nicht. Ich hatte die Chance, innerhalb von fünfundzwanzig Minuten Live-Fernsehen alles für meine Mom und mich in Ordnung zu bringen. Wir würden uns keine Sorgen mehr machen müssen, wo wir schlafen sollten. Wir würden nicht in ein zwielichtig aussehendes Motel ziehen oder ein Jahr lang auf eine Sozialwohnung warten müssen, die, soweit ich wusste, sogar noch schlimmer sein konnte. Wir würden nicht weit entfernt von meiner Schule wohnen müssen. Wir würden genug Geld haben, um uns zu versorgen, während Astrid sich einen anständigen Job suchte.

Am Freitagmorgen zwang ich mir ein paar Bissen Frühstück hinein. Aber zum Mittagessen kriegte ich nichts runter.

Um vier Uhr, als wir in der Garderobe saßen, schrieb Daniel.

Hals- und Beinbruch heute Abend, Felix! Ich werde mir das Finale zusammen mit Freunden anschauen!

Die Zeit verstrich noch langsamer. Irgendwann hätte ich schwören können, dass die Uhr an der Wand rückwärts lief. Mir war schwindelig, ich war erschöpft.

Endlich kam Gouresh herein und sagte: »Es ist so weit. Und denkt dran: Ihr habt alle schon gewonnen.«

Das, dachte ich, *war eine Gib-dem-Frieden-eine-Chance.*

Obwohl mein Gedächtnis wie ein Fangeisen für belangloses Wissen und Fakten ist, erinnere ich mich kaum an das Spiel. Es klingt komisch; immerhin war ich dabei. Ich nahm sogar daran teil. Aber es war, als schaute ich von oben auf alles hinunter, wie eine Engelsversion meiner selbst.

Ich erinnere mich daran, backstage gewesen zu sein und hinter dem Vorhang hervor ins Publikum geschaut zu haben. Alle Plätze waren besetzt. Monsieur Thibault war wieder da, und mit ihm viele meiner Klassenkameraden. Winnie und Dylan saßen mit ihren Familien dort. Und jede Menge Leute, die ich eingeladen hatte, waren außerdem gekommen: Mr und Mrs Ahmadi und Vijay. Ich brauchte eine Weile, um Constable Lee zu erkennen, denn sie hatte nicht ihre Uniform an; sie trug ein Kleid und eine Feinstrumpfhose und alles, und sie saß neben einer Frau, die, wie ich später herausfand, ihre Frau war, Matsuko.

Ich erinnere mich, dass ich auf die Bühne gerufen wurde.

Ich erinnere mich, dass Talia und ich früh in Führung gingen und dass Dragan in der zweiten Runde aufholte.

Ich erinnere mich an die letzten beiden Fragen:

Wer wurde am 18. Juli 1918 im Dorf Mvezo in Südafrika geboren? (Nelson Mandela.)

Wann wurde Italien zu einer Nation vereinigt? (1861.)

Ansonsten erinnere ich mich an nichts mehr.

Bis auf den Teil, als ich gewann.

Konfetti fielen von der Decke auf die Bühne und ins Publikum. Ich stand wie angewurzelt, fassungslos. Die anderen Kandidaten schüttelten mir die Hand. Horatio Blass ebenfalls.
»Wuuuhuuu!«, rief er. Er legte mir einen Arm um die Schulter und führte mich zur Mitte der Bühne.
»Felix, wie fühlt es sich an, der erste Sieger bei *Wer, Was, Wo, Wann – Junior* zu sein?«
Ich hyperventilierte. Ich fand keine Worte.
»Lass dir Zeit.«
»Es ist toll. Sie haben keine Ahnung.«
Er schmunzelte. »Erzähl es uns.«
»Das bedeutet, dass es uns gut gehen wird.«
»Wer ist uns?«
»Meine Mom und ich. Das verändert alles für uns.«
Er lächelte. »Inwiefern verändert es alles?«
Die Worte überschlugen sich in meinem Kopf. »Wir haben es in letzter Zeit schwer gehabt. Wir haben in einem Bus gewohnt.

Und der Exfreund meiner Mom hat gesagt, wir hätten ihn gestohlen, aber er ist ein Lügner, und wir dachten, wir müssten jetzt in einem Motel ohne Vokale wohnen« – ich erinnerte mich daran, Luft zu holen –, »aber jetzt habe ich Geld, damit wir eine Wohnung finden können, und alles wird wieder gut. Besser kann es nicht werden!«

Ich bemerkte, dass Horatio Blass meine Schulter drückte, fest. Als wollte er sagen, *genug*.

»He-he, aber mein Junge, weißt du denn nicht, dass du das Geld erst bekommst, wenn du achtzehn bist? Bis dahin wird es treuhänderisch verwaltet.«

Ich blinzelte in die grellen Bühnenscheinwerfer.

Es dauerte ein paar Sekunden, bis seine Worte in mein Bewusstsein vorgedrungen waren.

Horatio schmunzelte erneut. »Da hat wohl jemand das Kleingedruckte nicht gelesen.«

Mir fiel der Vertrag wieder ein. Der Vertrag, den ich kaum angeschaut hatte, bevor ich ihn unterschrieb und zurückschickte.

Ich antwortete nicht. Ich konnte nicht antworten.

»Aber hey, wie alt bist du? Du musst nur, wie lange, fünf Jahre warten und das Geld gehört dir, mit Zinsen!«

Fünf Jahre.

Fünf *Jahre*.

Ich brach in Tränen aus.

Vor Publikum.

Live im Fernsehen.

Ich hörte jemanden »Cut!« brüllen. Die Lichter im Studio gingen an. Horatios Show-Lächeln schwand. Ich meinte zu hören, wie er sagte: »Ich bin zu alt für diesen Scheiß«, als er hinter die Bühne ging, aber ich bin mir nicht sicher.

Ich sah meine Mom im Publikum. Sie war kreidebleich. Monsieur Thibault, meine Klassenkameraden, die Ahmadis, die Brinkerhoffs, die Wus, Vijay, Constable Lee und ihre Frau – sie alle starrten mich mit einer Mischung aus Schreck und Mitleid an.

Der schönste Tag meines Lebens hatte sich binnen weniger Sekunden zum schrecklichsten gewandelt. Als wäre ich durch eine Pforte in eine andere Dimension eingetreten, wo alles so aussah wie vorher, es aber nicht war.

Ich haute ab.

Ich rannte hinter die Bühne und den langen Flur entlang, an der Garderobe vorbei, zwei Treppen hoch und durch eine Tür, über der *Notausgang* stand. Na ja, das war schließlich eine Notsituation.

Ich lief zurück zum Hotel. Um sechs Uhr abends war es schon stockfinster.

Gedankenbruchstücke rasten durch meinen Kopf.

Achtzehn.

Fünf Jahre.

Noch eine Nacht im Sunshine Inn.

Eine. Dann …

Ced r Mot l.

Ced r Mot l.

Ced r Mot l.

Mit meiner Schlüsselkarte öffnete ich die Tür zum Hotelzimmer. Mein Blick fiel auf Mel.

Ich nahm ihn von seinem Platz neben dem Fernseher. Ich machte die Balkontür auf und trat hinaus.

Über das Geländer schaute ich auf die viel befahrene Straße vier Etagen unter uns.

Es würde ein tiefer Fall werden.

Ich ging zurück ins Zimmer, um Anlauf nehmen zu können.

Ich holte tief Luft.

Ich rannte auf den Balkon zu.

Ich schwang den Arm zurück –

Und schmiss Mel in die Luft und sah zu, wie er zur Erde fiel.

Früh am nächsten Morgen brachen wir zum Cedar Motel auf. Vijay holte uns ab. Ich nötigte meine Mom, mit mir die Treppe zu nehmen und durchs Parkhaus rauszugehen. Ich konnte den Gedanken nicht ertragen, Leuten zu begegnen, die ich kannte. Ich konnte weder ihre Fragen aushalten noch ihre unvermeidlichen mitleidigen Blicke. Vijay erzählte uns später, dass im Foyer auch einige Fernsehteams auf uns gewartet hätten. Vielleicht hatten sie gehofft, ich würde wieder in Tränen ausbrechen.

Wir fuhren.

Und fuhren.

Ich versuchte, unvoreingenommen zu bleiben, als wir auf den Parkplatz fuhren und mit unseren Taschen auf das Schild mit der Aufschrift B RO zugingen. Im Sunshine Inn wurden Gäste mit einem Lächeln begrüßt. Hier saß der Typ hinter Plexiglas und beäugte uns argwöhnisch. Er redete nur mit Vijay. Große Schilder an den Wänden besagten JEGLICHER DROGENKONSUM WIRD NICHT TOLERIERT und GEWALTTÄTIGES

VERHALTEN FÜHRT ZU SOFORTIGER ZWANGSRÄUMUNG und HERUMLUNGERN VERBOTEN.

Ein paar Anwohner saßen draußen oder hingen auf dem Parkplatz ab, als wir zu unserem Zimmer gingen. Manche glotzten, besonders auf meine Mom. Ich hatte keine Angst vor ihnen – zumindest keine übermäßige –, aber sie sahen aus, als hätte das Leben sie nicht geschont. Sie sahen aus, als hätten sie das Ende des Weges erreicht.

Ich wollte nicht, dass das Cedar Motel das Ende unseres Weges wurde.

Vijay öffnete die Tür zu unserem Zimmer. Es roch nach dem Essen vergangener Mieter und im Teppich waren haufenweise Zigarettenbrandlöcher, obwohl ein Schild über dem Fernseher RAUCHEN VERBOTEN besagte. Es gab zwei Betten, einen Fernseher, einen Minikühlschrank und eine Herdplatte zum Kochen.

Astrid versuchte mich aufzumuntern. »Immerhin haben wir hier richtige Betten. Und eine Heizung, eine Toilette und eine Dusche.«

Ich konnte nichts sagen. Ja, all das war vorhanden. Aber ebenso vorhanden war der strenge Duft nach Traurigkeit, als spürte ich den Schmerz der Mieter, die dieses Zimmer früher einmal ihr Zuhause genannt hatten.

»Ich schaue am Montag wieder nach euch beiden«, sagte Vijay auf dem Weg nach draußen.

Ich konnte nicht einmal die Energie aufbringen, um mich zu verabschieden.

Das Wochenende verbrachte ich im Zimmer und sah fern. Ich ignorierte mehrere Anrufe von Daniel. Ich ignorierte Winnies und Dylans hartnäckige Textnachrichten. Astrid war auch niedergeschlagen, aber sie sah, dass ich meine eigene Krise hatte, also tat sie ihr Bestes, um mich aufzumuntern. Sie ging los und kaufte Lebensmittel von einem Teil des Geldes für Notfälle, das Vijay ihr gegeben hatte. Sie las mir vor, aber ich hörte nicht wirklich zu.

Sie telefonierte lange mit Daniel und lief dabei vor unserem Zimmer auf und ab. Ich hörte bloß, wie ihre Stimme lauter und wieder leiser wurde.

Am Sonntagabend klopfte es an unsere Tür. Ich schnappte mir die Gideonbibel vom Nachttisch. Die Türschlösser waren altersschwach und die Tür aus Sperrholz. Ich hatte die Blicke gesehen, die einige Mitbewohner Astrid zugeworfen hatten, und ich wollte kein Risiko eingehen.

Aber es war kein Mitbewohner.

Es war Vijay.

Und er war nicht allein.

WER (unser Felix Knutsson höchstpersönlich)
WAS (das Nachspiel von *Wer, Was, Wo, Wann – Junior)*
WO (mehrere Schauplätze)
WANN (vor einer Woche)
Von der rasenden Reporterin Winnie Wu

Euch ist wahrscheinlich im Laufe unseres ersten gemeinsamen Schulhalbjahres in den Berichten der Reporterin ein bestimmter Stil aufgefallen. Worte wie *knallhart* und *Exposé* fallen euch da vermutlich ein. Ich habe Asbest und Obdachlosigkeit thematisiert, aber als ich Obdachlosigkeit anging, hatte ich keine Ahnung, dass einer von uns davon betroffen ist.
Heute freue ich mich, etwas schreiben zu können, das manche vielleicht abschätzig eine ›Wohlfühlgeschichte‹ nennen würden. Ich schreibe mit dem Einverständnis unseres Quizshow-Gewinners Felix Knutsson. (Enthüllung: Die Reporterin ist mit dem Betreffenden gut befreundet – sogar so etwas wie seine Freundin. Aber die Reporterin hat ihm keinerlei Einfluss auf den Artikel gewährt, da dies gegen ihre journalistische Berufsethik verstoßen würde.)
Rekapitulieren wir zunächst in Kürze. Wir alle wissen, was am Ende des Finales passierte. So ziemlich ganz Kanada erfuhr, dass Felix und seine Mom obdachlos waren. (Felix benutzt dieses Wort nicht gern; er bevorzugt ›auf Wohnungssuche‹, aber die Reporterin nennt es eben so, wie sie es sieht.) Wir fanden außerdem heraus, dass er das Preisgeld erst erhält, wenn er achtzehn ist, was, wenn man darüber nachdenkt, sinnvoll erscheint,

und ehrlich gesagt ist die Reporterin der Meinung, dass es an Felix gewesen wäre, gebührende Sorgfalt walten zu lassen und den Vertrag zu lesen; dieser Flüchtigkeitsfehler liegt allein bei ihm.

Und dennoch war ich um seinetwillen niedergeschmettert, ebenso wie Dylan Brinkerhoff, der mir die Erlaubnis erteilt hat, seinen Namen zu nennen, weil er

a) Felix' bester Freund ist und

b) seinen Namen gedruckt sehen wollte.

Und wie sich herausstellte, ging es auch vielen anderen Leuten im Publikum so. Und wisst ihr was? Dylan und die Reporterin sorgten dafür, dass all diese Menschen nach der Sendung einander kennenlernten. Und sie redeten miteinander und beschlossen, sich am nächsten Tag zu einer Besprechung zu treffen. Hier kommt aber der lächerliche Teil: Obwohl wir dafür gesorgt hatten, dass all diese Menschen zusammenkamen, war es uns nicht gestattet, bei dem Treffen dabei zu sein, denn es war »ausschließlich für Erwachsene«. Als die Reporterin versuchte, im Sinne der Pressefreiheit Zugang zu erlangen, wurde ihr dies von ihren eigenen Eltern schlicht verwehrt. Als glaubten sie, die Reporterin sei nicht reif genug, um mit den Gegebenheiten umzugehen, was - und jeder, der die Reporterin kennt, würde da zustimmen - vollkommen absurd ist.

Folgendes ergab sich jedoch aus diesen Besprechungen: Felix und seine Mom haben eine Wohnung angeboten bekommen. Diese liegt über einem Ladengeschäft auf dem Broadway namens Ahmadi Lebensmittel. Falls ihr und eure Familie nicht schon dort einkauft, worauf wartet ihr noch? Sie verkaufen super Lebensmittel und sind tolle Menschen. Ihnen gehört der Laden und die kleine Wohnung darüber. Ihr Sohn hat bisher in Letzterer gewohnt, aber er hat Arbeit in Prince George gefunden und zieht im Januar dorthin. Felix und seine Mom werden dann einziehen, und obwohl niemand der Reporterin eine konkrete Zahl nennen wollte, so versicherte man ihr doch, die Miete sei angemessen.

Ich würde einen viel längeren Artikel schreiben, aber der Redakteur hat mir nur begrenzten Raum zugestanden, obwohl ich wiederholt darauf hingewiesen habe, dass diese Geschichte pures journalistisches *Gold* ist. Ich nehme an, dies ist eine gute Lektion fürs Leben, die daran erinnert, dass man an Chefs geraten kann, die an einem Mangel an Vorstellungsvermögen und Fantasie leiden. Glücklicherweise zweifle ich daran, dass auch die Redakteure bei *Le Monde, The Guardian* oder der *Washington Post* an diesem Gebrechen leiden, und diese sind nach dem Universitätsabschluss meine Top-3-Arbeitgeber.

In diesem Sinne, und nur zwanzig Wörter von der Höchstwortzahl entfernt, wünsche ich euch allen sehr frohe Feiertage.

(Die französische Version dieses Artikels findet ihr auf Seite 6. Die Reporterin hat den Redakteur wieder einmal überzeugt, dass ein Beitrag von derartigem Ausmaß und einer solchen Wichtigkeit sowohl auf Englisch als auch auf Französisch veröffentlicht werden sollte – logisch.)

Millionen Menschen auf der ganzen Welt haben Gott noch nie gesehen, und trotzdem glauben sie an ihn«, sagt Dylan. »Und ich habe kein Problem damit.« Seine Zahnspange ist voller Kekskrümel von seinem Sahnedessert.

»Na, dem Himmel sei Dank, denn Gott existiert«, sagt Winnie. Sie isst ein Bananensplit, weil sie glaubt, die Banane mache das Ganze gesünder. Ich habe das Erdnuss-Parfait genommen.

Dylan legt entnervt seinen Löffel beiseite. »Wieso fällt es dir so schwer, an das Paranormale zu glauben? Wenn eine ganze Menge Leute tatsächlich schon Geister *gesehen* haben? Wenn es massenhaft *Beweise* gibt?«

Winnie tupft ihre perfekt roten Lippen mit einer Serviette ab. »Die einzigen Leute, die Geister zu Gesicht bekommen haben, sind Verrückte oder Spinner, die Aufmerksamkeit suchen. Du hast selbst gesagt, dass du Bernard noch nie *gesehen* hast.«

»Felix, mein Kumpel, mein Freund, bitte hilf mir«, fleht Dylan mich inständig an.

Wir sitzen an unserem üblichen Tisch im Fastfoodrestaurant. Alvin und die Chipmunks singen im Hintergrund Weihnachtslieder. Seit zwei Wochen kommen wir beinahe jeden Tag nach der Schule hierher und brauchen langsam meinen Gutschein auf. *Wer, Was, Wo, Wann* rückt mein Geld vielleicht nicht raus, bevor ich achtzehn werde, aber sie haben mir alle anderen Preise ausgehändigt, von denen die meisten in Dylans Keller lagern: kistenweise Mikrowellenpopcorn, Spaghettisauce, Ahornsirup, Waschmittel, Pfannkuchenteigmischung und Turtle Wax.

Die Hälfte des Waschmittels und der Spaghettisauce habe ich Dylans Eltern als kleines Dankeschön dafür geschenkt, dass sie mich bis Januar bei sich wohnen lassen. Ein Teil der anderen Hälfte ging an Soleil und ihre Familie, weil Astrid bis dahin in ihrem Keller wohnen darf. Als ich herausfand, dass Mrs Ahmadi Ahornsirup liebt, gab ich ihr alles bis auf eine Flasche. Einige der Preise sind perfekte Weihnachtsgeschenke. Das Maniküre-Set habe ich für Astrid reserviert. Ich habe drei große Kartons Mikrowellenpopcorn in Geschenkpapier verpackt und sie Constable Lee aufs Polizeirevier gebracht. Von einem Teil meines Restaurantgutscheins habe ich eine riesige Eistorte für meine Klasse bestellt. Und bei meinem letzten Treffen mit Vijay hat er mir von seinem alten Mustang Cabrio erzählt, das er an den Wochenenden restauriert.

Er hat das Turtle Wax bekommen.

Sogar Daniel habe ich ein Weihnachtsgeschenk geschickt: Einen Fluggutschein im Wert von hundert Dollar, mit dem er einen Flug nach Vancouver bezahlen kann. Er hat mir ebenfalls etwas geschenkt: fünfzig Dollar per e-Transfer, und ich weiß, dass das für ihn viel war. Er hat den Job, für den er sich hier beworben hat, nicht gekriegt. Er würde uns gern finanziell mehr unterstützen. Aber wir telefonieren jetzt viel häufiger *und* er redet mit Astrid, und das ist schon viel wert.

Auch Dylan und Winnie haben Weihnachtsgeschenke von mir bekommen. Gestern haben wir bei Dylan unsere ›Bescherung‹ gemacht. Dylan hat die Brettspiele gekriegt, die ich gewonnen habe, und Winnie einen Hundert-Dollar-Gutschein von einem Schreibwarenladen, damit sie Druckerpapier kaufen kann oder was sie sonst noch fürs Schreiben braucht.

Die beiden mussten aus dem Zimmer gehen, um mein Geschenk zu holen. »Schließ die Augen«, forderte Winnie mich auf, bevor sie wieder hereinkamen.

Ich gehorchte. »Okay«, sagte Dylan. »Kannst sie wieder aufmachen.«

Vor mir stand ein Käfig mit der süßesten kleinen Rennmaus, die ich je gesehen hatte. Karamellfarben mit weißen Flecken.

Mein Augenbereich wurde ein wenig feucht.

»Du kannst sie Horatio Blass der Zweite nennen«, sagte Winnie.

»Nein«, sagte ich. »Definitiv nicht.«

»Ist *deine* Rennmaus, mein Freund«, sagte Dylan. »Du kannst sie nennen, wie du willst.«

Einen Augenblick lang überlegte ich. »Ich werde dich Dillie nennen«, sagte ich zu der Rennmaus. Eine Kombination der Namen meiner zwei besten Freunde auf der Welt.

Als Vijay vor fast zwei Wochen im Cedar Motel auftauchte, waren auch Soleil, die Ahmadis und Mr und Mrs Brinkerhoff dabei. Die Ahmadis erzählten uns von der Wohnung. Kurz hatte ich Angst, der merkwürdige Stolz meiner Mutter könnte dem im Wege stehen und sie würde das Angebot ablehnen. Doch das tat sie nicht.

Die Brinkerhoffs sagten, ich könne gern bis Januar in Dylans Zimmer wohnen, und Soleil bot Astrid ihren Keller an. Wir packten unsere Sachen zusammen und fuhren hin, um uns die Wohnung anzuschauen. Als wir in dem winzigen Wohnzimmer standen, konnte ich den Gesichtsausdruck meiner Mom nicht deuten.

Sie drehte sich zu Mrs Ahmadi um. »Warum tun Sie das? Was haben Sie davon?«

Mein Herz zog sich zusammen. Ich glaube, sie war aufrichtig verblüfft, aber sie klang etwas feindselig.

»Eine regelmäßige Mieteinnahme, das habe ich davon«, sagte Mrs Ahmadi. Sie lächelte nicht.

Plötzlich ergriff Astrid Mrs Ahmadis Hand und drückte sie, fest. Immer noch ohne zu lächeln legte Mrs Ahmadi ihre andere Hand auf die von Astrid.

Sie drückte zurück.

Die Wohnung ist winzig. Sie riecht nach fauligem Gemüse. Aber an den Wänden sind keine Schilder, die uns sagen, was wir zu tun und zu lassen haben. Es gibt keine Leute, die uns argwöhnisch beäugen. Es gibt keine Zigarettenbrandflecken und keine gruseligen Geräusche, die man durch die Wand hört. Sie ist sauber. Sie hat eine Toilette und eine Dusche, Heizung und sogar ein streichholzschachtelgroßes Schlafzimmer, das laut Astrid mir gehören wird; sie wird auf der Ausziehcouch schlafen.

Bob der Barde schläft in Hauseingängen. Mr und Mrs Ahmadi haben zwei Jahre im Flüchtlingslager verbracht. Zwei Jahre.

Ich sage mir, dass ich zu denen gehöre, die Glück gehabt haben.

Seit dem Finale von *Wer, Was, Wo, Wann* haben Astrid und ich viel Post aus dem ganzen Land und darüber hinaus bekommen. Wir kriegten sogar einen Brief aus Cockermouth in England. Dylan und ich lachten sehr, sehr lange über diesen Namen.

Einige Briefe und Tweets sind gemein. Da steht so was wie dass Astrid kein Kind hätte kriegen sollen, wenn sie es nicht anständig großziehen kann, oder dass sie auch nur eine Mutter auf Stütze sei. Aber die meisten Leute sind nett. Sie schreiben über ihre eigenen Probleme und wünschen uns Glück. Manche haben sogar Schecks über zwanzig, fünfzig oder hundert Dollar geschickt. Ich sagte zu Astrid, es käme mir nicht richtig vor, das Geld zu behalten. Aber als wir alles zusammenzählten, stellten wir fest, dass wir den Ahmadis drei Monatsmieten im Voraus geben konnten, wenn wir die Schecks einlösten. Also haben wir das gemacht. Wir schreiben jedem dieser Menschen eine Dankeskarte. Und wir haben uns außerdem erlaubt, uns jeweils eine neue Garnitur Anziehsachen und eine neue Winterjacke zu kaufen, denn für unsere neuen Jobs müssen wir gut aussehen.

Ein paar Tage nach dem Finale erhielt Astrid ganz überraschend einen Anruf von einem Mitarbeiter bei Emily Carr. Er sagte ihr, dass die Anmeldefrist begonnen habe, und fragte, ob Astrid in Erwägung ziehen würde, einen Malkurs für die Erstsemester zu unterrichten. Ich habe keine Ahnung, ob er die Sendung gesehen hat und unsere Lage kannte; er erwähnte nichts dergleichen. Astrid sagte zu. Sie fängt nach den Feiertagen an. Das Gehalt ist niedrig und es ist nur in Teilzeit, aber sie kann die Ateliers zum Malen benutzen, was ein großes Plus ist.

Mein neuer Job hat schon begonnen. Ebenfalls in Teilzeit. Ich arbeite zwei Tage die Woche nach der Schule und einen Tag am Wochenende für die Ahmadis. Ich lasse sie mich nur für die

Schichten unter der Woche bezahlen, das Geld fürs Wochenende fließt in die Miete. Vor ein paar Tagen bekam ich mein erstes Gehalt. Die Hälfte ging auf mein Konto und die andere Hälfte nahm ich in bar. Ich lief zu der Ecke, wo Bob der Barde sitzt, und kaufte ihm zwei Gedichte ab. Dann ging ich zu unserem Discounter, um mit der Abzahlung dessen zu beginnen, was meine Mom dort gestohlen hatte. Aber als ich versuchte, alles zu erklären, schaute mich die Kassiererin nur an, als sei ich verrückt, und sagte, ich solle verschwinden.

Ich spazierte durch den Laden und überlegte, was ich tun sollte, als mir eine ältere Frau in abgetragener Kleidung auffiel, die die verbeulten Dosen im Sonderangebot begutachtete. In ihrem Wagen hatte sie nichts weiter als Vogelfutter und eine Dose Kidneybohnen. Ich ging zu ihr und hielt ihr einen Zwanzig-Dollar-Schein hin. »Entschuldigen Sie. Sie haben das gerade verloren.«

»Ach, du lieber Himmel, ich glaube nicht.«

»Doch. Ich habe gesehen, wie er eben aus Ihrer Handtasche gefallen ist.«

Sie schaute mich mit ihren milchig trüben Augen an; dann umfasste ihre Hand den Zwanziger.

»Danke, junger Mann. Vielen Dank.«

Das werde ich so lange weitermachen, bis ich das beglichen habe, was wir schuldig sind.

Astrid und ich sehen uns ein paarmal in der Woche. Sie und Soleil versuchen, ihre Freundschaft zu kitten. Ich glaube, es läuft nicht besonders gut. Jedes Mal wenn wir uns treffen, beschwert sich Astrid: »Sie beurteilt mich, ohne ein Wort zu sagen.«

Ich erwidere ihr dann, wer im Glashaus sitzt, sollte nicht mit

Steinen werfen und dass sie damit klarkommen oder die Klappe halten soll.
Manchmal überkommt mich eine Welle von Wut ihr gegenüber, und dann habe ich ein schlechtes Gewissen. Aber einmal pro Woche treffe ich mich mit Vijay, und bei ihm kann ich über all meine Emotionen reden. Das hilft.
Um ehrlich zu sein ist es nicht das Schlechteste, mal ein bisschen Abstand von meiner Mom zu haben. Aber das erzähle ich nur Vijay. Wenn Astrid mich fragt, ob ich sie vermisse, sage ich immer Ja.
Gib dem Frieden eine Chance.

Dylan und Winnie diskutieren noch immer lautstark. »Wie sonst erklärst du dir all die Sachen, die Bernard gemacht hat? Felix kann ein paar davon bezeugen.«
»Erde an Dylan«, sagt Winnie. »Bist du echt noch nie auf die Idee gekommen, dass ›Bernard‹ eigentlich …«
»Will jemand was von meinem Erdnuss-Parfait?«, unterbreche ich. Ich greife nach Winnies Hand und werfe ihr über den Tisch hinweg einen warnenden Blick zu, den sie dankenswerterweise kapiert.
»Ich meine ja nur«, fährt Dylan fort, »dass es zwischen dir und mir keinen Unterschied gibt, du glaubst an Gott und ich an Bernard, und Felix an sein Tim-Tom.«
»Tomte«, korrigiere ich. Ich fasse in meine Manteltasche und lege meine Hand auf Mel. Nachdem ich ihn vom Balkon geworfen hatte, bereute ich es sofort; meine Mormor hatte ihn extra für mich gemacht. Also rannte ich vier Treppen nach unten, fand ihn auf dem Gehweg und trug ihn ins Zimmer zurück.
Ich löffele weiter mein Erdnuss-Parfait. Ein Sonnenstrahl fällt

auf unseren Tisch. Hier, in diesem Augenblick, bin ich glücklich, ich sitze mit meinen besten Freunden zusammen und wir essen Eis und ich höre ihnen beim Streiten zu.

Ich kann nachvollziehen, wieso Winnie an Gott glaubt. Ich kann nachvollziehen, wieso Dylan an Bernard glaubt. Ich kann nachvollziehen, wieso ich an Mel glauben wollte. Es kann Trost spenden, wenn man das Gefühl hat, dass etwas Rätselhaftes aus einer anderen Welt einen beschützt.

Aber jetzt lerne ich, an etwas Neues zu glauben. Etwas, an das meine Mom schon sehr lange nicht mehr geglaubt hat.

Andere Menschen.

Astrid hat in ihrer Jugend nicht viel Glück mit ihnen gehabt.

Aber ich bin nicht meine Mom.

Und ich entscheide mich zu glauben.

Anhang

Danksagung

Ich habe vielen Leuten dafür zu danken, dass sie mir geholfen haben, diese Geschichte zu erzählen. Einige von ihnen haben mich schon oft unterstützt und gehen noch immer ans Telefon, wenn sie meinen Namen auf dem Display sehen. Randy Fincham von der Öffentlichkeitsarbeit der Polizei Vancouver reagiert unverzüglich, und die Gespräche mit ihm sind aufschlussreich. Ebenso ist es mit Catherine MacMillan, die die Vertrauenslehrerin meines Sohnes war und nun andere mit ihrer einfühlsamen Art, ihrem Scharfsinn und ihrer Klugheit berät. Mein Ehemann, Göran Fernlund, liest meine Manuskripte, manchmal mehrmals und ohne sich zu beschweren (vielleicht sieht er ein, dass das zu einer glücklicheren Ehe beiträgt). Dasselbe gilt auch für Susan Juby – sie ist eine meiner Lieblingsautorinnen, und ich kann nicht fassen, dass ich nicht nur das Geschenk ihrer hervorragenden Rückmeldungen bekomme, sondern sie auch noch als Freundin bezeichnen darf.

Danke an Alex Scheiber, den stellvertretenden Direktor der Kindersozialhilfe beim MKFE in British Columbia, dass er sich die Zeit genommen hat, um meine Fragen zu beantworten. Und an die Sozialarbeiterin/Rechtsberaterin Amanda Oliver; die Einblicke, die Sie mir ermöglicht haben, waren von unschätzbarem Wert. Während ich vor meinem Laptop sitze und mir Sachen ausdenke, sind Menschen wie Sie da draußen

unterwegs und versuchen, die Welt zu einem besseren Ort für die Verletzlichen unter uns zu machen.
Ich hatte großen Spaß daran, Menschen zu interviewen, die in irgendeiner Form an Quizsendungen mitgewirkt haben, als Kreative oder als Kandidaten. John Brunton, Geschäftsführer bei Insight Productions, hat viele Spielshows produziert und mir ungemein geholfen. Ich habe mich köstlich darüber amüsiert, dass mein Freund und talentierter Autor/Radiomoderator Kevin Sylvester einmal Kandidat bei *Canada's Smartest Person* war – seine Geschichten waren zum Kaputtlachen und sehr hilfreich. Und danke an einen weiteren Autor/Radiomoderator, J.J. Lee, für den Kontakt zu Julie Backer, die Kandidatin bei meiner Lieblingsquizshow *Jeopardy!* war. Julie und ich haben uns beim Abendessen fabelhaft unterhalten; es war toll, ihre Insidergeschichten zu hören! Gerne habe ich auch das Buch *Prisoner of Trebekistan* (Gefangen in Trebekistan, bezugnehmend auf Alex Trebek, den Moderator von *Jeopardy!* A.d.Ü.) von Bob Harris gelesen. Außerdem ein Gruß an Janette McIntosh, die mir freundlicherweise ihren VW-Bus mit allem Drum und Dran gezeigt hat.
Für dieses Manuskript hatte ich einige ›fortgeschrittene Leser*innen‹, von denen mir jede*r einzelne seine/ihre einzigartige und unbezahlbare Sichtweise eröffnet hat. Léonicka Valcius, Rania Barazi, Liz Johnson-Lee und Ellen Wu (nicht verwandt mit Winnie – zumindest nicht dass wir wüssten): Ich bin euch zutiefst dankbar. Ihr habt mir geholfen, einige meiner Figuren noch besser kennenzulernen. Katie Wagner schien unendlich viel über das Leben in einem Bus zu wissen … Sie hat mir den Teil mit dem ›Steckerziehen‹, bevor man aus der Garage fährt, beschert. ☺ Und ein spezieller Gruß an meine jungen Leser*in-

nen: Martin Cassini, Isabella Harrison, Noah Poursartip und Forrest Rozitis. Eure Anmerkungen schätze ich sehr und ich danke euch, dass ihr Astrids Menschlichkeit gesehen habt; wie eine*r von euch sagte, sie ist eine ›Im-Stich-lass-Mom‹.
Meiner wunderbaren Agentin, Hilary McMahon – ist das hier wirklich Buch Nummer sechs?? – Danke für deine beratenden Fähigkeiten und den Aufbau meiner Karriere. Die Zusammenarbeit mit dir in den vergangenen zehn Jahren war einfach nur fantastisch.
Ich fühle mich vom Glück verwöhnt mit drei außerordentlichen Lektoren bzw. Verlegern, die mir in jeder Phase des Manuskripts so gründliche und durchdachte Rückmeldungen gegeben haben. Tara Walker, meine Hauptlektorin – jeder, der schon mal mit Tara zusammengearbeitet hat, weiß, wie schwer es in Worte zu fassen ist, selbst für einen Schriftsteller, was ihre Anmerkungen und ihre Vorher-Nachher-Gespräche für die Qualität des Endprodukts bedeuten. Sie treibt mich immer an, auf liebevollste Art und Weise, noch ein bisschen tiefer zu buddeln und die verstecktesten Winkel auszuloten, auf die ich selber nie gekommen wäre, aber immer so, dass ich meiner Vision treu bleibe (manchmal ist meine Vision allerdings ein bisschen verschwommen und ich brauche Hilfe, um sie klarzustellen). Und das zusätzliche Geschenk in Gestalt von Wendy Lamb in den USA und Charlie Sheppard in Großbritannien – na, das ist das Sahnehäubchen mit extra Glasur; diese außergewöhnlichen Frauen wissen jedes Mal ganz genau, wie man etwas noch Besseres aus mir rausholt, und ich bin ihnen auf ewig dankbar.
Dana Carey, Peter Phillips, Chloe Sackur, Colleen Fellingham: Danke für euren scharfen Blick und eure MwSt (Mehrwertstellungnahme). Es gibt noch so viele Leute, denen ich gern danken

möchte, bei Tundra, Penguin Random House US und Andersen Press – ich muss mich immer noch kneifen, dass ich mit so unglaublichen Leuten zusammenarbeiten darf, die eine derartige Leidenschaft für Bücher haben.
Und zu guter Letzt, es hat eine Weile gedauert, um das richtige Ende für diese Geschichte zu finden. Manchmal kommen einem Ideen in den schrägsten Momenten. In diesem Fall war es bei West Point Cycles in Vancouver. Mein Mann und ich lieben Radfahren. Während er im Laden nach etwas suchte, spazierte ich gedankenverloren umher … Plötzlich schossen mir das Ende ins Hirn und Tränen in die Augen. Der Ladenbesitzer, Tim Woodburn, fragte, ob alles in Ordnung sei. Ich sagte, alles sei besser als in Ordnung, ich hatte soeben Thema und Schluss meines Buches gefunden. Er sagte, da es in seinem Laden passiert sei, solle ich sie in meiner Danksagung erwähnen. Also: Danke, Tim und Sara Woodburn von West Point Cycles – ihr seid in so vielerlei Hinsicht fantastisch.

Quellen

Adresse unbekannt ist eine Geschichte über die ›unsichtbaren Obdachlosen‹ – Menschen ohne festen Wohnsitz, die stattdessen bei Freunden oder Familie unterkommen oder in ihren Autos schlafen oder die auf einer Warteliste für eine Sozialwohnung stehen und in der Zwischenzeit in Notunterkünften, Motels oder sonstigen staatlichen Wohnprojekten leben. Keine Wohnung zu haben, kann das Leben sehr erschweren: Es kann schwieriger sein, eine Anstellung oder eine Schule zu finden oder eine Verbindung einzugehen; oft gibt es finanzielle und gesellschaftliche Belastungen. Kein anständiges Bett oder Bad zu haben, kann das körperliche und geistige Wohlbefinden beeinträchtigen. Viele Menschen, die in derart prekären Situationen leben, schämen sich und möchten am liebsten verbergen, dass sie in Schwierigkeiten stecken.

Wenn du von diesen Themen betroffen bist oder herausfinden möchtest, wie du Menschen ohne Zuhause helfen kannst, können dir die folgenden Organisationen Auskunft geben:

www.offroadkids.de/
www.drk.de/hilfe-in-deutschland/existenzsichernde-hilfe/wohnungslosigkeit/
www.asb.de/unsere-angebote/obdachlosenhilfe
www.igfm.de/hilfe-fuer-obdachlose/
www.nummergegenkummer.de

Zur Diskussion

Adresse unbekannt beginnt damit, dass Felix einwilligt, Constable Lee in einer Novembernacht seine Geschichte zu erzählen, bevor er ins Hotel eincheckt. Dann springt die Geschichte zurück zum vergangenen Sommer. Inwiefern beeinflusst dies deine Erwartungen beim Lesen? Fallen dir andere Beispiele von Geschichten ein (aus Büchern, Film oder Fernsehen), die auf diese Weise erzählt werden?

Felix erzählt Astrids Leben von der Kindheit bis heute. Welche Ereignisse in ihrem Leben haben deiner Meinung nach zu ihrer Situation im Buch beigetragen? Was hätte sie möglicherweise anders machen können?

Erzählt wird aus Felix' Perspektive. Warum hat die Autorin, Susin Nielsen, wohl diesen Blickwinkel für ihre Geschichte gewählt?

Felix erstellt in Gedanken Listen, um mit seinem schwierigen und einsamen Leben umzugehen – zum Beispiel in den Kapiteln ›Eine kurze Geschichte unserer Wohnsitze‹ und ›Astrids Ratgeber für Lügen aller Art‹. Was legen diese unterschiedlichen Arten von Listen nahe?

Die Leser erfahren zunächst nicht die ganze Geschichte von Felix' Vater, erst etwa nach der Hälfte des Buches. Warum braucht Felix wohl so lange, um den Lesern von ihm zu erzählen?

Dylan und Winnie: In welchen Punkten sind sie sich ähnlich und in welchen unterschiedlich?

Als Felix Winnie in der Schule kennenlernt, findet er sie nervig und versucht, sie auszuschließen. Inwiefern verändern sich seine Gefühle für sie im Laufe des Buches?

Viele Figuren in *Adresse unbekannt* entwickeln sich ganz anders, als Felix oder die Leser zunächst vielleicht annehmen. Vergleiche einen der Hauptcharaktere und eine Nebenfigur und untersuche, auf welche Weise sie sich den mit ihnen verknüpften Erwartungen widersetzen.

Diskutiert die Motive Scham und Schuld in *Adresse unbekannt*.

Adresse unbekannt wirft einen Blick auf das Leben der ›unsichtbaren Obdachlosen‹ – Menschen ohne festen Wohnsitz, die Alternativen finden müssen. Wenn du Felix wärst, mit welchem Aspekt deiner prekären Situation kämst du am schwersten klar?

© Tallulah Photography

Susin Nielsen

Susin Nielsen, geboren 1964 in Hamilton/Ontario, begann mit elf Jahren, ein Tagebuch zu führen, und zwar mit dem Hintergedanken, dass daraus eine Biografie entstehen könnte, wenn sie einmal eine bekannte Schriftstellerin geworden wäre. In der Tat hat sie zahlreiche Kinder- und Jugendbücher geschrieben, die mit Preisen überhäuft und in viele Sprachen übersetzt wurden. *Adresse unbekannt* wurde für die Carnegie-Medal nominiert. Susin Nielsen lebt mit ihrer Familie und zwei frechen Katzen in Vancouver. susinnielsen.com

Nina Basovic Brown
Korbjäger

Mit Bildern von Barbara Jung
Roman, 128 Seiten (ab 10), Gulliver HC 81274
Ebenfalls als E-Book erhältlich (81275)

Alle halten Brandon für cool und sportlich – nur weil er Halb-Amerikaner ist und eine braune Hautfarbe hat. Das nervt ihn. Viel lieber will er mit Ahmed an der Forscher-Olympiade teilnehmen. Aber um die umwerfende Pia zu beeindrucken, erfüllt Brandon plötzlich alle Klischees: er spielt Basketball, spricht amerikanischen Slang und läuft rum wie ein Hip-Hop-Star. Macht er sich damit nicht komplett lächerlich?

Oliver Uschmann/Sylvia Witt
Lange Krallen.
Leonie und ihr Kater auf heißer Spur

Mit Bildern von Timo Grubing
Roman, 116 Seiten (ab 10), Gulliver HC 81276
Ebenfalls als E-Book erhältlich (81277)

Leonie ist sich sicher: Ihr Kater Bobby war in einem früheren Leben ein Wachhund. Daher kommt seine besondere Nase für Verdächtiges. Bobby kann zwar nicht sprechen, Leonie versteht ihn trotzdem. Aber warum knurrt er immer, wenn die neuen Nachbarn in der Nähe sind? Das ist doch eine ganz harmlose Familie. Nur übertrieben ordentlich und immer nachts unterwegs. Irgendetwas stimmt da doch nicht. Leonie will es ganz genau wissen …

GULLIVER www.beltz.de

Stefanie Höfler

Feuerwanzen lügen nicht

Roman, 240 Seiten (ab 11), Gulliver TB 81346
Ebenfalls als E-Book erhältlich (75684)
Nominiert für den Deutschen Jugendliteraturpreis

Der hibbelige Nits, der ständig Sprüche macht, glaubt dem rundumtalentierten, hyperkorrekten Mischa alles. Dann kommt dieser eine Moment, der alles im Leben auf den Kopf stellt: Nits stolpert über unzählige Lügen seines besten Freundes und entdeckt, dass hinter alldem ganz andere Wahrheiten stecken. Nits beginnt, sich zu fragen, wer Mischa eigentlich ist.

Anne Becker

Die beste Bahn meines Lebens

Mit Vignetten von Eva Dietrich
Roman, 176 Seiten (ab 11), Gulliver TB 81255
Nominiert für den Deutschen Jugendliteraturpreis
Leipziger Lesekompass 2020
Ebenfalls als E-Book erhältlich (74973)

Jan ist ein stinknormaler Typ, der super schwimmt und gut durchs Leben kommt. Doch in seiner neuen Klasse taucht ein altes Problem auf: Er hat Schwierigkeiten mit dem Lesen. Flo von nebenan hält Ereignisse und Begegnungen, die sie bewegen in Infografiken fest. Auch Jan kommt darin vor. Doch bis sie gute Freunde werden, muss Jan der Klasse die Sache mit dem Lesen verraten, den fiesen Linus von Flo weghalten und ganz nebenbei: schwimmen, denn sein Trainer hält ihn für ein Riesentalent.

Martina Wildner

Der Himmel über dem Platz

Roman, 224 Seiten (ab 11), Gulliver TB 81279
Empfehlungsliste The White Ravens 2021 (Internationale Jugendbibliothek)
Ebenfalls als E-Book erhältlich (75859)

Für Jo geht es in diesem Sommer um alles: Sie träumt davon, die beste Fußballerin aller Zeiten zu werden und wechselt zur Jungsmannschaft Blau-Weiß. Dort ist sie so gar nicht willkommen und das Training gibt ihr den Rest – selbst das Tor kommt ihr auf einmal winzig klein vor. Da gibt ihr ausgerechnet der geheimnisvolle Kubitschek von nebenan den entscheidenden Tipp: Manchmal braucht ein leidenschaftlich kämpfendes Mädchen das perfekte Team, um zu gewinnen.

Stefanie Höfler

Tanz der Tiefseequalle

Roman, 190 Seiten (ab 12), Gulliver TB 74889
Nominiert für den Deutschen Jugendliteraturpreis
LUCHS des Jahres 2017 (DIE ZEIT/ Radio Bremen)
Ebenfalls als E-Book erhältlich (74746)

Manchmal ist es diese eine Sekunde, die alles entscheidet: Niko, der ziemlich dick ist und sich oft in Parallelwelten träumt, rettet die schöne Sera vor einer Grapschattacke. Sera fordert Niko daraufhin zum Tanzen auf, was verrückt ist und so aufregend anders, wie alles, was in den nächsten Tagen passiert. Vielleicht ist es der Beginn einer Freundschaft von zweien, die gegensätzlicher nicht sein könnten - aber im entscheidenden Moment mutig über ihre Schatten springen.

GULLIVER www.beltz.de